幸田露伴と根岸党の文人たち

もうひとつの明治

出口智之
Tomoyuki Deguchi

教育評論社

◉目次

第二章　加速する交遊

第三章　遊びの爛熟……177

凡例

一、引用に際しては、漢字は原則として常用漢字、人名用漢字の字体を用い、変体仮名は現行の平仮名に統一した。また、必要と考えられる箇所には（――注）として注を記した。

一、濁点および句読点については、読みやすさを考え、文語体の文章を中心に適宜加除した。特に句読点については、少し多めに補ってある。

一、ルビについては、原文では読みや仮名遣いに明らかな誤りが含まれることも多く、作者自身が振ったものかどうか判然としない。よって、もとのルビを適宜参照しつつ、私に振り直した。また、ルビの表記は原則として現代仮名遣いを用いた。原文そのままの翻字・転写ではないことにご注意いただきたい。

一、本文中に出てくる人名・雅号については、便宜上、発表時や作中でどの名前が用いられているかにかかわらず、最も代表的なものに統一した。

例）露伴・蝸牛庵・把月　→　幸田露伴　　只好・劇童子・默庵　→　関根只好
篁村・竹の舎　→　饗庭篁村　　米僊・草廼舎錦隣子　→　久保田米僊

一、注釈は、出典および参考文献を示すにとどめた。研究等の便に供されたいが、通常は参照の必要はない。

序章

奇妙な文人集団

一、「二日旅行之諸旧友」たち

再会した旧友たち

現在、早稲田大学図書館にこんな手紙が所蔵されている。

拝啓、益《ますます》御多祥、奉賀《がしたてまつり》候。陳者《のぶれば》、往年二日旅行之諸旧友、或は黄土に帰し、或は東西に隔離して、一堂に旧雨と談じ候事、絶えて無之《これなく》候に付、一夕《いっせき》小会相催《あいもよお》し、剪燈暢談《せんとうちょうだん》仕度《つかまつりたく》存居《ぞんじおり》候処《ところ》、両三日前、関根氏も東上致され、好機と存候間《ぞんじそうろうあいだ》、明廿《にじゅう》六日午后三時より、品川サメヅ川崎屋に小会相催したく度、御迷惑にも可有之《これあるべく》候へども、枉《ま》げても御出席有之度《これありたく》、不堪希望《きぼうにたえず》候。尤《もっと》も、同席者は幸堂《こうどう》、南翠《なんすい》、露伴《ろはん》、黙庵《もくあん》之外《ほか》、無之《これなく》候。／廿五日　高橋太華《たいか》／篁村《こうそん》先生　侍史[1]

候文だから、なかなか意味がつかみづらいかもしれない。

かつて一緒に「二日旅行」に行った仲間も、ある者は亡くなり、ある者は各地に転居して、今や会うこともなくなってしまった。一度みなで会い、またゆっくり話したいと思っていたが、二三日前から関根氏が東京に来ていてよい機会なので、明日二十六日の午後三時、品川鮫洲の川崎屋ま

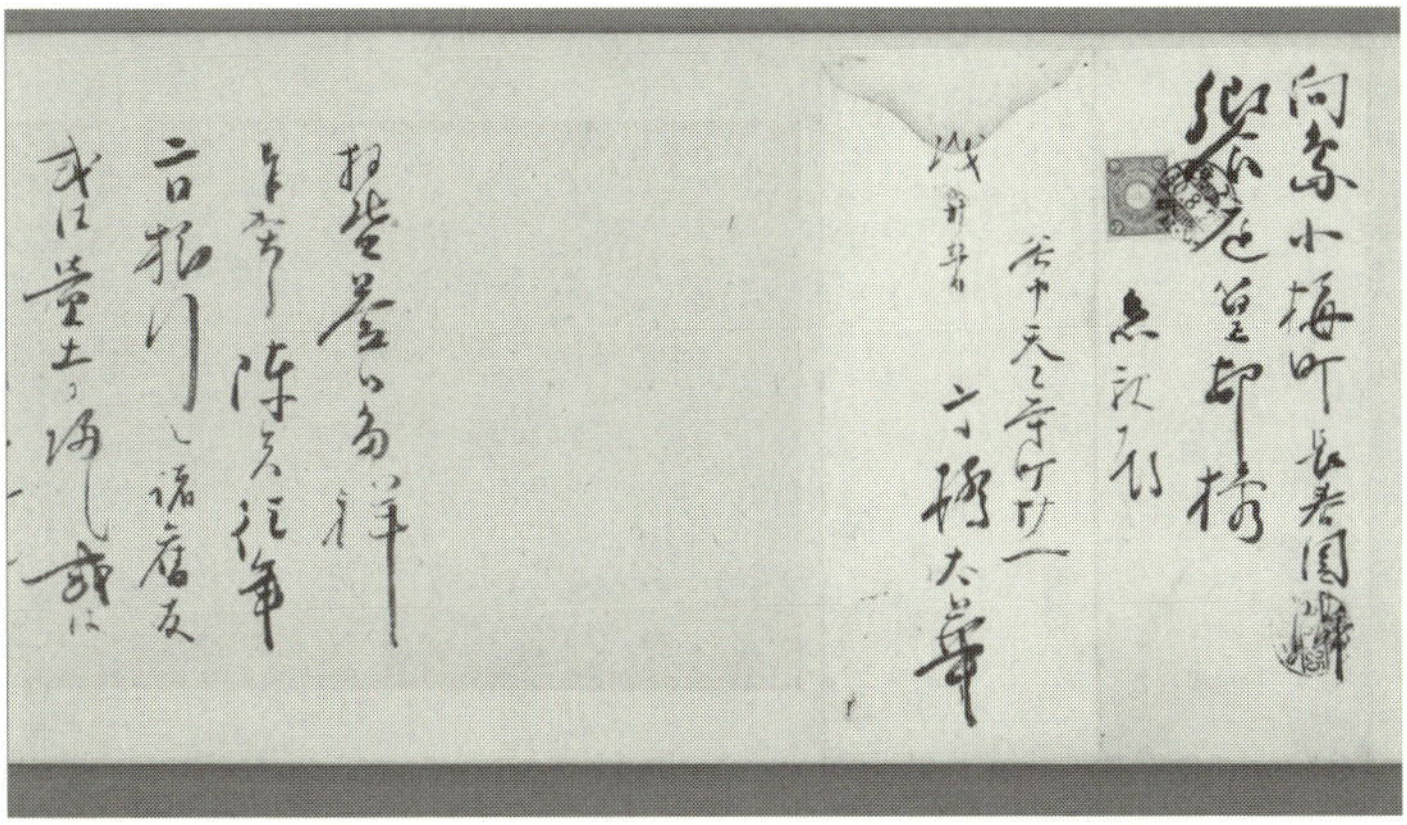

太華が篁村を旧友の集まりに誘った手紙（早稲田大学図書館蔵）。

でぜひ来てほしい。もっとも、来られるのは幸堂、南翠、露伴、黙庵だけだ、そんな内容である。文中、旧雨とは古くからの友人のこと、川崎屋は鮫洲にあった有名な料亭である。

文末に日付と名前、宛名もあるが、念のため封筒を確認しておくと、宛先は「向島小梅町長春園隣　饗庭篁村様　急親展」、差出人は「谷中天王寺町廿一　高橋太華」である。消印は「下谷／40・8・25／前11－12」となっているから、明治四十年八月二十五日午前に投函された手紙だとわかる。配達した側の郵便局によるもう一つの消印は、かすれていて「8・25」しか読めないが、おなじ日であることは間違いない。明治時代は、近くなら数時間で手紙が届いたよい時代で、すぐに返事を書けばこれもその日のうちに届くから、現代の電子メールの感覚に近い。

ひさしぶりに旧友が会ったこの催しについては、残念ながら詳しい資料が見当らないものの、誘われた篁村も参加したとすれば、総勢六名が集まったことになる。文中には雅号だけで記されているが、その顔ぶれは幸堂得知《とくち》、須藤南翠、幸田露伴、関根黙庵、それに高橋太華と饗庭《あえば》篁村という六人であった。

　このなかで今もよく知られているのは、おそらく幸田露伴だけではないか。露伴ならば高校などの文学史の教科書にも写真つきで載っているし、絶版と再版を繰返しながらだが、何かしらの文庫本もたえず刊行されている。代表作「五重塔」（明治二十四～二十五年）は現在でも高い人気を誇るから、読んだことがある人も多いだろう。慶応三年（一八六七）江戸に生れ、昭和二十二年に歿するまで、次第に西洋化してゆく日本の近代にあって、和漢にわたる幅広い教養を地盤に独自の作品を書き続けた、独立不羈の文学者であった。

　しかし、それ以外の五人となると、知っている人はぐんと少なくなりそうである。せいぜい、饗庭篁村が近年、筑摩書房の叢書『明治の文学』に一巻を与えられた程度で、それとて編者の坪内祐三がセールスポイントを聞かれ、「饗庭篁村で一巻をたてたことと言って、ニヤリと笑った」ほどのもの。[2]通好みだが上質な作品を収めたぞ、という自信をうかがわせるこの「ニヤリ」の背後には、篁村の文学がほとんど読まれていないという寂しい現実がある。まして、ほかの四人の作品を読んだことがあるとなれば、まず相当の明治文学通だろう。

饗庭篁村と須藤南翠

　今では時の彼方に埋もれてしまった感のある彼らだが、明治の中ごろには、いずれもかなり広く知られた人々であった。なかでも饗庭篁村と須藤南翠については、露伴が「明治二十年前後の二文星」と讃え、こんなふうに述べている。

二氏の当時に於《お》ける勢力は、実に大なるものであつた。篁村先生は読売新聞紙に拠《よ》り、南翠氏は改進新聞に拠り、其他諸先輩が有つたに関らず、二氏が先《ま》づ当時の小説壇の二巨星として輝いてゐた。其光に適する星は、先づ無かつたのである。[3]

このころの作家というと坪内逍遙《しょうよう》や二葉亭四迷が有名だが、露伴は篁村と南翠の二人をきわめて高く評価している。非常な人気作家だったとされる両者の事蹟を、ここで簡単に紹介しておこう。

まず、饗庭篁村は明治十年代からおもに『読売新聞』紙上で活躍した作家で、明治二十二年からは、全二十巻にもなる作品集『むら竹』を刊行している。おなじ年、活動の場を『東京朝日新聞』に移してからも、持前のユーモアあふれる作品を次々に発表した。また歌舞伎にも造詣が深く、劇評家としても知られている。安政二年（一八五五）、江戸に生。

対して須藤南翠は、当時流行していた政治小説で盛名を得た作家である。明治十年代という時代は、国会の開設や憲法の制定などを求め、自由民権運動が活発に行われた時期であり、そうした気運を反映して、政治思想の喧伝や民族主義の自覚の促進を目的とする文学作品が流行した。このような作品を政治小説と呼び、日本人が海外で大活躍する東海散士《とうかいさんし》作「佳人之奇遇《かじんのきぐう》」（明治十八年初篇刊行）は、青年層を中心に爆発的な人気を誇った。立憲改進党の機関紙『改進新聞』に属した南翠も、「緑簑談《りょくさだん》」「新粧之佳人《しんそうのかじん》」（ともに明治十九年）などの政治小説を多数発表し、文名を馳せたのであった。安政四年（一八五七）、伊予宇和島に生。

高橋太華・幸堂得知・関根黙庵

続いてそのほかの面々のことも、簡単に紹介しておこう。

いま出てきた「佳人之奇遇」の著者である東海散士は、本名を柴四朗《しばしろう》という政治家だったが、この作品については早くから代作説がささやかれていた。その際、真の執筆者候補としてつねに筆頭に挙げられるのが、右の手紙の差出人、高橋太華である。太華は柴の友人で、明治二十年ころから教育関係や児童むけの雑誌の編集を手がけるとともに、歴史ものを中心とした少年文学も執筆していた。もっとも、この代作問題については研究が進み、柴を中心に太華ほか何人もが加わった合作ということでほぼ決着がついたが、[4]彼の生涯にはなおも謎が多く、解明が進められているところである。文久三年（一八六三）、陸奥二本松に生。

また、手紙の第一番目に名前が見える幸堂得知は、正岡子規による俳句革新運動以前に活躍した、江戸の伝統を継ぐいわゆる旧派の俳人である。明治二十一年までは三井銀行に勤めていたが、故あって退職、以後文筆で身を立てた。露伴は晩年、得知のことを何度か回想して、次のように話している。

> 私が少し俳諧をのぞきましたのも、今お話した幸堂さんに御親しくしたのが大へん助けになって居ります。（中略）雪門《せつもん》で、上手です。一種異つた調子です。
> 私は雪中庵雀志《せつちゆうあんじやくし》といふ人と幸堂得知といふ人から俳句を教はつたので、向島ではない、まだ根

岸にゐた時でした。雀志さんの処へはそれほど出入もしなかつたが、得知さんからは習つたと言へる。[5]

雪門とは、芭蕉の弟子である服部嵐雪《らんせつ》の系統を引く流派である。俳人でもあった露伴は、芭蕉と門人たちによる撰集「芭蕉七部集」に、近代ではじめて全注釈をつけたほど江戸の俳諧に通じていたが、その理解の基礎をなしたのが得知との交友であった。彼はまた、篁村と同様に歌舞伎の見巧《みごう》者《しゃ》としても知られ、劇評の筆を執る機会も多かった。天保十四年（一八四三）、江戸に生。

最後の関根黙庵は、『江戸花街沿革誌』（明治二十七年）『明治劇壇五十年史』（大正七年）『講談落語今昔譚』（大正十三年）などの著を持つ、風俗芸能史研究家である。父、関根只誠《しせい》は劇神仙の号を持つ歌舞伎通であり、彼も明治二十年代から、只好《しこう》あるいは劇童子の号で劇評家として活躍した。黙庵とはのちに用いた号で、彼があまりにおしゃべりなので、後述する友人の森田思軒《しけん》が、その饒舌を封じるために命名したという。[6]かつてほかの五人と親しく往来したころは、おもに只好と名乗っていたから、以下原則として関根只好と表記する。文久三年（一八六三）、江戸に生。

二日旅行と根岸党

みなおなじく文筆にたずさわった人々とはいえ、こう見てくるとそれぞれの専門も微妙に異なり、何より最年長の得知と最年少の露伴とでは、実に二十四歳もの年齢の開きがある。では、なぜこの六名が「旧友」と言われる間がらで、久々に会って語り合おうというのか。彼らの多くが歌舞伎好きであるところから、一見それと関係がありそうにも思えるが、実際には少し違っている。六人の交友について知る直接の手がかりとなるのは、手紙の冒頭近くにある、「往年二日旅行之諸旧友」という言葉であった。

「往年」に行われたというこの「二日旅行」について、幸田露伴の弟子を自認し、露伴研究の基礎を築いた明治文学史家の柳田泉は、次のように説明している。

二日旅行とは、名の如く二日がけ一泊の旅行で、大概毎月一回試みた。その方法は、まづ最低額の旅費を定めてこれを一行の選任した会計にあづけ、私費は一切持たずに、極端に不自由倹約な旅行をする。その不自由が甚《ひど》ければひどいほど悦ぶといふのである。[7]

すなわち、仲間うちで毎月のように出かけた一泊二日の旅行で、わざと貧乏な旅をして面白がっていた、というのである。行われたのはおもに明治二十五年から翌年にかけてのことで、手紙に出てきた六名は、この二日旅行をともにした友人たちなのだった。

太華の手紙には記されていないが、彼らは一般に「根岸党」、または「根岸派」という名で知られるグループであった。筑摩書房の有名な叢書『明治文学全集』には、第二十六巻に篁村や得知らの作品を収めた「根岸派文学集」があるから、目にしたことがある人もいるだろう。その名前は、二日旅行が行われていたころ、彼らの多くが東京の根岸近辺、すなわち現在の山手線鶯谷《うぐいすだに》駅から日暮里《にっぽり》駅のあたりに住んでいたことに由来する。今ではあまり聞かなくなってしまったが、当時は流行作家の篁村や南翠、デビューしたばかりの若き露伴などが集まった一大集団だったのである。

もっとも、柳田とおなじく露伴晩年の弟子だった塩谷賛が言うように、彼らはかならずしも「文学・芸術上の結社の意味をもつものではなかった」。氏はこのグループについて、別のところで「都心から離れて根岸あたりの閑静な地に居をさだめた文士や画家が自然に集って遊んだのである」とも説明しているが、[8] 要するに近隣に住した気の合う遊び仲間だと考えてよい。根岸という地域は、江戸のころから文人墨客が好んで隠棲した閑雅な土地であり、彼らもそうした幽趣を求めてこの地に移り住み、市中の俗塵を避けつつ親しく往来していた。二日旅行とはそのような交際のなかで行われた、遊びの企画だったのである。

根岸党の仲間たち

この二日旅行には、太華の手紙に見える六名以外にも、少なからぬ仲間が参加していた。ただし、『明治文学全集』「根岸派文学集」の巻では、編集の都合で露伴や南翠をはじめとする主要メンバーが省かれたかわり、弟子筋にあたる作家などの作品もあえて収めてあるから、その顔ぶれを知るうえではあまり参考にならない。では、このグループにはほかにどんな人物がいたのだろうか。柳田泉によれば、一貫して中心人物だったのは篁村のほかにもう一人、先ほど只好のところで名前が出てきた森田思軒だった。

思軒は「翻訳王」の異名を取った翻訳家で、ジュール・ヴェルヌやヴィクトル・ユゴー、エドガー・アラン・ポーらの作品を多数訳出したことで知られる。今では広く読まれている、ヴェルヌの「十五少年漂流記」やユゴーの「死刑囚最後の日」も、彼によってはじめて日本に紹介された作品である。ユゴーの「レ・ミゼラブル」の翻訳を念願としながら、腸チフスのため明治三十年に急逝した。文久元年（一八六一）、備中《びっちゅう》笠岡に生。

この森田思軒も、二日旅行には毎回のように参加しており、生きていれば真っ先に呼ばれたはずの人物であった。太華が手紙に、ある者はすでに死んでしまい、と無念そうに書いているうちの一人は、たしかに思軒のことであろう。その彼が生前、「会か何かの発起人として書きつけた」らしい次のようなメモを、女婿である白石実三が紹介している。

根岸連――森、幸田、高橋、宮崎、岡倉、鈴木、関根、坪内、饗庭、久保田。[9]

ここに挙げられたなかで、既出の人物としては「幸田」が露伴、「高橋」が太華、「関根」が只好、「饗庭」が篁村で、「鈴木」は幸堂得知の本名、鈴木利平のことである。「坪内」は坪内逍遙と考えられるが、彼は篁村と非常に親しかっただけで、ほかの人々とはいささか距離があるので、ここではひとまず措いておく。あとの四人は「森」が森鷗外《おうがい》、「宮崎」は宮崎三昧《さんまい》、「岡倉」は岡倉天心《てんしん》、「久保田」は久保田米僊《べいせん》を指している。

この四名のうち、森鷗外についてはいまさら詳しく紹介するまでもないだろう。陸軍軍医総監にまで進んだ軍部官僚でありながら、同時に文学者としても近代文学史上に燦然と輝く巨人である。明治二十年代には、「舞姫」（明治二十三年）にはじまるいわゆるドイツ三部作のほか、西洋文学の教養を背景に多数の翻訳や評論を発表し、気鋭の新進として注目を浴びていた。文久二年（一八六二）、石見《いわみ》津和野に生。

岡倉天心もまた、鷗外に匹敵する著名な人物である。明治十年代から盟友アーネスト・フェノロサとともに、文明開化の風潮のなかで著しく評価が落ち、失われかけていた日本美術の復興に尽力した。明治二十年代は自身も創設に奔走した東京美術学校、現在の東京藝術大学の校長として後進の育成にあたり、横山大観《たいかん》、下村観山《かんざん》、菱田春草《ひしだしゅんそう》、西郷孤月《こげつ》らの名だたる画家たちを育てた時期である。文久二年（一八六三）[10]、横浜に生。

鷗外と天心という知名の両者にくらべると、あとの二人は現在ではあまり知られていない。宮崎三昧は篁村とおなじく、おもに『東京朝日新聞』で活躍した小説家で、歴史小説に才能を発揮した。晩年の大正期には、江戸文学の翻刻や校訂も手がけている。安政六年（一八五九）、江戸に生。

最後の久保田米僊は、鈴木百年《ひゃくねん》の門を出た日本画家で『国民新聞』に属し、明治二十六年のシカゴ万博博覧会や翌二十七年の日清戦争では、現地に渡って報道画を描いた。また草廼舎錦隣子《くさのやきんりんし》の号を持つ俳人でもあり、俳諧、随筆、紀行、劇評などの作品も少なくない。とりわけ、後年失明して絵を描けなくなってからは、もっぱら文筆を業とした。嘉永五年（一八五二）、京都に生。

根岸党という集団

以上、冒頭の太華の手紙に名前が見える六人に加え、森田思軒、森鷗外、岡倉天心、宮崎三昧、久保田米僊という計十一名について紹介してきた。もちろん、基本的に遊び仲間であった彼らのグループの性質上、加入や脱退に明確な基準があるわけではなく、メンバーを厳密に定めるのは難しい。この十一人も、いつも全員が二日旅行に参加していたわけではないし、逆にこれ以外の人物が加わることも珍しくはなかったが、おおむねこういった顔ぶれが、明治二十年代の半ばに親しく交際していたと言ってよい。このうち、太華が手紙を出した明治四十年八月の時点で、思軒と米僊はすでに亡く、天心は日本美術院とともに茨城県の五浦《いづら》に移転しており、宮崎三昧の事情は不明だが、たまたま当日は都合が悪かったのかもしれない。なお、鷗外は彼らと日常的な往来はあったものの、軍医という本職のためか二日旅行には一度も参加していないので、いささか立場が異なっている。

「二日旅行之諸旧友」という言葉を手がかりに、彼らの交友関係を追うことで、ようやく冒頭の手紙の背景が見えてきたわけだが、それにしてもこれはずいぶん意外な集団ではないか。

第一に、近代の文学史を見ても、幸田露伴については普通、明治二十年代に尾崎紅葉《こうよう》とともに「紅露《こうろ》時代」を現出した作家とあるばかりで、「根岸党」だか「根岸派」だかのことはたいていの概説書には載っていない。また、天心がフェノロサと親しかったことは、二人で法隆寺の夢殿から救世《ぐぜ》観音像を見出した逸話で有名だが、露伴とも友人同士で一緒に旅行に出かけていたとは、あまり聞かない話だろう。しかも、その一行には天保生れの俳人である得知や、劇評家の只好など、世代も出身も専門も異なる文人たちが集まっていたというのだから、いよいよ不思議なグループである。

先ほど塩谷賛は、彼らのことを遊び仲間だと説明していたが、こんな多彩な顔ぶれが集まって、いったいどんなことをして遊んでいたのだろう。二日旅行は、わざと不自由を楽しむという奇妙な趣向だったとのことだが、そんな企画が突然生れるはずもなく、その背後には例月の旅行を支える日常的な交遊が存在したはずである。そこで、次節ではまず、幸田露伴が後年に語ったいくつかの回想から、彼らの日常について紹介してゆきたい。そこからは、一般に知られた露伴や天心のイメージとはまったく異なる、彼らの意外な姿が見えてくるだろう。

二、「根岸党」の遊び

若き日の露伴

現在、幸田露伴に関する一般的なイメージはおそらく、漱石や鷗外と並ぶ力強く雄渾な作風を持った明治の文豪、しかし漢語を多用した難しい文体で、やや敬遠されがちな作家といったところだろう。あるいは和漢の古典文化に通じた稀代の博識であるとか、また娘である幸田文の作品から、生活全般に関する幅広い知恵をもって子をしつける、厳しくてこわいけれども偉大な父親という印象のほうが広く知られているかもしれない。『努力論』（明治四十五年刊）などの著もある露伴が、そうした一面を持っていたことは事実だが、しかしそれはあくまで彼の一側面にすぎず、他方では仲間の文人たちと馬鹿馬鹿しくも愉快な遊びに興じる、まったく別の顔も持っていたのである。たとえば同時代人たちは、若いころの露伴の印象を次のように語っている。

根岸派には、露伴あり、篁村あり、思軒あり、（中略）何方《どちら》かと言へば、研究的でなく、道楽的乃至《ないし》交遊的であつたがため、その団結力は余り鞏固《きょうこ》ではなかつた。しかし、その中の空気は面白さうであつた。またいくらか戯作者風のところなども残つてゐて、通なことや市井のことや演劇のことなどに深い興味を持つてゐた。旅などもその連中はよくした。[11]

こう回想するのは、明治四十年に「蒲団」で文壇に衝撃を与え、一躍その名が知られた田山花袋《かたい》である。彼は明治二十年代当時、まだ感傷的な詩を書いていた一人の文学青年にすぎなかったが、その花袋によれば、露伴たちは道楽的な空気のなかで、面白そうに遊んでいたという。また、明治二十二年にできたばかりの東京美術学校で第一期生だった横山大観《たいかん》も、晩年になって次のように話している。

明治二十二、三年頃でしたか、根岸に根岸党といふ組がありまして、岡倉天心、饗庭篁村、森田思軒、幸堂得知、それに露伴さんなど十人位ゐました。幹事は廻り持ちで、大いに飲み大いに論じたやうですが、わたしなどは画業いまだ半に過ぎず、到底その仲間にはは《ママ》入れないものでした。[12]

大観もまた、酒を酌みかわす彼らの楽しそうな雰囲気を伝えている。年齢からすれば花袋は露伴の四歳下、大観はわずか一歳下であるが、とてもその仲間には入れなかったという大観の言葉からは、露伴がいかに若くして世に出て、しかも年長の文人たちと親密に交際していたかがわかるだろう。

酒に彩られた日常

では露伴自身の回想から、「道楽的」だったという彼らの交遊の具体例をいくつか見てみよう。まずはじめに紹介するのは、「飲抜無尽《のみぬけむじん》」という遊びである。

私たちの先輩連中の間に、一時飲抜無尽といふのが流行《はや》つたことがあつた。（中略）先《ま》づ一同の中から、一人の主人と、一人の三太夫とを選んで、それにその日の主人役を任せた。三太夫は無論番頭格で、会計万端を引受け、主人は我儘な御前、その他の人は客人、何のことは無い、一種の大名遊びである。（中略）尤《もっと》も、大名遊びと言へば聞えは大変よろしいが、その実質に至つては、相も変らず、牛飲馬食を本領とした。それでも、三十円もあれば三太夫の腕一つで、十人位の人数なら一夜の豪遊を購ひ得たもので、その点、三太夫は大いに見せ場のある役柄であつた。[13]

明治二十五年に書かれた露伴や太華たちの合作紀行、「草鞋記程」に「能美努計《のみぬけ》無尽会」という言葉が出てくるから、そのころのことと考えられる。会費を持寄ったうえで酒を飲みに出かけ、あらかじめ決めておいた主人が言うわがままを、会計役の腕前でかなえてみせるという遊びであった。

二日旅行でも、誰かが会計の一切を引受けることが行われていたから、当時彼らの間で流行していた趣向なのだろう。もっとも、こうした趣向はあくまでも一つの肴であり、遊びの中心にあったのはやはり、毎日のように飲み歩く酒であった。

饗庭君も私も随分早起で、寒い時分でしたが、朝食を家で食はうとすると、朝早いんですからなか〳〵食事まで手間がとれる。それだから、「君が朝誘ひに来て呉れゝば、二人で毎日朝食は魚河岸へ行つて食はう」と言ふ（中略）魚河岸へ買出にくる人々の食事をする家があつて、雑闘《ざつとう》の中の肆《みせ》ですが、玄人相手だから上品ぢやないが、食物は相当にいゝのです。それで馬鹿に大きな徳利から大湯呑へついでくれる酒を飲んで、勝手な肴を択取《えらみ》りにする。それが饗庭君はもう嬉しくてたまらないらしい。[14]

これは、露伴と篁村が二人とも京橋区、今の銀座あたりに住んでいた明治二十六年ころの話である。当時の魚河岸は日本橋にあり、そこで朝から飲んでいたわけで、酒に彩られた彼らの日常の雰囲気が伝わってくる。どこかへ出かけたおりなどにも、酒はつねについて回り、こんな逸話が残っている。

（ある秋の末、海釣りに出かけて―注）さつぱり釣れないから、それよりも持ち込んで来た酒を飲み出した。もう冬近いのですから寒い、なかなか酔はないからどん〳〵飲む。釣りに来た

んだか、わざ〳〵寒い海まで酒を飲みに来たんだか……（笑声）[15]

もう寒風の吹出した海にわざわざ舟を出したのに、釣を止めてしまって酒を飲んでいるとは、まさに酔狂のかぎりである。ところが、この話にはまだ続きがあった。

今度は饗庭さんと得知さんと、もう寒くなつて海はいけないから川へ、中川へ行きました。さうすると野風爐《のぶろ》なんか持出して、さうして勿論例の如く酒を持つて行く。この時は歩くのですから、肴をいろ〳〵持つて行く訳には行かない、それで又ちつとも釣れやしない。（中略）先生、もう川のふちはいゝ加減で切上げて了《しま》つて、この川添の空地へ座り込んで、得知さんと二人で火を起して居る。（中略）牡丹色のトルコ帽をかぶつて、妙に凝つた道具を出して酒の燗をして居る。そこらの田舎者が見たことはないでせう、子供が周りに立つて了ふ、私が子供を追放ふ役です。お角力（船頭のあだ名―注）が愛想に大根の煮たのを小丼に入れて持つてきてくれる。それをつゝき乍《なが》ら、「どうも実にいゝ」とか何とか言つて……（笑声）

露伴の釣好きは有名だが、それ以上の彼らの酒好きを伝える逸話である。冬の川原に座りこみ、茶の湯の野点《のだて》に使う風炉で燗をつけて、船頭からもらった大根の煮つけで酒を飲んでいたのだから、いかにも奇妙な光景で、子供が寄ってくるのも無理はない。しかも篁村はこの時、なんとまだ一匹も釣れないうちから飲んでいたらしい。

釣に出かけて魚を釣らず、寒いなかで酒ばかり飲んでいるこうした状況は、一見すると間抜けな失敗のようにも思えるが、しかしそれこそが彼らの最も好んだところであった。普通の釣人のように相応の釣果をあげ、暖かい店か自宅で一杯やったとしても、特に面白がられることはない。彼らが追い求めたのは、普通とはかけはなれた新奇で変った趣向であり、それが結果的には失敗に終ったとしても、その失敗や痩我慢を面白がって笑い合い、楽しんでいたのである。篁村や得知の作品はどれもユーモアに富み、滑稽さを基調としているが、その日常も同様に、明るい笑いに包まれたものだったようである。

露伴はまた、岡倉天心もおなじような態度で遊んでいたことを伝えている。

岡倉覚三（天心の本名―注）には面白い話がある。あの男は、その頃、馬の御前といはれた位で、小紋縮緬《こもんちりめん》のぶつさき羽織、腰に馬乗提灯を打ちこんで、馬上寛《ゆるや》かに白昼の町内を乗廻した。訪問もそれ、猟にもそれだ。よく馬上に半弓を携へて、三河島の田圃で鳥を射てゐたことがあつた。私などが鉄砲を担ぎ廻つてゐると、御前、早速見付けて、「鉄砲で鳥を獲るなんて、野暮な真似をするな」といふ調子で屢々叱言《しばしばこごと》を喰つたものだ。（中略）饗庭篁村とは、変物同志でい丶相手だつた。[16]

明治二十年代にはまだ銃猟が規制されていなかったから、露伴はしばしば郊外で鳥を撃っていたのだが、天心はそれを「野暮」だと言い、馬に乗って弓矢で狩をしていたのである。当然ながら、成果が挙がったのは鉄砲のほうだろうが、そこをあえて時代錯誤的とも思えるやりかたで楽しむのが、「変物」とされる彼らの遊びかたであった。
とはいえ、露伴は篁村よりも一回り、得知よりは二回りも年齢が下であり、はじめからこんなふうに親しく交際できたわけではなかった。右の文章に続いて、露伴は「こんな連中の集りが私たちの先輩だつたのだから、私たち新米は初めのほど、どれ位悩されたか知れなかつた」と言っているが、それでもなお彼らとの交わりを深めていったところに、たわいもない遊びを好み、喜んだ露伴の一面をうかがうことができるだろう。

吉原遊廓での俳諧

若き露伴の遊び好きは、篁村や得知との交遊だけでなく比較的年齢の近い親友、高橋太華との次のような逸話にもあらわれている。

高橋太華と一緒に吉原へ遊びに行つた時、床の間に梅が俗な作りかたで蛸づくりといふのにしてあつた。そこで私が、「蛸づくり梅は八輪咲きにけり」といふ発句をやつて、高橋がそれに脇をつけた。そんな乱暴な句なんて無いだらうが、女郎屋の二階で歌仙《かせん》を巻いてゐる図も余りあるまい。得知さんが冗談に、「君、俳句だけはよした方がい丶よ」なんて言つた。[17]

歌仙とは、五七五の長句と七七の短句を交互に詠み合い、計三十六句をつけあわせる俳諧の形態で、最初の長句を発句、次の短句を脇という。のちに明治三十年代、正岡子規がこの発句を自立させたのが近代俳句だが、このころはまだ歌仙もかなり一般的に行われていた。右の回想に出てくる、露伴と太華が吉原で作り、得知にからかわれたという作品は、慶應義塾図書館蔵の太華の日記に記録されている。ただし、三十六句までは作らなかったようで、記されているのは十四句めまでである。

蛸づくり梅は八輪咲きにけり　露
　入道二人つくねんと見る　華
吸ひかけた煙草も半《なかば》けぶとして　露
けぶたがらるが持前のぬし　華
蚊やり火のあひだに見ゆる月あかし　露
　扇片手に笛のねを聞く　華
おちぶれてかゝる磯辺のわびすまひ　露
　鷗《かもめ》を友にながき春の日　華
さりとても栄花のむかし夢むらむ《ママ》　露
　露重き夜に菰《こも》をかたしき　華
覗《ママ》ふたる十八年の親のあだ　露
　あひし間もなくきゆる花魁《おいらん》　華
男とも女とも誰か知らぬとや　露

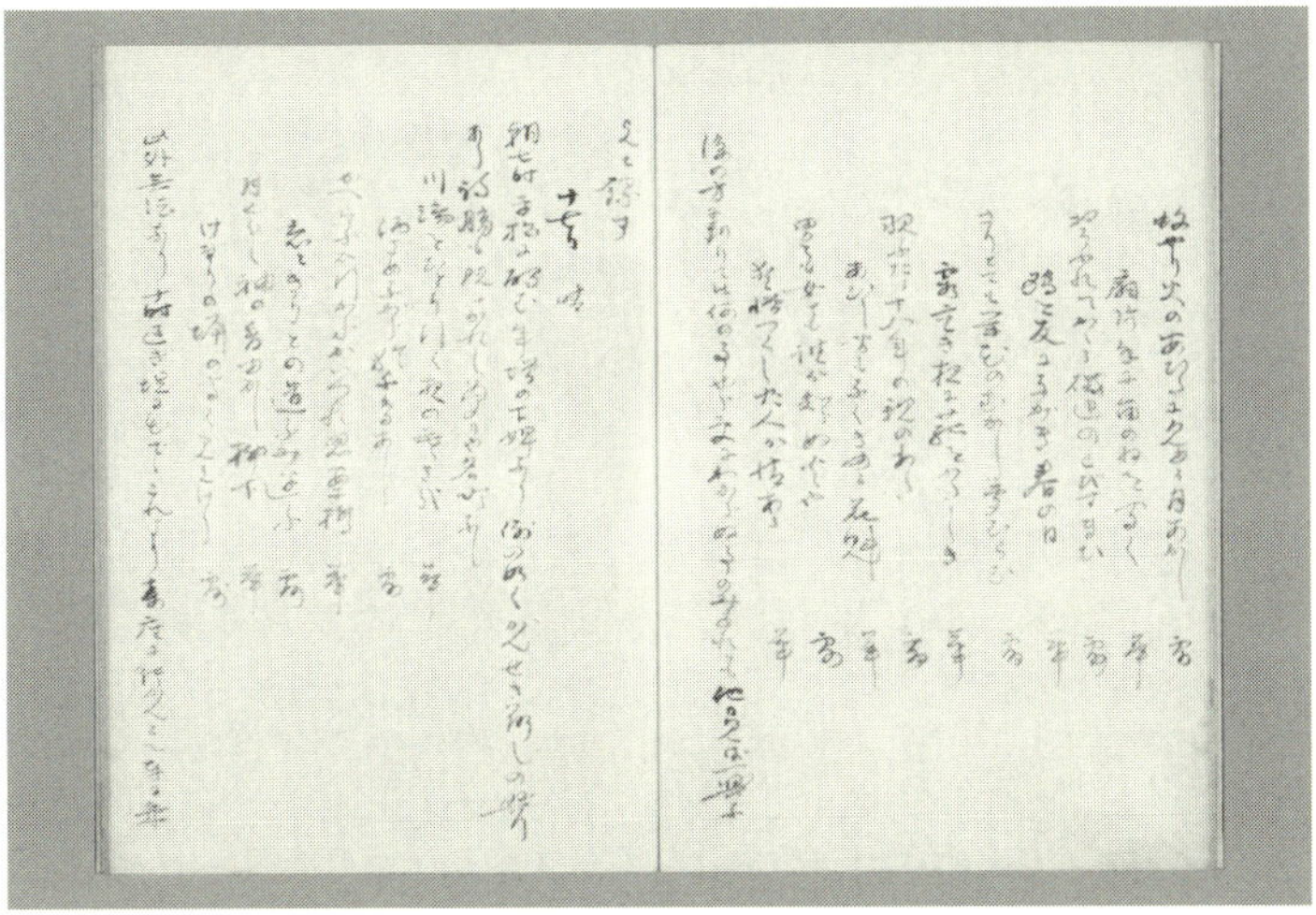

太華の日記「雅俗日記」(慶應義塾図書館蔵)。露伴との歌仙が記されている。

愛憎つくした人が情ある　華[18]

前句から呼び起されるイメージを利用して、次々に新しい場面を展開してゆくのが連句の基本である。この一連も入道が吸った煙草の煙から蚊やり火、そこに見え隠れする月から笛の音、そのわびしさから磯辺の閑居、鷗を見る春の日、栄華の夢、夢から醒めた晩秋の夜のみじめさとつながってゆくが、しかし冗談の連句をまじめに解釈してもしかたがない。この時、彼らは「大酩酊」していたらしく、太華自身も「後の方に到りては、何の事やら更にわからぬ事のみ」と書いているのである。

むしろ面白いのは、あまりに酔っていたためか、二人はこの夜、相手の遊女に振られてしまったらしいのだ。床の間の梅を「つくねんと見る」二人の入道は露伴と太華だろうし、「けぶたがるが持前のぬし」とは、嫌われたことへの皮肉か自虐とも読める。鷗が友の「磯辺のわびすまひ」や「菰をかたしき」は、独り寝のつらさを暗示しており、「あひし間もなくきゆる花魁」にいたっては、ずばりそのままである。太華の日記にそうした事情は記されていないが、句の背後からは、消えてしまった遊女への腹立たしさが聞えてくるようである。

根岸党という文学現象

ここまで、露伴による回想を中心に、「二日旅行之諸旧友」たちが日常的に繰広げていた遊びの一端を紹介してきた。その基本姿勢は、つねになるべく普通とは違う、変ったことをして面白がろうとするものであり、わざわざ不自由をして楽しんだという二日旅行も、そうした遊びのなかから生れた企画の一つであった。このように、彼らのサークルは何か主義主張を標榜するでも、文学上の一派を立てるでもなく、ただ酒を友として日夜遊んでいた。その空気は、田山花袋が言うように「道楽的」であり、だとすれば従来「派」と「党」とが並行して用いられてきた呼称についても、彼ら自身が名乗っていた「根岸党」とするのがふさわしいだろう。[19]

とはいえ、もし彼らが酒に興じて隠逸に逃れるばかりで、後世に何も残さなかったとすれば、それはよくある友人たちの遊び仲間でしかなく、その実態を明らかにしたとしても、露伴や天心らの知られざる逸話を掘りおこしたにとどまる。しかしながら、メンバーがみな一流の文人であり、二日旅行をはじめ党での遊びを描いた作品を数多く執筆したところに、この集団の注目すべき特徴があるのだ。

たとえば、日常的に行われていた酒宴や遊びの催しの景況を、しばしば篁村が短い文章にして発表する。旅に出かければ、これも篁村や得知らが紀行をまとめるし、時には参加者が交互に筆を執り、それに米僊のような画家が挿絵をつけて単行本にしたこともある。歌舞伎を観にゆけば、みなで合評を作って雑誌に発表したり、これも時に単行本にしたりする。ついには露伴が編集を担当し、自分たちの同人雑誌を刊行するまでにいたった。しかもそれらの作品は、みな異なる文体や教養を持つ筆者たちによって書かれたにもかかわらず、いずれもおなじように党での遊びの空気を漂わせている。すなわち、根岸党とは一つの文学現象、あるいは文化現象なのであった。

では、そのような根岸党の作品を一つ、実際に読んでみよう。取上げるのは、明治二十六年春の二日旅行を題材とした、饗庭篁村の「さきがけ」である。

三、杉田の梅見　―「さきがけ」―

「さきがけ」の旅

「さきがけ」は明治二十六年の二月十一日と十二日、根岸党の人々が一泊二日で鎌倉から金沢、杉田へと出かけたおりの紀行であり、同月十四日から十八日まで『東京朝日新聞』に掲載された。題名は、一行が「天下の梅見に先だちて」、杉田で観梅をしたことに由来する。今ではもう見るかげもないが、京急本線杉田駅とＪＲ根岸線新杉田駅がある横浜市磯子区中部の一帯は、江戸時代には数万本の梅林が広がる梅の名所であった。また、彼らが宿泊した金沢も、歌川広重の浮世絵「金沢八景」などで知られる景勝の地で、明治中期にはまだ近世のおもかげがそのまま残されていたのである。

この旅行に参加したのは、第一節で紹介した幸堂得知、幸田露伴、高橋太華、久保田米僊と作者である饗庭篁村、それに楢崎海運《かいうん》の六人であった。海運は文人ではなく、本名を正三郎または正兵衛という紙商で、日本橋近くにあった海運橋のたもとに店を構えていたことから、この名で呼ばれていた。稀覯本を数多く蔵する蔵書家として知られ、根岸党の文人たちはその蔵書を借覧するなど、親しい交わりを結んだ。彼が明治三十三年に歿した時には、篁村が『大阪朝日新聞』に追悼文を発表している。[20]

失敗続きの旅路

さて、彼らが旅した明治二十六年当時、まだ東京駅はできておらず、東海道線の始発は新橋駅であったから、当日朝の集合場所はそこから近い京橋区丸屋町、現在の銀座八丁目に住んでいた露伴の家となった。ところが、篁村と海運が連れだって到着すると、露伴は昨夜から帰ってきていないと言われてしまう。主が留守とはいったいどういうことだ、もう予定の八時の汽車には乗れないではないか、きっとみんな怒っているだろうと聞けば、「イエ何方《どなた》もまだ」。呆れているところへ、露伴がふらりと帰ってきた。

ところが他の面々はまだ来ず、気がせいた二人は先に出て、途中で会った米僊とともに新橋駅で待っていた。

三人、新橋の停車場に到りて見るに、露伴子も来ず、幸堂、太華の両氏も見えず。九時の汽車のはや発せんとするとき、太華氏は例の鉄砲を担ぎ、幸堂氏は道行振《みちゆきぶり》に昔の通《つう》を見知らせて来たりしが、露伴子まだ来ず。汽車は煙の母衣《ほろ》を引く時になりて駈付けたれば、鐍合《けぬき》せに間に合ず。（一）

九時の汽車が出ようとする時になって、ようやく太華と得知がやってきた。太華が鉄砲を担いでいるのは、彼も銃猟が趣味で田舎に行って鳥を撃つため、得知が着ている道行振りとは、和服に羽織る旅行用のコートである。ところが露伴だけはいつまでも来ず、汽車が煙を吐きはじめてから駆けつけてきたものの、あと一歩の差で乗遅れてしまったのだった。

今から揃って旅行に出かけようというのに、この呑気さには驚くばかりだが、こうしたゆるやかな空気こそが、遊びの集団である根岸党の最大の特徴だった。汽車に乗遅れるのもよくあることで、この時もたいして気にかけてはいない。

幸堂氏、「一寸《ちよつと》医者へ行て来る」とて出行《いでゆき》たり。今発す汽《ママ》車を前に扣《ひか》へて医者へ行くとは途轍《とてつ》もないと驚くうち、老人ニコ〱と帰り来たり、「薬を貰《もら》って来たよ」と袖の下から出すは酒の罎《びん》。（一）

得知は根岸党のなかで最も年長なほうであり、しばしば戯れに老人と呼ばれていた。彼が買ってきた酒を飲み飲み、一行がようやく乗込んだのは十時発の汽車だった。ところが大船駅に着いた時、今度は太華が失敗してしまう。

大船に汽車が止まると、一行至極《しごく》心得たる顔にて、鎌倉行に乗り換んと飛び出すを、深切《しんせつ》なる婦人坐隅《ざぐう》より、「モシ、鎌倉へ入《い》らツしやるなら、是は横須賀行ですから此まゝでよいのです。乗換ると東海道へ行きます」と教へ呉れたるに、頭を搔《か》いてまた元の汽車に乗る。真先《まっさき》かけて飛出したる太華氏、呼び返されたテレ隠しに、「ナニ、僕は便所を探しに行たのだ」と云訳《いいわけ》せしが、「小便に行くに鉄砲と酒の壜《びん》を提《さ》げずとも能《よ》からう」と駄目をおされて、大《おおい》にグンニャリ。（一）

乗換えずともよい汽車から飛出してしまった太華が、みなにからかわれている。先ほどの乗遅れもそうだが、根岸党の旅ではこうした失敗談こそが面白がられ、作品でも重要な話材とされていたのである。

「運慶と弁慶は何方が強い」

汽車が遅くなったので、鎌倉に着いたのはもう昼時であり、鶴岡八幡宮の鳥居前にあった旅館、角庄で昼食にした。すると主人が出てきて、猫と鼠のミイラや、内側に彫刻のある木魚など、おかしな宝物を見せはじめる。

「エヘン、鎌倉へ御出《おいで》になツて古物を見なければ、一向《いつこう》つまりません」と独語《ひとりごと》の如く、又一行の褒方《ほめかた》中に少し茶の気味がありしを、憤慨《ふんがい》するが如く云ふ。予（篁村—注）、此《この》一言に驚き、起直って其《その》宝物を拝見す。主、尤《もっと》も尤もらしい幸堂氏を提《つかま》へ、「此《この》木魚は伊太利《イタリー》の公使が始め五百円に付けて、次に千円に買ふと申し込んだが、私はなか〳〵売ません。若《も》し伊太利国の地面十里四方となら取替やう、と云てやりました」と話す。一行、アとばかり顔を見合せて、其《その》有難味に驚く。（二）

当時の五百円とはどれくらいかというと、この明治二十六年のはじめに露伴が京橋へ引越したおり、谷中の家を太華に売った金額が百五十円であったから、[21]その家を三軒買ってもまだ余る金額である。宿にある木魚が五百円も千円もするという、このいささか眉唾ものの自慢話を聞いて、もともとからかい半分だった露伴がこんなことを言出した。

（露伴が—注）一列並《いちれつなみ》に何とか挨拶せんと、運慶の作といふ仏像を見るとき、不図《ふと》口をすべらして、「運慶と弁慶は何方《どっち》が強い」と云出《いいだし》たるより、此《この》人は美術思想なきものと見極められ、一行には笑を忍ぶ苦みを与へ、叱られて辟易《へきえき》し、辟易して却《かえ》つて大《おおい》に当人得意を極め、「当日第一等の出来は……」と鼻を蠢《うごめ》かしぬ。（二）

もちろん、運慶は鎌倉時代を代表する仏師で、源義経に忠義をつくした伝説的な剛力の僧、弁慶とくらべるのはまったくの的外れである。露伴がそれを知らないはずはないが、あえてこんなことを言ってみて叱られ、その失態をみなで笑って楽しむのが、根岸党の遊びであった。

一行はこのあと、鶴岡八幡宮に参拝してから道を東に取り、朝比奈の切通しへと向った。鎌倉から金沢へと抜ける、いわゆる金沢道である。今では住宅街が広がっているこの道沿いも、当時はまだ一面の田畑であり、太華が早速持って来た鉄砲を取出した。

太華氏は弾丸込《たまごめ》して小鳥を狙《ねら》ふ。熱心と熟練の妙は実に驚くべし、銃《つつ》の音にしたがツて鳥の落ること無数。但《ただ》し、皆空へ向って上へ落つるにて、下へ落つるは稀の中にも稀なり。楢崎氏、我輩に囁《ささや》いて曰く、「出立《いでたち》の甲斐々々《かいがい》しき上より見るも、太華氏の手際《てぎわ》、是ではあるまじ。思ふに、今日は志す仏の日にて、鳥の他人に打たれんことを悲しみ、砲を発して追逃《おいにが》し置かるゝ積《つもり》ならん。偶々《たまたま》弾丸に中《あた》るは、鳥が逃《に》げるはづみに、誤つて向ふから中《あた》りしなるべし」と。予も此説こそ的の図星とうなづきぬ。（三）

いくら撃っても当らないので、きっと鳥が他人に撃たれぬように逃してやっているのだろうと、海運にからかわれているのである。こうして笑い合いながら、竹寺として知られる報国寺の庭にあるやぐらをのぞいたり、畑道で菫を掘ったり、画家の米僊が写生するのを眺めたりして、朝比奈切通しを越えて金沢に出た。この夜、一行が泊った千代本は、江戸時代から続く有名な旅宿であり、現在も海に臨んだおなじ場所で料亭として営業している。

翌日は夜のうちに降った雪を踏み、何もない山道を辿って杉田に着いた。昼食後は途中から人力車を使い、横浜駅で汽車に乗って帰京である。まだ二月も半ばであるから、やはり観梅にはまだ早かったらしく、篁村は作品の最後にこんな強がりをつけ加えている。

真に風雅の士たらんものは、成丈《なるだ》け寒き日を選み、早く行て「蕾《つぼみ》はオッだ」と賞し玉へ。若《も》ししからずんば、これ通にあらずして俗物のみ。俗物と云るゝが恐ろしくば、此一行の通に倣《なら》へ。

（四）

根岸党の一行が通った朝比奈の切通し。今も当時のおもかげが残る。

こうして「通」を気取り、暖かくなって梅が咲いたころに観梅に出かける遊覧客を「俗物」と軽蔑してみたところで、それが負惜しみなのは明らかである。何しろその直前には、雪の山道をゆく彼らの、「風雅の二字を堪《こらえぢから》力に縮みつゝ行けば、風さへ己《おのれ》寒きにや、枯草にすがりてヒウーヒユーと泣く。其声を聞けば、涙ならで涕《みずばな》の垂るゝぞ憐《あわれ》なる」という有様が描かれていたのだから。しかし根岸党の人々は、まだ梅が咲いていないことを承知のうえで出かけ、例によって失敗し、その失敗を「通」だと気取って、冗談にして面白がっているのである。

根岸党は時代を批判していたのか

このような、わざと変ったことをして興じる根岸党の遊びは、性急な近代化への反発や、あるいはすでに過去となってしまった江戸への憧憬と見られることが多かった。たとえば塩谷賛は、根岸党の本質を「古い時代を恋うこと」だとまとめているし、木下長宏は中国の唐朝に殉じて反乱軍に殺された顔真卿《がんしんけい》を引きあいに出し、彼らの遊びは「こういう悲痛なまでの厳しさをそっくりひっくり返しただけ」だとしている。[22] 新時代と旧時代という二項対立はたしかにわかりやすいし、しかも時代への批判精神があると言えば、何となく意義を見出して格好がついたような気になるものだから、こうした見かたが行われてきたのもわかる。そして、根岸党には実際、そのような反時代的な側面もたしかにあった。

彼らが「さきがけ」の旅に出かけた明治二十年代は、鉄道や幹線道路など交通網の整備に加え、名所案内の類が次々に刊行され、観光が急速に普遍化、大衆化しつつあった時代である。一行が乗った、大船から横須賀へゆく鉄道が開通したのも、この旅行のわずか四年前、明治二十二年六月のことだった。もちろん、鎌倉は比較的江戸に近い名所であったから、近世期からいくつかの地誌や案内書が版を重ねていたし、杉田も佐藤一斎の「杉田村観梅記」（文化四年、一八〇七作）などで知られてはいた。だが、明治に入るとより読みやすい活字を用い、挿絵を多用した大衆的なガイドブックが、はるかに数多く出版されるようになったのである。[23]
角庄の主人の、「エヘン、鎌倉へ御出になって古物を見なければ、一向つまりません」という言葉は、こうした観光地化する鎌倉の空気を顕著に反映したものであった。それだけでなく、この言葉にはゆきすぎた西洋化への反動から高まりつつあった、日本美術再評価の気運も俗な形でうかがわれる。ところが、その気運を主導していた岡倉天心は彼らの親しい仲間であり、またこの旅行には京都画壇の重鎮であった久保田米僊も同行していたわけで、そうした一行がはからずも、きわめて通俗的な日本美術理解に直面させられた格好になったのである。こう考えてみると、角庄の主人や、あるいはこぞって杉田へ観梅に出かける観光客に対する揶揄に、規格化、画一化され、それゆえに陳腐化してゆく遊びかたへの批判や諷刺の針が含まれるという見かたには説得力があるし、また事実彼らは、あまりに浅薄で表面的な観光文化のありかたに、幾分の苛立ちが混じった気恥ずかしさを覚えてもいただろう。

違和感を笑い飛ばせ

しかしながら、そのような批判精神を根岸党の基本姿勢、あるいは彼らの作品を貫く主題と見るのは、はたして適当だろうか。たしかに彼らは角庄の主人をからかっているが、それはあくまで軽い皮肉にとどまっており、ほかの場面ではむしろ自分たちの失敗ばかりを描いていることを考えれば、これもまた彼らが遭遇した滑稽な出来事の一つとして取上げられた可能性が高い。梅の盛りに出かける観光客を「俗物」だと言い、寒いさなかに訪れた自分たちこそ「通」だと誇ってみせるその態度にしても、通俗的な時代や大衆を批判するというより、明らかにそれとわかる負惜しみを言って笑いを取るものであったことは、先ほど述べたとおりである。つまり、根岸党の人々はどうやら、急激に進行する皮相な近代化にはたしかに違和感を覚えながら、時にはそれを茶化し、また時にはより奇抜なことをしてふざけ合い、自他の失敗を笑い合うなかで、そうした違和感を解消していたようなのである。

もちろん、だからといって根岸党の作品が、一概に劣っているとか価値がないとかいうことになるわけではない。そういった尺度は常に、その時々の思潮や社会状況に応じて設定されるものにすぎないからである。それよりも、こういう一見くだらなく思える遊びに本気で興じ、しかもその私的な遊びを作品に描いて発表し、さらに言えば次々と発表されるそれらの作品を楽しみ、支持していた明治人とは、いったいどのような存在だったのかを考えるほうが興味深い。前の節で紹介した幸田露伴にしても、たとえば年長の友人たちと上機嫌で酒を飲み、冬の川原での酒盛りを見物に来る子供たちを追い払い、あるいはわざと運慶と弁慶とをくらべて、宿の主人から馬鹿にされているその姿は、一般に知られる彼のイメージとは少なからずかけ離れているようだが、それが彼の一面であったことは紛れもない事実なのである。

こうした彼らの精神構造を考えるには、やはりこの奇妙なサークルの成立ちから、順を追って見てゆくのがよいだろう。そこで、ひとまず時代を明治の初年まで遡り、彼らの交友の軌跡を振返ってみよう。

1 高橋太華「饗庭篁村宛書翰」明治四十年八月二十五日付（早稲田大学図書館蔵、請求記号チ〇六：〇三八九〇：一九三）。

2 坪内祐三編『明治の文学』第十三巻（筑摩書房、平成十五年四月）帯。

3 幸田露伴「明治二十年前後の二文星」（『早稲田文学』大正十四年六月）五頁。

4 大沼敏男「「佳人之奇遇」成立考証序説」（『文学』昭和五十八年九月）、井田進也「東海散士『佳人之奇遇』合作の背景」（『国文学』平成十一年十月）など。

5 幸田露伴・市島春城ほか「市島春城幸田露伴両翁を中心とする座談会」（『日本趣味』昭和十年七月）三十四頁、塩谷賛『露伴翁家語』（朝日新聞社、昭和二十三年四月）百二十一～百二十二頁。

6 白石実三「根岸派の人々」（『日本文学講座』第十一巻、改造社、昭和九年一月）百四十四頁。

7 柳田泉『幸田露伴』（中央公論社、昭和十七年二月）百七十四頁。

8 塩谷賛『露伴と遊び』（創樹社、昭和四十七年七月）二十一頁、塩谷賛『幸田露伴』上（中央公論社、昭和四十年七月）二百頁。

9 白石実三「根岸派の人々」（前掲）百三十二頁。

10 天心の誕生日は十二月二十六日であり、西暦では一八六三年二月十四日となる。

11 田山花袋『東京の三十年』（博文館、大正六年六月）百三十八頁。

12 横山大観「露伴さんの思い出」（『露伴全集月報』第十号、岩波書店、昭和二十五年四月）七頁。

13 幸田露伴「遅日雑話」（『文章倶楽部』昭和三年三月）十八～十九頁。

14 幸田露伴・市島春城ほか「市島春城幸田露伴両翁を中心とする座談会」（前掲）二十八頁。

15 幸田露伴・市島春城ほか「市島春城幸田露伴両翁を中心とする座談会」（前掲）三十一～三十二頁。

16 幸田露伴「遅日雑話」（前掲）十九頁。

17 塩谷賛『露伴翁家語』（前掲）百二十五頁。

18 高橋太華『雅俗日記』（慶應義塾図書館蔵、請求記号一一二七・三八・一）六丁オ～六丁ウ。

19 管見のかぎり、「根岸党」という語が使用された最も早い例は、森田思軒（推定）「墨田川上一夕の佳話を伝ふ」（『郵便報知新聞』明治二十三年八月二十三日）においてであり、このころから彼ら自身が、自分たちのグループを「根岸党」と称しはじめたようである。一方、「根岸派」という呼称は明治二十四年十月、『早稲田文学』に掲載された「時文評論」に見られ、大正期以後の文学史や評論のなかで採用されたことから一般に広まった。

20 饗庭篁村（推定）「楢崎海運氏逝く」（『大阪朝日新聞』明治三十三年三月二十一日）。

21 高橋太華『雅俗日記』（前掲）二十八丁ウ～二十九丁オ。

22 塩谷賛『露伴と遊び』（前掲）百五十二～百五十三頁、木下長宏『揺れる言葉―喪われた明治を求めて』（五柳書院、昭和六十二年三月）二百二十三頁。

23 相良国太郎『鎌倉案内』（相良国太郎版、明治二十一年三月）、堀内立雄『鎌倉江之島金沢名所之柴折』（堀内立雄版、明治二十三年七月）などは、いずれも活字本文に挿絵を交えた小冊子であり、近世期同様に製版で印刷された本はさらに多い。

第一章

根岸党の出発

一、根岸党まで

根岸党前史

根岸党が成立したのはいつか、ということをはっきり定めるのは難しい。元来、彼らは私的なつながりによって集まった、メンバーすら固定されないゆるやかな遊びのサークルだったのであって、そこには通常の文学結社のような、結成と解散の明確な基準が存在するわけではない。しかも、そうしたつながりも特定の会合などがきっかけで生れたのではなく、友人が友人を呼ぶ形で徐々に広がっていったのだから、党が成立した時点を厳密に決定するのは不可能なのである。

もっとも、「根岸党」という名前が使われはじめた時期については、おおむね明治二十三年の夏ころだったとわかっている。[1] しかし、この名前もやはり、前々から続いていた親密な交際のなかで自然に用いられるようになったにすぎないから、党の成立と直接結びつけることはできない。だとすれば、無理に結党の時期を確定しようと試みるよりも、むしろ彼らが次第に交際の範囲を広げ、その遊びを作品化するようになる過程を見たほうが、より党の実情に迫ることができるのではないか。そこで、この節ではまず、そうした根岸党前史とでも称すべき時期について、党の形成から解体まで一貫して中心的な存在であった、饗庭篁村を軸として追ってゆくことにしよう。

篁村と得知の出会い

饗庭篁村が幸田露伴から「明治二十年前後の二文星」の一人と讃えられ、実際かなりの人気を博した流行作家であったことは、前の章で詳しく紹介したとおりである。根岸党の源流を求めて文人たちの交際をさかのぼってゆくと、この篁村と俳人、幸堂得知との出会いに辿りつく。両者がはじめて会ったのは、篁村がまだ『読売新聞』の一記者であった明治の初年代、先輩記者の高畠藍泉《たかばたけらんせん》とともに、日本橋数寄屋町で酒を飲んでいたある夜のことだった。

> 「イデヤ、酔ざましに大通りの夜見世をひやかし、珍書を堀《ママ》出さん」など戯れて、跟蹌《ろうそう》と立出たるが、藍泉氏にはかに歩《あし》を止めて、「君に能《い》い人を引合せやう」と云《いい》かけて、町を横に曲り、細き路次《ろじ》の跡に附随《つきしたが》ひ行けば、其土蔵に入り、綺麗なる家をおとなひ、何事か高く打笑ひて、「オイ饗庭君」と入口の外に躊躇《ちゅうちょ》せし予を呼《よば》れたり。（中略）「アイ〳〵」と小庭より椽《えん》に上り、藍泉氏の後につい居たり。時は熱からぬほどの夏にて、予が二十一、二歳の時なり。[2]

藍泉に連れられて路地を入ったこの家が、すなわち得知の住いであった。あらわれた得知は年のころ三十二三、篁村よりは一回りも上であったが、これ以来二人は「誠の兄弟も啻《ただ》ならず」、「君（得知―注）の家には我（篁村―注）住みかはり、我家はまた君の旅宿に充《あ》てらる」という親密な交友を結ぶことになる。明治二十四年に書かれたこの篁村の回想には、文中に「十六、七年の昔」と記され、また大正二年に得知が他界したおりにも、彼は「得知さんと知合《しりあい》になつて三十九年」と述べているから、[3] この話はおおよそ明治七〜八年のことと見てよいだろう。ちなみに、明治初期の新聞記者は現代とはかなり異なり、今で言う記者だけでなく編集やコラムニスト、時には連載小説の作家までも兼ねたような存在であった。

両者を引合わせた藍泉は、そうした新聞記者の一人で、作家としても活躍して「明治最初の文壇小説家」と言われた人物である。江戸後期の戯作者、柳亭種彦《りゅうていたねひこ》に私淑して三世種彦を名乗っていた。天保九年（一八三八）の生れだから、安政二年（一八五五）生れの篁村とは二十歳近くも離れているが、どうやらこの後輩のことがかなり気に入っていたらしく、その後も同世代の文人たちの交わりに呼んでいる。

前田夏繁《なつしげ》、高畠藍泉、鈴木（得知の本姓―注）得知の三氏、君（南新二《みなみしんじ》―注）と共に昔を語るとて旧談会といふを設け、月一回づゝ其席《むしろ》を開かれぬ。予（篁村―注）は其座に列るべき年にもあらざりしが、諸君忘年の友たるを許されて、毎席々末ににぢり出で、諸君の談話を聞くのみか、題を課して作文または和歌発句の作習、或は会読、鑑定会、順の話し会などいろ〳〵の催しにも加はりたるが（後略）[4]

前田夏繁は天保十二年（一八四一）の生で、香雪《こうせつ》と号した『平仮名絵入新聞』の記者、「君」と呼ばれている南新二は天保六年（一八三五）生で、当時はまだ会社勤めをしていたものの、明治十年代に入ると様々な新聞への寄稿をはじめ、セミプロのような立場で活躍した文筆家である。篁村は新二との出会いを、おなじ文中で「明治九年の夏の頃と覚えし。高畠藍泉氏に伴れて、南新堀二丁目の寓居《ぐうきょ》を訪ひ、よもやもの話の末、蒟蒻本《こんにゃくぼん》（江戸中後期に流行した洒落本の別称—注）四、五種借り受けたるが始にて」と回想し、また得知も別に、「予が翁（新二—注）と友垣を結び初《そめ》しは、饗庭氏の訪れしと同じ年にて、高畠藍泉氏の紹介なり」と語っているから[5]、この「旧談会」は藍泉を核にしたつながりだったと考えられる。天保十四年（一八四三）生の得知を含め、いずれも江戸をよく知る顔ぶれが集まって「昔を語」ったというこの会は、すなわち加速する文明開化のなかで過ぎ去った時代を懐かしみ、そのおもかげを求めようとする催しにほかならない。維新の時、わずか数え十四歳であった篁村は、こうした催しに加わることで江戸の空気にふれていったのである。

根岸党の江戸と明治

この旧談会は、さらに参加者を増やして幾度か続けられたようだが、同様の催しはほかにもしばしば行われていた。以下に示すのは得知による回想である。

> 明治七年の七月の事であつたが、故高畠藍泉氏（三世種彦）が、「旧弊会といふのを催したいが、明治前の事を知つて居る友人が誠に少ない。あつても左様然《さようしか》らばでは困るから、寧《いっ》そ斎藤君と君と僕の三人で催さうぢやないか。僕が亭主をする。いづれ廻状《かいじょう》を出すから」といふので別れた。此事を早速斎藤氏に咄《はな》すと、「夫《それ》は面白い、是非行く」といふのであつた。[6]

文中、「斎藤氏」とは俳人の九世雪中庵雀志《せつちゆうあんじやくし》のことである。得知とは俳諧仲間でもあり、また二人とも三井銀行に勤めていたこともあって、つきあいがあったものだろう。この「旧弊会」は、服装や言動などあらゆる面で江戸を再現して遊ぼうという趣向で、「旧談会」同様、新時代にあって江戸を懐かしむ藍泉たちの心情がうかがわれる。得知はまた、詳細は不明ながら「明治十年頃のことで遊食会といふのがあつた。是れは十年余りも続いた会であつた」とも語っており[7]、資料が残らないものまで含めれば、こうした遊びの会は相当数が行われていたと考えられる。

とはいえ、篁村よりも年長の文人たちが主導したこれらの催しが、明治二十年代の根岸党へと直結するわけではない。篁村と得知とを引合わせた藍泉は明治十八年に他界しているし、そのほかの前田香雪や南新二らにしても、岡倉天心、高橋太華、幸田露伴といった根岸党のおもだったメンバーと、特に交流があった形跡はない。だが、追って述べるように、篁村と得知の二人は根岸党のなかでもつねに中心的な役割をはたしており、だとすればこのサークルには、明治初年代に残っていた江戸文人たちの空気が両者を通じて流れ込んでいたと言ってよい。露伴や太華など、江戸をほとんど知らない若年層も少なからず参加しながら、それでもなお根岸党が同時代人から「昔しの戯作者気質のものがあった」と評されたのは[8]、こうした系譜に由来するのであった。

そして、根岸党という集団の面白さは、まさにこの点に存在する。彼らが活発な遊びを繰広げた明治二十年代は、すでに江戸が遠い過去となり、文明開化を経た新しい時代が盛りを迎えようとしていたころであった。そうした新時代に育った人々が、年長の文人たちとの交遊のなかで江戸の空気にふれ、彼らの遊びかたを受継いでゆく。そこには、新旧の文化の接合点であった明治という時代のありかたが、端的に反映されているのである。

もちろん、こうした単なる懐旧の催しではない一風変った集団の成立を、いま紹介したような篁村と得知との交友だけから説明することは難しい。そこには、明治十年代の後半に篁村の周囲に形成されていたまったく別の人脈が、深く関わっていたのである。

高橋健三と藤田隆三郎

根岸党の直接の原型をうかがわせる資料に、次のようなものがある。

岡倉が根岸に住つてゐる頃、近所に小説家の饗庭与三郎（篁村）と、死んだ高橋健三とが居て、三人が大層仲が善かつたので、自ら根岸の三三《さんぞう》（覚三、健三、与三郎）と号して、意張りちらして騒いで居たことがあつた。[9]

与三郎は篁村の、覚三は天心の本名である。右の資料では、これに高橋健三という人物が加わって「根岸の三三《さんぞう》」を称したとあるが、この話は次のような形でも伝わっている。

高橋健三が根岸に住まつて居た時、同じ根岸党の藤田隆三郎、岡倉覚三、饗庭与三郎と都合四人で重箱肴を拵《こしら》へ、大きな瓢簞《ひょうたん》を提《さ》げ、闇の夜に上野の杉の森の中に往つて、提燈《ちょうちん》も点《つ》けずに酒宴を開いた。すると誰が言ひ出したか、「今夜は実に佳人の奇遇だ。それ与三郎だろう、隆三郎だろう、覚三だろう、健三だろう、四人の名に残らず三の字が附て居るナンゾは、頗《すこぶ》る妙ではないか」といふ話から、大に興に入つて皆んな酔ふて仕舞ひ、帰りに饗庭篁村抔《など》は墓地道の崖つ椽《ぷち》から落ちて、手や顔へ怪我をしたことがあつた。[10]

こちらではさらに藤田隆三郎という人物も加わり、みな名前に「三」の字が入っている偶然を楽しんだとされている。明治のころの上野の森は、現在からは想像もできないような寂しいところで、そこで明りもつけずに酒を飲むとは、まさに奇抜な趣向を楽しむ根岸党の遊びそのものである。もっとも、これは篁村たちが「根岸党」と名乗りはじめるよりも、かなり前の話と考えられるのだが、後年の回想とはいえ、そこに「同じ根岸党の藤田隆三郎…」と記されているのは、のちの根岸党に重なる同質性が明らかに見えるからだろう。では、篁村や天心とこんな遊びを繰広げていた高橋健三や藤田隆三郎とは、はたしていかなる人物だったのだろうか。

高橋健三は自恃居士《じじこじ》と号し、内閣官報局に勤めて局長にまで任ぜられた官僚であった。在職中から、中央大学の前身である英吉利《いぎりす》法律学校の創立（明治十八年）に尽力したり、また天心とともに美術雑誌『国華《こっか》』を創刊したり（明治二十二年）と、多方面にわたって活躍した。明治二十五年に官報局長を辞したのちは、『大阪朝日新聞』などで論客として名を馳せ、また明治二十九年成立の第二次松方正義内閣には、現在の内閣官房長官にあたる内閣書記官長として入閣している。安政二年（一八五五）、江戸に生。

篁村は後年、彼と知合った時のことを次のように語っている。

おもへば十四年さきの夏なりし。杉浦重剛《じゅうごう》君より、「おんみに逢はんといふ人あれば来られよ（中略）」との便《たより》あり。われは其日をまちて、朝より根岸の家を出で、伝通院《でんづういん》にいたり着き、（中略）蜩《ひぐらし》は蜩と鳴きかはる頃まで語らひしぞ、君に逢ひたる始《はじめ》なりける。[11]

文中に出てくる杉浦重剛とは、東京大学予備門長を勤めたり、東京英語学校の創立にたずさわったりした教育家である。この杉浦によって、小石川の伝通院にて引合わされた両者は、こののち「まことの親戚の末となりて、君が病のほかにわが病をも苦にせられたる」というほどの親密な友人となる。

また藤田隆三郎は、大審院ほか各地の裁判所に勤務した裁判官である。高橋健三とは、東京大学の前身である開成学校の同窓生として仲がよく、彼もまた英吉利法律学校の創立者に名を連ねている。明治十年代の後半には、一時外務省に転じたものの、高橋の勧めでふたたび裁判官に戻った。彼と篁村との直接の接点は見当らないので、おそらくは高橋の紹介で、彼らの遊びに加わるようになったものであろう。生没年は未詳である。

根岸党の源流

では、この四人が根岸近辺で遊んでいたのは、いったいいつごろのことだったのか。手がかりになるのは、高橋との交友について語った、藤田の次のような回想である。

私は明治十七年の冬でしたか、初めて外務省に転任して東京へ来るやうになツて、丁度《ちょうど》十二月二十五、六日に家族を纏《まと》めて東京へ着きました。(中略)其時分、高橋君は上二番町に居られて、其住宅の続きの家に八間か五間かあるから、其処《そこ》へ這入《はい》ツたらドウかと云ふことであツたので、遂に其所を借ることにして、(中略)それから引続いて一緒に住んで居ツたから、高橋君はコチラの内情を知り、又コチラも高橋君の内情を知ると云ふ訳で、益々《ますます》それから友情が厚くなツたのであります。(中略)其後、高橋君は番町を去られるに付て、私は別れたけれども矢張《やは》り親くして居ツた。高橋君が根岸に転じた後に、私も人の勧めに依《よ》ツて根岸に移ツて、高橋君の近傍に住んだから、又屡々《しばしば》接する機会を得ました。[12]

明治十七年の暮れか十八年の初頭ころ、上二番町(現東京都千代田区)にあった高橋の家に同居してから親交が深くなり、のちに二人とも根岸に居を構えたというのである。

実際、明治十八年七月に設置が許可された英吉利法律学校の教員履歴書を見ると、両者の住所はともに「東京府麹町区上二番町二十二番地」となっている。[13] また、明治十九年七月刊行の『官員録』でも、藤田隆三郎の住所はおなじく上二番町であるが、同年十一月刊行の版では北豊島郡金杉村二十二番地と改められているから、彼が金杉村、すなわち根岸に移転したのは明治十九年の夏から秋のころであるとわかる。だとすれば、高橋健三はそれ以前にすでに根岸へ転居していたことになるが、彼の住所は明治十九年七月の版まで一貫して京橋区南紺屋町十一番地と記載され、同十九年十一月から退職までは麴町区紀尾井町五番地第一号官舎となっていて、上二番町の住所も根岸の住所も記されていない。その事情は不明だが、おそらく家を複数持っていたか、あるいは実家の住所が登録してあったというようなことではなかろうか。

一方、篁村が根岸に移転したのは、明治十八年から十九年の初頭ころのことであった。[14]天心が彼らと交際を持つようになった経緯はわからないが、息子の岡倉一雄によれば、彼が根岸に移り住んだのは明治十七年ころのことだったらしい。[15]ただし、引越し好きだった天心は、翌十八年の初夏には早くも牛込築地八幡へと転居したうえ、十九年の十月から二十年の十月までは海外視察に赴いているから、これらを信じるなら四人がみな根岸に住んでいた時期はないことになる。しかし、篁村には「君（高橋健三―注）が根岸にある折はまだ尋ねず、紀尾井町へ移られてより始めてまゐりし」、すなわち高橋が根岸に住んでいたころはまだあまり交流がなく、紀尾井町へ移っていったあとで彼の家を訪ねるようになったという証言もあり、[16]多少の年月や事実関係に曖昧さは差引くとして、ここではおおむね明治十年代の末、やがて根岸党へと発展してゆく人脈が篁村の周囲に形成されつつあったことを確認しておこう。そしてまた、本書の序章で紹介した文人たちと、篁村とのつながりを示す資料があらわれはじめるのも、おなじ明治二十年前後であった。

広がる交友

明治二十年の十一月二十日、漢学者の依田学海《よだがっかい》が宮崎三昧とともに千歳座に歌舞伎を観に行ったところ、篁村と須藤南翠とが来ているのに出会った。この日は千歳座が新聞記者たちを招待しており、三昧は『やまと新聞』、篁村は『読売新聞』、南翠は『改進新聞』に属していたため、招かれたのである。この時はじめて学海と会った篁村は、十二月四日に早速、高橋健三とともに学海の家を訪れている。また、翌二十一年の一月二十九日には上野新坂下、すなわち現在の山手線鶯谷駅南口を出て線路を越えたあたりにあった著名な料亭、伊香保《いかほ》で三昧と篁村、それに南新二が学海を招いて饗応するなど[17]、彼らがこのころすでに親しく往来していたことがわかる。

天心が米国や欧州への視察から帰国したのもおなじころ、明治二十年十月二十日のことであり、翌二十一年ころには根岸からほど近い、上野池ノ端七軒町に移り住んだ。息子の一雄が伝えるところでは、この家には夜な夜な亡霊があらわれたそうで、それを聞きつけた「後年根岸派を形成した文士連」が面白がって泊りにきたものの、みな酒を飲んで寝てしまったという逸話が残っている[18]。また三昧も、転居の正確な時期は不明ながら、明治二十一年の夏にはすでに根岸の篁村宅の近くに住んでいた[19]。以上のように、このころ篁村を中心として徐々に形成されてきた人脈、すなわち高橋や藤田、南翠、三昧といった人々の交友が、のちに根岸党の活発な遊びへとつながってゆくのである。

とはいえ、繰返して言うが、彼らがただともに遊んでいただけであれば、その実態を明らかにする意味は薄い。根岸党という存在を注目すべきものにしているのはやはり、彼らが自分たちの遊びを描いた数多くの作品にほかならない。そして、その記念すべき第一作が、篁村と得知との那須塩原旅行を題材にした「塩原入浴の記《しおばらにゅうよく》」である。

二、根岸党の出発　―「塩原入浴の記」―

得知の帰京

明治十九年の三月から、三井銀行の青森支店長に任ぜられて東京を離れていた得知は、部下の公金使い込みの責任を負って明治二十一年に辞職、帰京して下谷の六阿彌陀横町、現在の台東区上野四丁目に住んだ。[20]一時は呉服店を開いたとも言われるが、[21]帰京の正確な時日も含めて、詳しいことは明らかでない。この年来の友人の帰京を受け、二人で出かけた那須塩原への旅を描いた篁村の紀行文が、明治二十一年六月に発表された「塩原入浴の記」である。[22]

篁村はこれ以前にも、明治十九年八月の秩父旅行、二十年七月～八月の房州旅行などいくつかの紀行文を発表していたが、[23]それらはいずれも旅先の案内記的な側面が強く、序章で見た「さきがけ」のような滑稽さとはほど遠いものだった。ところが、この「塩原入浴の記」では、まだ部分的に地理や旅程、交通手段、旅宿の良否などを紹介する記述が残っているものの、全体的には二人の道中が大きく扱われ、しかも自分たち自身を戯画化して滑稽に描く方向へと転換している。その契機になったのが、十数年来の知己で気の合った「兄弟分」、得知を同行者に迎えたことであるのは間違いなく、[24]彼らが明治初年からつちかってきた遊びの空気が、ここにはじめて作品化されることとなったのである。では、実際に「塩原入浴の記」を読み、描かれた彼らの遊びを追ってみよう。

滝に名前をつける

出発当日の朝六時、上野の停車場から汽車に乗った二人は、那須駅で下車してさらに人力車を走らせ、塩原の入口である関谷に着いた。ここから歩いて箒川《ほうきがわ》をさかのぼってゆくと、やがて橋があり、右手の山から滝が流れ落ちている。

思へば此の仙境、未だ広く世に知られず。斯《かか》る絶景の滝も木の枝に支へられ、落葉巌《いわお》を包むを見れば、未だ名も付けられずにあるならん。是より先、いかなる絶景の所あらんも知れず、記憶《おぼえ》よきやうに仮に名を命ずべしと、心得顔に「此滝は両人一所《いっしょ》に妙の声を発したれば、両妙の滝と称すべし」と高慢を極めて進む。進むに随ツて境《さかい》ます〳〵奇なり。（中略）また滝あり。両人反返《そりかえ》りて「奇絶」と叫ぶ。依て奇絶の滝と名づく。幾歩《いくほ》ならずまたあり、奇々絶と称す。また有り、奇々絶々。これでは堪らぬといふ頃、崖際に一軒の家あるを見る。是れ大網《おおあみ》なり。

（六月十四日）

塩原の滝はまだ世に知られていないだろうから、自分たちが名前をつけてやろうといい気になって、「両妙」「奇絶」「奇々絶」「奇々絶々」といい加減に命名する二人。ところが、あまりに滝が多くて閉口しはじめたころ、塩原温泉郷の入口にあたる大網温泉が見えてきた。塩原には泉質が異なる十一の温泉が湧出しており、ここ大網でははるか崖下に、梅毒に効果のあるという湯が湧いている。ただし二人はここには入らずに通り過ぎ、福渡戸《ふくわた》（福渡）、塩釜《しおがま》とさらに温泉地を抜け、塩原古町に着いた。

上《かみ》の会津屋といふに宿す。新築の客室清潔にて、山に対し、渓に臨む。一浴の後《の》ち、男山といふ会津酒を傾けながら、亭主に道々の滝の事を話せば、「へエ、昔から皆《みん》な名がござります」といふに、両人顔を見合《みあわせ》たり。（六月十四日）

篁村と得知が泊った上会津屋は、現在も変らず営業を続けている。宿の主人から、二人が名づけた滝は両妙が見返りの滝、奇絶が不動の滝、奇々絶が毒水の滝、奇々絶々は七つ滝という名だと教えられ、「嗚呼《ああ》、物を侮《あな》どると斯《かか》るスコタン多しと心に恥《はじ》て、互《たがい》に無音《だんまり》」。両人の「高慢」に冷水を浴びせられた格好だが、しかし古くから知られた温泉地である塩原の、しかも道から見えるような滝のことを、本当に世に知られていないと思い込むわけはない。これもわざと見当はずれなことを言って失敗し、その失敗を楽しむという一つの趣向なのであり、のちに「さきがけ」の鎌倉旅行で露伴が口にする、「運慶と弁慶は何方が強い」という言葉とおなじ発想である。

塩の湯で迷う

古町に滞在した二人は、翌日のことだろうか、宿の主人の案内で須巻《すまき》温泉を訪れた。この温泉は現存しないが、古町の隣の門前温泉から箒川を南に渡った山中にあり、三メートルほどもある湯滝が名物であった。また別の日には、これも塩原十一湯の一つである塩の湯にゆく。宿の人の案内を「イヤ、大抵《たいてい》地理は分ツたよ」と「例の心得顔」で断り、塩の湯道日光道とある道しるべを便りに、箒川を渡って山道に入った。ところが、いくら歩いても塩の湯に着かない。

や、心細くなりて、「斯《か》くまで遠しとは思ひもかけず。是は必らず道を間違へて、あらぬ方へ出しならん。早や一里の余も来れるに、人にも逢はず、湯宿などあらんと思ふ所も見えず。偖《さて》は日光道とありしが、其方へ出しならん」と云へば、（中略）犬の所まで至れば、谷に沿ひて四五軒の家あり。何《いず》れも新しく、三階四階の建増しの骨組だけ巍然《ぎぜん》たれば、問はずして塩の湯なること知られたり。急ぎ下りて「塩湯橋より此所《ここ》までは何里あるにや」と里人に問へば、タツタ八丁。（六月十六日）

これは日光へゆく道に来てしまったのだろう、もう一里以上も歩いたのにまだ着かないなどと言っていると、ようやく犬の声がして、塩の湯が見えてきた。聞けば、橋からはなんとたった八町とのこと。一里は三十六町だから、わずかその四分の一しか歩いていなかったのである。

ようやく到着した塩の湯の浴場は、渓流に臨み、「巌《いわお》を切り鑿《うが》ちしまゝの窟《いわや》」であった。篁村は「前は碧《みどり》の潭《ふち》にして、向ふは絶壁峙《そばだ》てり」と書いている。景色を大いに褒めながら湯を浴び、近くにいた老女に料金を問うたところ、無賃と聞いて「両人いよ〱賞讃」。二人の入浴した浴場はすでにないようだが、近辺には今も川岸の湯が残っている。

さらに別の日には、七不思議の一つに数えられる逆さ杉を見たり、その近くの洞窟、源三穴《げんざあな》（源三窟《げんさんくつ》）に行ったりした。逆さ杉はかつて、八幡太郎源義家が奥州に出征する途中、使った箸を逆さに刺したところ、それが根づいたという伝説のある二本の巨木である。試しに得知と抱えてみたところ、その太さは「四抱へに余れり」。また源三穴は、平家に叛旗を翻して敗れた源三位頼政《よりまさ》、あるいは頼政の子で、義経に従ったために頼朝から追われた源有綱《ありつな》が隠れ住んだと言われる洞窟だが、こちらは中が真っ暗で不気味だったので、入らずに帰った。

高尾塚によじのぼり、岩の湯で快を叫ぶ

塩原ではまた、塩釜にある高尾塚も見に行っている。高尾とは江戸時代の吉原を代表する名妓だが、三浦屋という妓楼で代々襲名されたため、全部で何人の高尾がいたかはよくわかっていない。そのうち最も有名な第二代、仙台藩主伊達綱宗の落籍を断って惨殺されたという伝説のある、いわゆる万治《まんじ》高尾が塩原の出身であったことから、ここに碑が建てられているのである。

伴はれて行て見れば、高さ四五尺の台石の上に石碑あり。表面《おもて》には「高尾塚」の三字を彫り、三面には山本北山《ほくざん》の文を刻す。字は小さし。石の質は脆《もろ》くして、剝蝕《はくしょく》せし所ありて、下よりは読めず。（得知が—注）予に、「此の台石の上に登ツて読め」と命ず。（六月十九日）

今も残るこの碑は、一メートル半ほどの台石に乗せられ、三面に江戸中期の儒者である山本北山の文章が彫られている。ところが、その字が小さくて下からは読めず、篁村はうながされて、嫌々ながら得知の肩に乗って台石によじのぼった。

東帰坊《とうきぼう》（得知のこと―注）の肩に乗りて、台に上り、石碑にかぢりつくやうにして読むに、帽子は吹き落され、其身も吹倒されんほどなれば、「下《おろ》して呉れ」と叫べば、不承不精《ふしょうぶしょう》に抱き下さんとするはづみ、東帰坊尻餅《しりもち》搗《つ》いたれば、予は麦畑の中へ投げ出されたり。（六月十九日）

東帰坊は得知の別号である。折悪しく風の強い日で、台石の上では吹飛ばされそうなので下りようとしたところ、支えになっていた得知が転び、篁村は麦畑に投げだされてしまった。起きあがって背中を見たところ、ちょうど麦の上に倒れたので、幸い服はまったく汚れていない。これも高尾の助けだろう、二百年を経ても「風流男《みやびお》」には情があるらしいと言ったところ、「東帰坊、他《わき》を向いて異《おつ》な声を出す。蓋《けだ》し大《おおい》に感歎せしならん」。もちろん、篁村が気取ったのを冷かしたのであり、結局この文字は、彼が持っていた望遠鏡で読んだのであった。

塩原最後の夜は、福渡戸の旅宿に移って一泊した。夕食後、宿の小女の案内で、箒川の対岸の山中にある湯滝へゆく。源泉を木の樋で引き、二筋の滝にして落してあるのだが、いざ入ってみると、湯のぬるさに閉口してしまった。

此所に来る人稀なりとて、湯槽《ゆぶね》も麁末《そまつ》に、屋根も月の眺《ながめ》によきほどなり。湯も至ツて温《ぬる》し。岩の塵《ちり》を払て衣を脱《ぬぎ》、物は試《ためし》と飛び込しは勇ましかりしが、入ツたまゝ出ること協《かな》はず、湯が温《ぬる》きと暮《くれ》がたの山風の寒きとにて、ガタ〳〵と震へて首も出せず。左《さ》れど樹の下闇の恐しきに長くも居られねば、勇気を震ひ起して飛び出すや否や、身体《からだ》も拭はず浴衣を着て駆け出し、岩の湯へ飛び入る。カジカの声を聞き、蛍の飛《とぶ》を眺め、「暗《やみ》の渓流《たにがわ》はまた妙だ」と云《いい》ながら浴する愉快さ。

（六月二十日）

二人が寒さに震えて飛出した湯滝は、不動の湯の名で知られている。また、浴衣で走って飛込んだ岩の湯は、不動の湯からおよそ二百メートル、箒川の川原に湧出しており、どちらも公共の露天風呂として現存する。カジカの声を聞き、渓流に蛍が飛ぶのを眺めながらの入浴はすっかり気に入り、翌朝も一風呂浴びてから帰京した。

根岸党文学の出発点

このように「塩原入浴の記」には、得意げに滝に名前をつけて赤面したり、高尾塚にのぼって転げ落ちたり、あるいは湯のぬるさにガタガタ震えて飛出したりといった、二人の失敗や失態が多数描かれている。もちろん、これらの出来事がすべて事実だったのかどうかはわからない。まったくの虚構とは考えにくいにしても、ある程度の潤色や誇張は十分に想定できよう。だが重要なのは、本作が明らかに、二人の道中を滑稽に描き出そうとしていることであり、もしかりに何らかの再構成が行われていたとすれば、そうした意図はさらに明確である。

篁村はおそらく、これ以前の旅行でも、多かれ少なかれおなじような失敗を経験していたことだろう。不案内な旅先では、ある程度の失敗はつきものだからである。だが、前述したように「塩原入浴の記」以前の作品では、失敗談が紀行の題材とされることはなく、作品は読者に未知の土地を案内するような記述に終始していたのだった。対して本作では、彼らの失敗こそを作品の中心に据えてユーモラスに描いているのであり、こうした方法は以後の篁村の作品に踏襲されるとともに、やがて遊びに加わったほかの文筆家たちへも広がってゆくことになる。その意味で「塩原入浴の記」は、根岸党の文学の出発点になった作品と言ってよいのである。

とはいえ、このころはまだ篁村の周囲の人脈が広がりはじめたばかりで、遊びのメンバーも固定されていたわけではない。一度しか作品に描かれたことがないような人物も多いが、それこそがまさに、日常的な交遊のなかで誕生した初期根岸党の特徴であった。次節では「塩原入浴の記」以降、次々に発表された彼らの遊びを描いた作品から、そうした根岸党の人脈の広がりを見てゆこう。

三、根岸党の成立 ―郊外への漫遊―

中井錦城との郊外漫遊

篁村が「塩原入浴の記」に続き、おなじような滑稽さを基調とする筆法で描いたのは、この明治二十一年の秋に行われた郊外漫遊であった。これは、当時勤めていた『読売新聞』の同僚で、のちに同紙の主筆となる中井錦城《きんじょう》とともに、東京の近郊を散策した催しである。篁村が執筆した「郊外漫遊の記」によると、[25]九月二日の日曜日に行われた第一回めの行程は、次のようなものであった。

朝、根岸の篁村宅を出て箕輪（三ノ輪）の円通寺に彰義隊の墓を詣で、続いて南千住の素盞嗚《すさのお》神社に参拝する。千住大橋を渡って隅田川の堤、今の墨堤通りを歩いて西新井大師に着き、参拝のあと、門前の万年屋という店で昼食にした。近くにある二つの不動尊、関原の大聖寺と梅田の明王院を訪れ、さらに梅田稲荷神社では幕末の神道家、井上正鉄《まさかね》の墓に詣でる。あとはふたたび千住に戻り、河原の夜風で涼んでから帰宅である。

要するに、現在の東京都台東区から足立区にかけての社寺をめぐったわけだが、この日帰りの散策を題材とした「郊外漫遊の記」には、明らかに「塩原入浴の記」の筆法が受継がれている。たとえば、入谷の台春院という寺で、境内の松を見た場面を読んでみよう。

此松、始め見て二本ならんと思ひしに、木《こ》の下陰《したかげ》に倚《よ》りて見れば、一株にして幹の半《なかば》より枝の四方へ広がれるなり。形俗なれど、枝のさし方面白し。立入りて仰ぎ看《み》るほどの価《あたい》あり。「何とか名を命ぜん」と錦城子の発議ありしが、是には懲《こ》りたれば、只《ただ》台春院の松とのみ覚えて立ち出で（後略）

松に名をつけようという錦城の提案に対し、それにはもう懲りたと答えているのは、塩原で無暗に滝に命名して赤面したことの延長上にある。また、梅田の明王院境内の場面には、次のような出来事が描かれている。

不動堂の前に榎《えのき》の大樹あり。根元、空洞《うろ》となりて、彼《か》の石橋山の伏木《ふしぎ》も思ひ出らる。錦城子、予をそゝのかして曰く、「榎《えのき》の木は即ち縁の木《えんのき》の略なり。此空洞《このうろ》を潜《くぐ》りて出る者は、諸願心の儘《まま》なるべし」と。予も密《ひそ》かに思ひのふしのなきに非《あら》ず。斯《かく》と聞て大に悦び、（中略）首尾よく潜り抜けたり（併し一周間《ママ》後の今以て、御利益らしき事なし）。

篁村が榎の大木の空洞に入ったのは、源頼朝が石橋山の戦いで敗れたおり、朽木のうろに隠れて難を逃れたという伝説を真似たのである。もっとも、二羽の鳩が飛出して追手の油断を誘った頼朝とは違い、この時は「鳩にはあらで、平蜘《ひらぐも》一つ」が這い出してきただけだったし、まして何の「御利益」もあろうはずはないが、他愛のないことに興じて頼朝を気取り、読者の笑いを誘うのは、塩原の高尾塚で「風流男《みやびお》」と称して得知に冷かされたのとおなじパターンである。この作品にはほかにも、不慣れな土地にもかかわらず地理に明るいふりをし、結局道に迷ってしまうなど、「塩原入浴の記」と共通する趣向をいくつも見ることができる。そして、こうした筆法は続く二回めの散策において、篁村の「今度は君の番だよ」という言葉を受けて、同行した中井錦城へと受継がれてゆくのである。

錦城の筆になる「第二回近郊漫遊之記」は、九月二十三日に行われた二回めの散策の様子を描いた作品である。[26] この日は雨もよいであったが、本郷の自宅を出た錦城は根岸で篁村を誘い、浅草公園を通って隅田川にかかる吾妻橋を渡った。やがて天気も晴れてきたころ、妙見様と呼ばれる柳島の法性《ほっしょう》寺に立寄り、有名な亀戸の萩寺、龍眼寺にゆく。さらに亀戸天神にまいって昼食ののち、香取神社や江戸六阿彌陀の一つ常光寺などを詣で、向島まで歩き、百花園で秋草を楽しむ。あとは白髭《しらひげ》神社、真先《まっさき》稲荷などに立寄って帰宅である。

この作品にもまた、「塩原入浴の記」や「郊外漫遊の記」とおなじような趣向は数多い。一例として、次の箇所を見てみよう。

（なかなか向島につかないので――注）篁村氏は不審を抱き、「何でも変だ」と云《いわ》れるを打消し、「あれ、あしこには白帆が見ゆる。隅田川には程近し」と。されど其帆が動かぬ故、能《よ》く〳〵見れば、ある民家の曝《さら》し木綿なり。そこで漸《よう》く気が付て（中略）「こは大変」と、急に道を転ずるやら大噪《さわ》ぎ。其中《そのうち》、篁村氏は片足溝《どぶ》へ踏込むやら、余は誤ツて蛇の尾を踏み、胆を潰して叫ぶやら、命から〲先《ま》づ大畑村の鎮守たる稲荷の社に至りし時、篁村氏の云へる様には、「是れ恐らくは稲荷の狐の仕業ならん」。

彼らが道に迷ったあげく、溝に落ちたり蛇を踏んだりして大騒ぎする様子が描かれているが、道中の失敗を題材に彼ら自身を戯画化するこうした筆法が、先の二作に通じていることは明らかだろう。錦城と篁村との散策を描いた作品は、この二作しか残っていないが、ここには篁村の周囲の文人が彼との遊びのなかで、その方法を真似しはじめる過程がはっきりと示されているのである。

川崎千虎

このように描かれた二度の郊外漫遊は、篁村のほかの友人たちにとっても魅力的に感じられたらしい。たとえば、「第二回近郊漫遊之記」の「附言」には、「篁村氏の友人、根岸の茶六翁は、此度《このたび》我等の漫遊党に加盟せられたり」という一文を見ることができる。

この茶六《ちゃろく》とは、土佐派の日本画家である川崎千虎《ちとら》が、おもに文章を執筆する際に用いた号である。歴史画を得意とした彼は、様々な有職故実や古美術に詳しく、なかでも鎧の調査研究では近代における先駆的な業績を残した。こうした見識を岡倉天心に買われて東京美術学校教授となるも、明治三十一年の美術学校騒動で天心とともに辞職、日本美術院の設立に参加した。天保七年（一八三七）、尾張名古屋に生。[27]

千虎と篁村との接点は明らかでないが、彼が篁村のいる根岸に引越してきたのは明治二十年の八月であり、[28]このころから往来が盛んになったものだろう。錦城がすぐに篁村との遊びから遠ざかったのとは違い、千虎は後々まで根岸党の文人たちと交流を持っており、こんな逸話も残している。

チヤロク鍋が即ちそれで、川崎千虎の茶六大人《うし》の発明にかゝる。調理法は至極簡単、杯盤狼藉《はいばんろうぜき》のあと掃除で、残つた代物を何でも彼でも鍋へ投げこむ、それでいゝのだ。「チヤロナでもう一杯行かう」などと云つたもので、二次会の下物《さかな》はこれに限つたものであつた。チヤロナは蓋《けだ》し、茶六鍋の略であつた。[29]

露伴が後年に語った回想で、千虎が発明した茶六鍋、要するに食べ残しで作った闇鍋のようなものを肴に、しばしば酒を飲んでいたとのことである。露伴が篁村たちと本格的に交遊をはじめたのは明治二十三年以降であるから、この逸話からは、千虎がそのころも根岸党の遊びに顔を出していたことがわかる。ただし、この郊外漫遊については、「翁（千虎―注）の担当する都合に決したり」とされる第三回の漫遊記が発表されなかったため、本当に千虎も加わったのかどうかはわからない。だが少なくとも、彼がこの催しに興味を持っていたことはたしからしいし、しかもそれは千虎一人だけのことではなかった。

遊びの拡大

おなじような漫遊の催しとしては、たとえば翌十月の半ばに篁村の兄が、「汝、元来他人と伴ひ、面白そうな漫遊党に己《おれ》を入れぬは如何《どう》したものだ」と言って彼を誘い出し、古くからの友人二人とともに川口の善光寺まで出かけている。また、翌二十二年の二月には幸堂得知、講談師の桃川燕林《えんりん》、彫刻師の瑞雪湖《ずいせつこ》、それに序章でも紹介した雑誌編集者で、のちに根岸党の中心的存在になる高橋太華という四人に篁村といった顔ぶれで、根岸から程近い三河島や尾久《おぐ》、王子のあたりを散策した。[30] 太華は当時、明治二十一年十一月に創刊された児童むけ雑誌『少年園』の編集を手がけており、この雑誌には篁村の作品も掲載されているから、両者は原稿の依頼などを通じて知合ったのだろう。そうした篁村とつながりのある人々が、あるいは発表された作品を読んで惹かれたのかもしれないし、あるいは直接誘われた者もあったかもしれない、様々なきっかけで篁村との遊びに加わりはじめたことが、これらの資料からはうかがえるのである。

そしてまた、錦城の「第二回近郊漫遊之記」以外にも、ほかの文人が篁村たちとの遊びを描いた作品が発表されている。宮崎三昧の執筆にかかる、「二日一夜の記」である。[31] これは塩原旅行の翌月、明治二十一年七月二十九日と三十日の一泊二日で、上州碓氷《うすい》峠の奥にある霧積《きりづみ》温泉の長栄館が新聞記者たちを招待したおりの紀行であり、三昧は『電報新聞』の、篁村は『読売新聞』の記者として参加した。当時、根岸に住んでいた三昧は篁村と誘いあって出かけ、「此汽車の進行するは、我々が洒落の力で動くにはあらざるか」というほど戯れに満ちた、彼らの旅の様子を描き出している。この作品は未完ながら、自分たちを「洒落党」と呼び、他愛ない駄洒落を過度に褒め称えてみせるなど、塩原旅行や郊外漫遊を描いた篁村の筆との明らかな共通性を見ることができる。

この時期、篁村の周囲に集まってきた人々のなかには、太華や千虎のように後々まで親しい交際が続いた人物もいるし、逆に錦城や燕林、雪湖など、ほかに篁村と遊びをともにした資料がほとんど残らない者もいる。そうした彼らの全員がおたがいに親しかったとも考えにくく、これほどゆるやかな人間関係をまとまった集団と見なすのは難しいかもしれない。しかし、様々な人士が酒や行楽をともにし、それを篁村やほかの文筆家たちが戯画的に作品に描きはじめたなかには、のちにメンバー同士が親しく交流し、その遊びをめいめいに作品にして発表するような党へと発展してゆく原型が、たしかに示されていると言ってよい。かくしてこの明治二十一年秋、おそらく彼ら自身はまだ何も意識していなかっただろうが、篁村を中心とする遊びのうちに根岸党が出発したのであった。

文筆家以外への配慮

ここまで、おもに篁村の作品を手がかりとして、根岸党の成立過程を追ってきた。ただし、これらはあくまでも残された作品から知られるかぎりの出来事にすぎず、その背後には資料に残らない日常的な交遊が無数に存在していたはずである。あらゆる遊びを作品に描くことなどできはしないし、そもそも彼らは作品制作を目的としていたわけではないのだから、それは当然と言えば当然だろう。しかし、このことを念頭に置きつつ、彼らの作品が何を描き、何を描かなかったのかを注意深く見てゆくと、そこにはまだ党の形がはっきりと定っていなかった出発期ゆえの、ある特徴が浮かびあがってくるのである。

思い出してほしい。この章の第一節「根岸党まで」では、篁村が明治二十年前後、得知以外にも高橋健三や藤田隆三郎、岡倉天心といった面々と活発に遊んでいたことを紹介した。ところが、彼らはいま紹介した郊外漫遊だけでなく、そのほかの作品にもほとんど登場してこない。もちろんそこには、たとえば高橋健三は明治二十一年の八月に奈良へ、十二月には神奈川など四県へ、そして同年暮れには近畿地方へと出張を重ねており、さらに翌二十二年三月には内閣官報局長に任ぜられたというように、それぞれの職務が多忙になってきたというような事情もあるだろう。だが、より大きな理由はおそらく、作品の執筆にあたって彼らに対し、一定の配慮が払われていたことではなかったか。

ここまで見てきたように、篁村は当時、官僚や裁判官から職人、落語家まで、実に多様な人々とつながりを持っていた。そうした人々が自由に集まり、酒や行楽をともにして不定期な遊びを繰広げていたのが、出発期の根岸党である。そのなかにあって篁村は、文人、ことに文筆家との遊びについては積極的に作品にする一方で、それ以外の人物のことはなるべく筆にのせないようにしていたふしがある。たとえば、彫刻家の瑞雪湖が道案内をして迷ったことは、「案内者頭を掻き（中略）いろ〳〵にテレを隠せど、一同承知せずして、其任を尽さゞるを責む」と、いつになく簡単に記されるだけであったし、川口の善光寺詣でに同行した旧友二人にいたっては、「有名の割烹《かっぽう》家の主人《あるじ》」「浅草地方の貨殖家《かねこしらえ》」とあるばかりで、名前すら明らかにされていないのである。そしてこうした配慮は、以後の作品でも一貫して踏襲されていった。

もっとも、考えてみればこれはさして意外なことではない。基本的にみずからの名前で作品を発表し、あるいは批評や批判を交わすことで、つねに自分の個性を公にしている文筆家に対し、官吏の高橋健三や判事の藤田隆三郎らにとっては、私的な言動を勝手に戯画化して描かれては困ることも多かったはずである。自身は筆を持たない瑞雪湖のような存在にしても、事情は同様であろう。すなわち、のちに文筆家たちの集団という性格が強くなってからはともかく、こと出発期の根岸党に関しては、現実に行われていた遊びのサークルと、描かれた作品との間に、ある程度の隔りが想定されるのである。

これに対して、作中に描かれた文筆家たちは、時に篁村の作品に返答したり、反駁したりする文章を発表して、新聞などのメディアのうえで積極的なやりとりを展開することもあった。そのような応酬もまた、彼らのグループが次第に〈党〉として認識されはじめる、一つのきっかけになったと考えられる。その典型的な例として、この明治二十一年から二十二年にかけて篁村が出かけた、二度の箱根旅行を見てみよう。

四、二度の箱根旅行 ―「駆めぐりの記」「箱根ぐちの記」―

旅中の法令三ヶ条

塩原への旅行をともにした篁村と得知が、ふたたび二人で箱根へと旅立ったのは、明治二十一年十一月下旬のことであった。「塩原入浴の記」以来、近郊漫遊の催しを何度か作品に描いていた篁村は、この旅行についても紀行文を執筆し、『読売新聞』紙上に発表した。「箱根修善寺伊東熱海駆めぐりの記」と題されたこの作品は、[32] これまで紹介してきた作品同様、多くの失敗談と諧謔に彩られている。そのことは、作品のはじめに掲げられた「旅中の法令三ヶ条」において、すでに明瞭である。

> 第一に駄晒落《ママ》禁止の事。是は晒落詞《しゃれことば》に買詞《かいことば》、互にまけまじと云募《いいつの》りて、果《はて》は酒を以て決闘せん杯《など》の騒ぎも起るべければなり。次に朝の膳に酒を禁ずること。是は朝からトロリとして、「マア宜《いい》ぢやアないか」との御託宣出ては、一ヶ所より多くに足が進むまじければなり。三番目には、「旅の恥は」など、の無分別ありて、此の神聖の旅行をば汚さん事の防ぎなりし。（一）

旅のはじめに決めたというこの「法令」は、もちろん一種のポーズであり、実際にはむしろ逆に、彼らの旅が冗談や酒による失敗の連続であることの宣言にほかならない。では、そうした旅の道中を詳しく見てゆこう。

箱根から修善寺へ

出発の朝、人力車で京橋まで来てみると、汽車の時刻にはまだ一時間も早かった。様々に時間をつぶしては、「斯《こう》なツて見ると汽車も不便利なものだ。君の時計は」などとおなじ問答を繰返し、ようやく八時三十五分の汽車で新橋の停車場を出発。彼らもまだ旅慣れなかったものと見えて、序章で紹介した明治二十六年の鎌倉旅行のようなルーズな集合ではなく、周到に準備するあまりに早く着きすぎていたのである。

箱根塔ノ沢の玉の湯に到着したのは、三時半ころであった。篁村が八年前に来た時とは違って、道も開け、建物も立派になっている。その間自分は何をしてきただろうと感慨にふけっていると、得知が「コウ豪気に静《しずか》だね。昼食の余残《つり》でも落したのか」とからかい、「是より舌戦始まりて、為に一時は渓《たに》の流も澱《よど》み、滝の音も止まりたるかと思ふほどなり」（二）。ここにも、彼らが旅愁より揶揄や冗談の応酬を重んじていたことが、はっきりと示されている。

篁村と得知が拝んだ精進池畔の六道地蔵
（明治期、長崎大学附属図書館蔵）。

塔ノ沢では二泊し、三日めには蘆の湯に移った。今も続いている紀伊国屋旅館に泊り、宿の女に兎はないかと問うたところ、「昨日、家の犬が一羽啣《くわ》へて参りましたが、惜しい事に今日はございません」（四）。宿の主人は、「明日一日御滞留ならば、必らず獲て参らせん」と言うが、兎のために一日無駄にはできないと、翌日は朝早く起きて修善寺へと向かう。精進池のほとりでは六道地蔵に帽子を取って挨拶し、蘆ノ湖のほとりの元箱根に着いた。

元箱根からは人力車で三島に下り、昼食ののち、さらに人力車を修善寺まで走らせる。三島から修善寺までは通常三十五銭、雨天や遅い時刻だと四十五銭に割増し、ただしこの日は「正午前《ひるまえ》にて、風少しありしが日和《ひより》暖かなり。夫《それ》ゆゑ増して五十銭」というよくわからない理屈で、高い賃銭を払わされた。夕方には修善寺に着き、今は能舞台で有名な浅羽屋に入る。ここでも兎は用意がなく、あるものを聞いてみると「シブワの刺身ばかりで」。

膳の上へ顕《あら》はれしを見れば、鰹《かつお》の刺身なり。此《ここ》に於て腹の中に思ふやう、「物の名も所によりて変るなりで、江戸の鰹が爰《ここ》で最《も》うシブワとなるとは、偖《さて》も〳〵」と感心し、詞静《ことばしずか》に「アノ姉さん、是《これ》は此方《こちら》でシブワか、東京では鰹といふよ」と教へると、娘は袖にて口を掩《おお》ひ、「否《いや》でございますね、此所《ここ》も日本の中《うち》でございますよ。鰹は鰹と申しますよ。是は鰹とは違ふもので、シブワと申します」と笑はれて大《おおき》にシヨゲ、「鰹の味で見た所も鰹だが」と云ふ（後略）（五）

シブワは伊豆地方の方言で、ソウダガツオの一種。鰹によく似た魚だから、間違えるのも無理はない。この浅羽屋では、ねんごろな歓待を受け、二人は大いに酔っぱらった。主人から土地の話を聞くなかで、下田の町に娼妓の多いことを耳にした得知が、やがて「此地にも左《さ》る者なしとは云ふべからず、隠さず教へよ、（中略）此へ呼べずば案内せよ」と言いはじめる。

（篁村が—注）手洗《ちょうず》に立ち、帰り来て見れば、東帰坊も娘もなし。酒も醒め、湯も冷めてや、

（五）

寒さ身に知りて、
蒲殿《かばどの》と隣り合せの寒さかな
と嘲《かこ》つ。

句中、蒲殿とは源頼朝から謀叛を疑われ、修善寺に幽閉されて討たれた源範頼《のりより》、一名蒲《かば》の冠者《かじや》のことである。篁村はこの部分で、娼妓を呼べと言出した得知が娘とともに消えたことを記し、二人の間の何事かを匂わせている。得知が反駁したのは、篁村のこの文章に対してであった。

得知の反駁

得知と娘との密事を暗示した篁村の記述に対し、彼は翌日、おなじ『読売新聞』紙上に発表した『駆巡記中幕鳥追爺々』で次のように主張した。[33]

七日発兌《はつだ》の読売新聞、「駆巡りの記」を一読したまひし諸君は、修善寺の旅亭に於て、予が篁村の目を忍び、娘を連出したるやうに思召さんが、決して左様《さよう》なる訳にてはなし。（中略）いかなる恨《うらみ》にか、かゝる事を公けにせられたれば、最早《もはや》道の記も家来任せにはならず。依《よつ》て弁駁《べんばく》旁々《かたがた》、左の一章を投ず。

得知はこう前置きしたうえで、自分は放飼いの鴨をねぐらに追込む老夫を眺め、あの鳥たちもいずれ命を奪われるのかと哀れを催して、「風呂吹《ふろふき》の相伴《しょうばん》喰ふな水翁《みずおきな》」の句を得たと記している。翌日それを話すはずだったものの、「日々洒落の指南《しなん》を乞はれ」るので、語る時を逸してしまったとのこと。これは篁村の文章に対し、同行の人物が応答して文章を書いたはじめての例であった。そして篁村もまた、翌日「駆めぐりの記」（六）の冒頭で、「偖《さて》も異様《ことよう》なる弁駁《べんぱく》や、（中略）併《しか》し老人と争はんは子供気なければ、鳥追舟《とりおいぶね》の面白きに愛で、重々の不届きを桂川の水に流すとすべし」と、年長の得知を「老人」とからかうことで、彼の冗談めかした反駁に応えているのである。

さて、修善寺を発った彼らはこの日のうちに柏峠《かしわ》を越え、伊東に着いた。柏峠は古くからの道で、篁村たちが歩いたころはトンネルが掘られて往来が盛んだったが、現在では廃道になっている。伊東の旅宿では、「刺身はシブワの事です」と「伊豆通」を気取り、「コウ、姉さん、シブワは有るかエ」と聞くと、「ハイ、シブワはございません、ウヅワばかり」との答え。早合点した得知が、「ウヅラは妙だ、山鳥も兎も外《はず》れて、此処《ここ》でウヅラは有難い」と喜ぶと、「イ、エ、ウヅワのお刺身です」（七）。鶉《うずら》ではない、ウヅワもまたソウダガツオの一種だったのである。塩原で道に迷った時と同様、彼らはここでも知ったかぶりをして失敗したのであった。

二人は翌日の道中でも、沖の初島を「彼《あれ》が蛭《ひる》が小島か」と聞いて失敗した。頼朝の流された蛭が小島は、本当の島ではなく、修善寺に近い大仁あたりの地名と考えられているから、まったく別の方角なのである。この日泊った熱海の旅宿では、隣室のいびきに閉口し、翌日帰京することにした。

此行、まだ少々の失策あり。篁村、塩辛に降参し、東帰坊、開春亭を擾《さわ》がすの奇談ありしが、皆な熱海の鼾《いびき》に消されて忘れたり。（中略）両人駆めぐりの楽み、終《つい》に大鼾の為に一夜を睡《ねぶ》らずして熱海の逃げ出しとなる。是も何ぞの報《むくい》なるべし。（七）

彼らの道中は、最後まで失策続きなのであった。

「箱根ぐちの記」

この箱根・伊豆旅行では、得知が弁解のために短い「中幕」を書き、篁村がそれに対してさらに、翌日発表した節で応えるという応酬がなされていた。一方、続いて紹介する明治二十二年六月の箱根旅行については、篁村のあとから別の面々と旅立った得知が、先をゆく篁村の紀行を引継ぐ形で自分の紀行を発表している。篁村の「箱根ぐちの記（一名五日の恥）」と、得知の「箱根ぶちぬ記（一名国府津初納涼）」がそれである。[34] 題名からも密接なつながりが明らかなこの両作は、「駆めぐりの記」とは異なる、やや複雑な経緯から生れたものであった。

これより先の明治二十一年十一月、『大阪日報』が『大阪毎日新聞』へと改組されたのに伴い、篁村や得知と親しかった宮崎三昧が招聘された。彼は下阪して入社したものの、すぐに主筆の渡辺台水《たいすい》と衝突したらしくすぐに退社、六月に『大阪朝日新聞』へと移る。そうした身分上の相談のためだろうか、三昧は「東京見物」と称し、六月一日に上京してきた。[35] そして同月十日、三昧を囲む歓迎会の席上で、近く大阪へと帰る彼を送るべく、箱根まで友人たちが同行することになったのである。

この歓迎会に参加したのは、三昧と篁村のほか、のちに根岸党の中心的存在として彼らと活発な遊びを繰広げる森田思軒や須藤南翠、それに『東京日日新聞』の記者だった塚原蓼洲《りょうしゅう》（別号は渋柿園《じゅうしえん》）といった顔ぶれであった。序章で簡単に紹介したとおり、思軒は当時『郵便報知新聞』に、南翠は『改進新聞』に勤めていたが、篁村や三昧とは、この年の一月に創刊された第一次『新小説』（春陽堂）の編集をともにしたことなどから、かなり親しくなっていたのである。[36] 三昧から、「汝《おんみ》（篁村―注）も共に遊ばずや、思軒先生、南翠君も御付合あれ」と誘われた三人は、十二日に十時四十分の汽車で出発、酒は思軒が、弁当は篁村が用意することに決めて別れた。篁村は得知に頼み、彼の親戚が経営していた上野三橋《みはし》の豆腐料亭、忍川《しのぶかわ》に弁当をあつらえて楽しみにしていたところ、[37] 南翠から郵便が届く。

心ならずと取上げ見れば、「国府津まで駆落《かけおち》の策までも講じたれど、何分《なにぶん》社用繁多《はんた》にて、現に目の前手文《てづか》へを知《しり》ながら、無病の湯治は仏性《ほとけしょう》の僕には企てがたし。故に残念ながら」との断りなり。

（「箱根ぐちの記」一）

南翠が来ないのは残念だが仕方がないと、当日忍川で弁当を受取り三昧と合流したところ、思軒からも断り状が届いていた。文中、「酒を携へてステーションまで行を送る」とあるのに期待して、「其時また、無理に鉄道へ担《かつ》ぎ込むの非常手段もあらん」と駅で待っていたものの、結局彼は姿を見せない。駆けつけてきた得知に、「宜いサ、君は三昧道人と別れて一人となるとも、私《わし》が十五日に行ツて骨は拾ツてやる。気丈夫に行きなさい」と励まされ、神奈川まで送ってゆこうという友人の荻原玄湖《げんこ》とともに汽車に乗込んだ。得知がこう言ったのは、彼もちょうど箱根にゆく計画があったからで、これがやがて「箱根ぶちぬ記」へとつながってゆくのである。

人力車に乗換えて失敗

さて、出発前からすれ違いばかりの旅だったが、彼らの不運はまだまだ続く。乗込んだ汽車では、横浜で二時間も待つことがわかり、三人はひとまず隣の神奈川で下りた。湊を見下ろす景勝地だった神奈川の台に上り、今も残る著名な料亭、田中家で酒を飲みながら弁当をつまむ。そのうちに篁村が、「一時半も待つ間に、人力車で程《ほど》が谷《や》に到りて汽車を待つこそ上策なれ」と言出した。

これは「駆めぐりの記」の旅行でも出された案で、神奈川から横浜を飛ばして一つ先の保土ヶ谷《ほどがや》まで人力車を走らせ、汽車の先回りをしようというのである。当時、現在の桜木町駅附近にあった横浜駅は、終着駅のような行止りの頭端式ホームになっており、東海道線を西へゆく列車は一度入線したあと、機関車をつけかえてスイッチバックする必要があった。それが退屈だったのだろう、二人は帰京する玄湖と別れ、保土ヶ谷までの人力車を頼んだ。

全く二人ぎりとなり、ブラ〳〵車にて程が谷停車場へ至りしに、「今度の汽車は此へは停車しません。三時に来るのをお待ちなさるか、お急ぎなら神奈川へかへるか、横浜へ駆付《かけつけ》るかなさい」と茶店の女の忠告。「シマツタ」といふ響き、二人の口より一度に発せしが、「鳴容々々跡《おめおめあと》へは帰れぬ。賃銭にはかまはぬ、戸塚まで駆ろ」と号令をかけると、車夫《くるまや》は滴る汗を左右に振り払ひ、掛声だけは勇ましく駆け出したり。
（「箱根ぐちの記」一）

なんと、次の汽車は保土ヶ谷通過だったのである。それでも後へ戻るのは癪だと、横浜よりはるかに遠い次の戸塚まで走らされた車夫こそ災難であった。ようやく戸塚に着いたのは発車時刻の五分前で、何とか汽車に飛乗って国府津までゆく。国府津から先はまだ小田原への線路が開通しておらず、現在の御殿場線経由で西に向かっていた時代だから、ここで箱根登山鉄道の前身である馬車鉄道に乗換え、この時も塔ノ沢の玉の湯に着いた。

我友石井氏、先に此《この》玉の湯に来て居らる、筈なれば、「其人は」と尋ぬるに、「昨日お帰りになりました。「饗庭が来ると宜いが、一人で淋しい」と寧《いっ》そ恋《こいし》がツてお出《いで》なすツたよ」と云ふ傍らより、又た一人が「貴君《あなた》のお馴染のお婆さんは、生憎《あいにく》東京へ行て居ますよ」との挨拶。恋しがりし人は男にて、お馴染はお婆さんとは嬉しからぬ挨拶なり。
（「箱根ぐちの記」二）

待っているはずの友人は先に帰京し、顔見知りの仲居は不在とのこと。さらに翌日、釣竿を借りて早川に糸を垂らせば木の枝に引っかけ、山を登って三昧の遠縁だという家まで行ってみれば、あいにく留守で、しかも帰りには道を間違えて迷ってしまう。まったく、どこまでも不運な旅である。

得知と会えずに帰京

十四日、箱根七湯の一つとして知られる木賀《きが》にゆく。泊った宿には大いに満足し、「嗚呼《ああ》、森田（思軒—注）須藤（南翠—注）の大俗物、いづくんぞ此の珍膳を味《あじわ》ふ事を得んや」と、ようやくわずかに鬱憤を晴らした。ところが翌日、来ると約束していた得知がいつまでたっても姿を見せない。

> （玉の湯に戻って—注）「江戸から連《つれ》は来ましたか」と、座敷へ落付かぬ先に聞く。「いまだ参着なされません」との事に、汗流しに浴室《ゆどの》へ行き、（中略）上《あが》れば直《すぐ》に杯《さかずき》を手にしながらも「江戸の連は」。「ハイ、まだお着《つき》になりません」。四五杯してまた「江戸の連は」、「まだですよ」。銚子の替り目にも「江戸の連は」、「停車場へお迎ひは出してありますが、まだ」。（中略）「酒だ〳〵、江戸の連は」、「まだですといふのに、五月蝿《うるさい》」と此の掛合《かけあい》中に大酔《おおよい》となり（後略）
>
> （「箱根ぐちの記」五）

得知を待ちながら酒を飲むうち、篁村は酔っ払って倒れてしまった。得知はついにあらわれず、二人は翌日、宿を後にする。

> 八時十五分発する馬車に乗らんと、急ぎて八時十分に停車場へ着けば、「早や馬車は発したり」といふ。「五分早いのに発したとは」と詰《なじ》れば、「馬車会社の時計狂ひたれば、後《おく》れて汽車の間に合ぬ事ありてはと、少し早めに出車したり」との事に、呆れて云ふべき言《ことば》もなく（後略）

（「箱根ぐちの記」五）

時計がくるったとして、鉄道馬車が定刻より五分早く出発したため、取残されてしまったのである。しかたがないので歩いて国府津まで下り、ここで三昧と別れて根岸の家へ帰れば、今度は妻から「始め《ママ》三日で帰ると仰有《おつしや》ツたのが、五日に延《のび》ましたネ」と叱られる。いかに失敗を楽しみ、またそれで読者を楽しませるのが彼らの流儀だとはいえ、さすがにこれには閉口し、「此に五日の恥を曝《さら》して、以て（酒の上での計画はよくないと―注）我党の少年子弟を誡《いまし》む」。それでもすべてを冗談にして笑い飛ばそうとするのはさすがで、この作品の題名にもなっている「五日の恥」とは、物事が食違うたとえ、「鶍《いすか》の嘴《はし》」の洒落でもあったのである。

「箱根ぶちぬ記」

この「箱根ぐちの記」の末尾には後日談が附記されており、それによれば帰宅の翌日、「張紙だらけの葉書」が送られてきた。

幸堂氏が十五日に、玉の湯拙者宛に出したるものなり。夫《それ》には「繁用にて塔の沢までは行かれぬ。今夜国府津の早野方に泊れば、月を見ながら来よ」と認《したた》めたり。然《しかる》に玉の湯の帳場にては、拙者の苗字「饗庭」と云が分らぬより、無残にもその其葉書へ「名宛《なあて》の人は本日に至るも御来宿なし」と貼紙してかへしたり。

（「箱根ぐちの記」五）

得知は予定を変えて国府津に泊っており、葉書で篁村を呼んだものの、それを宿の者が送り返してしまったのである。こうした顚末を記したうえで、篁村はこのすれ違いの経緯を裏側から描いた、得知の作品の掲載を予告している。かくしておなじ『読売新聞』に発表されたのが、得知による「箱根ぶちぬ記（一名国府津初納涼）」であった。

以前から友人たちと、六月十五日と十六日の土日に箱根へゆこうと約束していた得知は、当日の出発が遅くなったので箱根の篁村に葉書を出しておき、午後四時五十五分の汽車で新橋を発った。国府津の早野という旅館に入ったのはすでに七時すぎ、一浴したのちに酒を飲みはじめたが、篁村と三昧はあらわれない。それもそのはず、彼の葉書は届いていなかったのだが、そうとは知らない得知は酔っ払って寝てしまい、気がつけば翌朝であった。

来ない二人のことはあきらめ、同行の四人で曾我村へゆくことに決る。曾我村は国府津から一里ほど北で、富士の巻狩の仇討で有名な曾我兄弟の像や、二人にまつわる宝物などがあるという。兄弟の物語は歌舞伎や浮世絵などにしばしば取上げられるから、彼らは強い興味を持っていたのである。人力車を一台雇ってビールと肴を載せ、これに交替で乗車することにして、やがて曾我谷津《そがやつ》村の城前寺《じょうぜんじ》に着いた。

寺の本堂には、江戸三座の一つの中村座で文久年間に用いられた絵看板が掲げられており、芝居好きの彼らは大喜びである。老婆が見せてくれたのは曾我五郎と弟の十郎、それに十郎の恋人だったという虎御前の木像。また宝物として、兄弟二人の赦免状と虎御前の手紙があった。これに気をよくした彼らは、本堂の片隅でさっそく酒をのみはじめる。

本堂の片隅を借受け、携へたるビールを開き、曾我の昔を語合ひ、暫《しば》らく休息して国府津へ戻りしは午前十一時の頃にて有《あり》し。夫《それ》より又酒宴を開き、さまぐ〵の興ありしが、くだくだしければ略す。

（「箱根ぶちぬ記」三）

持ってきたビールだけでは足らなかったと見えて、国府津へもどってまた酒を飲んだのであった。あとは二時五十五分の汽車に乗り、大磯に寄ってから帰京という行程である。

文章の応酬

この「箱根ぶちぬ記」には、得知が三昧や篁村を見送った新橋停車場の場面や、箱根の篁村のもとに出した葉書など、篁村の「箱根ぐちの記」に記された出来事が得知の視点から描かれている。たとえば、次のような記述である。

森田、須藤、饗庭の三仙人は酒肴を用意して（中略）饗庭仙人一名、箱根まで送る事とは成《なり》たる。「折もよし、僕《おのれ》も前約の次第あれば、十五日には必らず箱根の仙会へ赴くべく、夫《それ》まで待て居られよ」と、是又《これまた》岩に判を捺《おし》たやうな堅い約束をして別れたり。

（「箱根ぶちぬ記」一）

あるいは次の場面も、表裏にある両作の関係を物語る箇所であろう。

箱根の舎《やど》りを思ひ出し、三味は下戸なれど浪華《なにわ》仕込の強上手《しいじょうず》、兄（篁村―注）は根岸で噂の好《すき》なり。又例の大酔で、風戯《おどけ》た振舞を仕出しはせぬかと思へば、心も心ならず。（「箱根ぶちぬ記」一）

得知が国府津の宿屋で酒を飲みながら、箱根なる篁村と三味に思いをはせる場面である。すでに見たように、篁村はちょうどこの時、玉の湯で得知を待ちながら酒を飲んで酩酊していた。『読売新聞』の読者たちは、すでに篁村の「箱根ぐちの記」によってそのことを知っていたはずで、自分は篁村の大酒を気遣っていたのだと気取りまじりに述べた得知のこの文章が、それに呼応しているのは明らかである。このように「駆めぐりの記」と「鳥追爺々」、あるいは「箱根ぐちの記」と「箱根ぶちぬ記」の間では、作中で展開されているのとおなじような揶揄や諧謔を基調としたやりとりが、作品を発表すること自体によっても行われていたのである。

これに類する例としてはほかにも、やはりこの明治二十二年六月、尾崎紅葉の率いる文学結社である硯友社《けんゆうしゃ》と、篁村や川崎千虎とのあいだで展開された一連のやりとりがある。きっかけになったのは、硯友社の人々が多用する「……」や「――」などの記号を、篁村が自作「百円札の附録」で皮肉ったことであった。これに対して、硯友社の一員と思われる人物が新聞『日本』の紙上で、戯れ半分に篁村への果し状をつきつける。彼は翌日、『読売新聞』に「決闘承諾」という文章を発表し、「但し其武器は――正宗の銘ある……酒＊＊＊＊」と茶化したが、こうした両者の応酬を引継ぐ形で、『読売新聞』にはさらに次のような記事が掲載されている。[38]

根岸の茶六翁は大の酒好にて、（中略）「百円札の附録」よりは酒一升づゝつけてほしいとは、扨《さて》も困ツた人物なり。此先生、近傍にて酒の決闘あるよしを聞き、「どうぞ助太刀が仕たいが、まだいつ幾日《いくか》とも定まらぬか」と、竹の舎（篁村―注）のもとへ「決闘はいつだ〳〵」と毎日催促に来るゆゑ、「味方か」と聞て見れば、「一方では呑たらぬから、両方の助太刀をして、打死《うちじに》するまで呑でみたい」。

この文章を執筆したのはおそらく千虎ではなく、登場人物になっている篁村であろう。だが、少なくともここには、篁村と硯友社とのやりとりを受けた千虎の冗談がおなじ紙上に掲載され、応酬が広がるという構図が示されている。このような、あたかも友人たちが対話するかのように文章を発表し、紙上で応酬を展開するというスタイルは、やがてともに旅する篁村と高橋太華とが二日ずつ交替で書き継いだ合作紀行、「山めぐり」（明治二十二年十一月～十二月）へとつながってゆく。かくして、篁村の周囲のきわめて私的な交友に端を発した彼らのグループは、その活発な遊びのなかで次々に作品を生み出す、文学集団へと変貌を遂げていったのである。

五、遊びの季節　―「山めぐり」―

太華と篁村の甲州旅行計画

すでに述べたとおり、雑誌の編集者であった高橋太華が篁村と遊んだ最も早い記録は、明治二十二年二月の三河島散策を描いた「燈台下明しの記」であった。この二人、どうやらはじめからかなり気が合ったものらしく、以後急速に交わりを深めてゆく。もちろん、日常的なつきあいまで一々資料に残っているわけではないが、同年九月に発表された太華の「影まつりの記」を見れば、二人がすでにかなり親しみを増し、頻繁なゆききを重ねていたことがよくわかる。[39] まずはこの作品によって、彼らの日々を紹介してみよう。

明治二十二年の初夏のある日、太華は篁村と連れだって、吉原の近くにあった川魚料理の名店、鮒儀《ふなぎ》へ酒を飲みに出かけた。その帰り、向島を散歩しながら彼が篁村に持ちかけたのは、こんな話である。

「余（太華―注）は、此酷暑に甲州巡りをせばやと考へ居るなり。子《し》も亦相与《あいとも》にせずや」と問へば、篁村「そは妙なり。余も先年より峡中《きょうちゅう》に入らんとは思ひ居つれど、未だ其便《そのたより》を得ずして已《や》みぬ。さらば是非同遊すべし。時日は八月初旬《はじめ》よからん。それまでには互《たがい》に峡中の地理を調べ、路順《みちじゅん》に迷はぬ用心すべし」とて、早や峡中に入りたる心地になり、峡中の景色眼の前にチラッキ、語ること峡中の事ならぬはなし。

峡中とは、ここでは甲斐国全体のこと。この甲州旅行の提案に篁村は大乗気となり、八月一日から二日に出発して日数は約十日、八王子から小仏峠《こぼとけ》を越え、甲府から南下して身延山《みのぶさん》に参詣し、舟で富士川を下って清見潟や三保《みほ》、龍華寺《りゅうげ》などを見物するという計画に決まった。ところが、篁村が酒の飲過ぎで――と太華は書いている――眼病を発したと聞き、彼は急ぎ手紙を送った。「影まつりの記」には、その文面が次のように記されている。

酒と暑さに窘《くるし》められ、大弱りのよし、近頃如何《いかが》に候哉《や》。堅き盟《ちかい》の峡中行も、空しく画餅《がへい》に帰し申すべくや。去りとては惜きこと、併《しか》し眼あッての物種、何も旅行は酷暑の折、眼病の時に限るといふ訳にもあらず、秋廻《まわ》りと致し候も、亦却《かえっ》ておもしろかるべきか。何《いず》れにても御都合のよろしき方、御択《えら》びこれあり度《たく》候。

眼病がひどいならば、旅行は秋に延期しようかと問うたこの太華の手紙に対し、篁村が出した返事は次のとおりである。

眼病はよほどよろしく、そろ〳〵酒も呑み申候。甲州行の儀、是非百事をさしおき、十日ばかり遊びたく候が、爰《ここ》に少々おつならぬことは、富士川難船一条なり。お互に今ま土左仏《どざぶつ》となりては、千八百何十万の婦人の絶望悲歎、また〳〵其涙の為つ《ママ》に大洪水といふやうなる手数これあるべし。行くとした所で船は廃《よ》して、行た道をまた帰るより仕方なし。それでは十日では覚束なし、此処は少し考へものなり。（後略）

七月二十七日の手紙である。文中の「富士川難船一条」とは、この数日前に富士川で川下りの舟が顚覆し、多数の死者が出た事件のこと。眼病の具合はよいが、危ないから富士川下りは見合わせようというのが大略で、そこに自分たちが死んでは全国の女たちが悲しむからと冗談をまじえているのである。この手紙を受取った太華は、それではと予定どおり八月二日に出発、当日は午前七時に上野の清水堂で待ち合せることにして、甲州の地理などを調べて楽しみにしていた。ところが、三十日になって篁村からこんな手紙が届く。

拝啓　昨日上州桐生まで出かけ、炎天に照らされ候て逆上にや、眼病再発、医師も「日中行歩は慎むべし。（酒は勿論なれど、是は小生に論ありて、医師の忠言を斥《しりぞ》けたり）特に旅行《こと》はしばらく見合すべし」との事に付、例の甲州行はいよ〳〵御延引仰《えんいんおお》せ出され候。此段、通達に及び候。右、影まつりとして一日いづれへか遊涼は如何《いかが》。一昨日は須藤南翠先生に引ぱられ、朝からはじめて王子行となり、大騒ぎをやらかしたり。清閑に一浴一酌ぐらゐの催しが願ひなり。

頓首

昨日、桐生まで出かけて炎天下を歩いたために、眼病が再発したとのこと。それだけでなく、一昨日は須藤南翠とともに王子にゆき、おそらくは酒を飲んでのことだろう、大騒ぎをしていたらしい。自業自得のようだが、仕方がないので八月二日はどこか近辺に出かけようと返事を出す。「影まつりの記」にはこの手紙も全文が掲載されているが、長文なので一部だけを示す。

先《ま》づ〳〵甲州行は思ひ留《とどま》り申すべし。去りながら、此《ここ》に痛ましきは峡中の美人なり。（二人が来るのを――注）今か今かと指折り数へて、夜な夜な夢にも見つゝありなんに、若《も》し此まゝに打過ぎば、尽未来際《じんみらいざい》浮ぶ期なく、恋の遺恨、如何なる事を末世に残すやも計《はか》り知り難し。（中略）就《つ》いては、何とか此亡霊を慰むる工夫をせねば末怖ろし。而《しか》るに、今御申越しの影祭りこそ至極適当、これに上こす妙計はなからん。

篁村が先の手紙で色男を気取ったのを引取って、自分たちが甲州にゆかなければ待っていた美人たちが嘆くだろうから、影祭りをしてその思いを慰めようというのである。影祭りとは、隔年の祭礼が行われない年、代りに催される簡素な祭のこと。もっとも、ここでは甲州旅行の代りに近場へ出かけようというだけだから、本当に祭を行うわけではない。あくまでも篁村の表現を受けての言葉遊びなのである。

炎暑に閉口する

　さて、その八月二日の朝、二人は根岸の篁村の家で、なるべく俗人のゆかぬような「通」なところで遊ぼうと相談したものの、行先が決まらぬまま上野へ向けて歩き出す。あまりの暑さに木陰で休み、ここでも行先を考えるがみな却下。結局、上野公園内の博物館で古器物を見るという、何の変哲もない案に落着いた。ところが、博物館は窓が閉切られており、閉口して外へ出たのはちょうど正午ころ、焼けるような炎天下に堪らず、上野広小路の鳥又に飛込んだのであった。

　この鳥又は鳥料理の有名店で、変ったところ、「通」なところへというはじめの相談とは大違いであるが、それればかりでなく鳥をつついて酒を飲むうち、ついに「外《ほか》へ行くも面倒なり、直《す》ぐその根津の磯部ときめやう」という結論になった。これは、上州磯部温泉から湯を運んでいるという触れだしの、銭湯や旅館、宴会場などを兼ねた一種の遊び場で、名前を神仙亭といい、鳥又以上の有名店である。出かける前には「根津の磯部（中略）など俗人原《ばら》の専有物、前を通るも快よからず」と豪語していたのだが、酔っているうえにこの暑さでは別なところにゆく気力もない。案内されたのは「風の通はぬ、日のさす部屋」で、暑くて昼寝もままならず、夕方になってようやく酒を飲みはじめ、夜に入って帰宅した。

　このように「影まつりの記」は、甲州旅行どころか上野や根津で暑い思いをしただけだった二人の失態を中心に描いており、太華がすでに、自分たちの失敗を戯画的に描く方法を身につけていたことがわかる。また、作中に示された往復書翰には、かなり頻繁になっていた太華と篁村のやりとりをうかがうこともできよう。作品の掉尾には篁村の附記が置かれ、そこには「山人記中の手紙、皆な実物《ほんもの》なり」とあるほか、太華と別れたあとの彼の行動も描かれている。すなわちこの作品は、二度の箱根旅行における篁村と得知との応酬を受継ぐように、作中に篁村の手紙や附記がいくつも挿入され、両者の文章が交互にあらわれる形式になっているのである。そしてそこから、二人が交替で二回ずつ書き継いだ合作紀行、「山めぐり」までの距離はごくわずかであった。[40]

甲州旅行

篁村の眼病などで延び延びになっていた甲州旅行が、ようやく実現にいたったのは十一月のことであった。この旅を描いた「山めぐり」は六日朝、上野の停車場に赴いた二人が、同行する写真師の鶴淵初蔵《つるぶちはつぞう》と、見送りに来た得知と関根只好に会う場面からはじまっている。

六日、朝八時頃より僕（従者―注）一人を従へて、両人ゆる〳〵と根岸を出で、上野を越えて停車場に到れば、予《かね》て同行の約ありし写真師鶴淵氏、茶屋にありて待つ。幸堂、只好の両友も送りて此に在り。幸堂氏は「甲州の何か珍物を堀《ママ》り出して来て」と欲ばり、只好氏は「是非芝居を見て来て、其模様を話せ」と熱心なり。（一）

関根只好は序章でも紹介したが、このころから活躍しはじめた劇評家である。これより前に篁村たちとのつながりを示す資料は見当らないが、共通の趣味であった観劇などを通じて親しくなったものだろう。おなじ十一月の下旬には、只好と得知が中心になった歌舞伎の合評会、「緞帳巡《どんちょう》り」が催されて篁村も参加しているが、これについては次章に譲る。只好と得知の二人に見送られた一行は、まだ田端―池袋間の山手線が開通していなかったから、赤羽まで行って新宿方面の電車に乗換え、さらに新宿で八王子へゆく電車に乗込んだのだった。

八王子着は十一時、おりしも行軍中の兵士が到着した混雑に迷惑するが、昼食ののちに高尾山を越えて小仏峠へ抜ける。この日は峠から下りてすぐの小原《おばら》宿に泊り、翌日は鶴淵が宿に時計を忘れて取りに戻ったりしたものの、無事に猿橋宿に入った。

現在の猿橋。高い絶壁の上に架けられている。

三日めの朝、鶴淵が天下の奇橋、猿橋を撮影しようとするが、絶壁に橋杭を用いず架けられたこの橋の特徴を捉えるには、水際まで下って撮るしかない。旅宿の主が綱を持ってきて、岩の角にかけてくれた。

　太華山人、強きを示さんとにや、先陣に其綱に縋《すが》り、ズルズルと下りて少し平めに突出したる岩の鼻に下りたり。是れにはげまされてや、鶴淵氏は僕（従者―注）と共に、宿の主を力にして下り立ち、辛く鏡を据ゑて写真せり。我は「猿の真似をして何の功かある」と、怖れを隠して橋の上に彳《たたず》み、此の有様を

望遠鏡にて見るさへ寒く覚えたり。（五）

篁村一人が橋上に残り、綱にすがって下りる太華たちを気づかいながら眺めていた。撮影を終えた一行は猿橋を発ち、初狩《はつかり》で昼食。ここからの笹子峠《ささご》では奮発して馬を雇った。

（篁村が―注）宿の主に抱き上られ、ゆらりがツしと乗る拍子、鞍をかへしてドッサリとおち近《こち》より生業平《いきなりひら》を拝めやと群がりたる婦女《おんな》ども、一度にハッと笑ひしは少《すこ》シヨゲなりし事共なり。落ても怪我をせぬところ、是まことの馬通と誇りて、漸《よう》やく乗せて貰ひ、ポク〳〵として歩ませたり。（六）

好男子、在原業平を気取りながら、乗りかけた馬から落ちたのは大失敗であった。馬で笹子峠を越えてこの日は勝沼泊り、翌日は石和《いさわ》の遠妙寺《おんみょう》や、日本武尊の伝説が残る酒折宮《さかおりのみや》に参詣しながら、午前のうちに甲府に入った。見つけた宿が狭苦しかったのにくらべ、昼食に入った店は大いに気に入ったので、ここでよい旅宿の紹介を頼むことにする。

酔ふこと甚だしく、雨も未だ止まざるを以て、自ら出で、探ぬる能《あた》はず。因《よつ》て家婢《かひ》に托して曰く、「僕等、未《いま》だ好旅《よき》宿を得ず。請《こ》ふらくは、為めに閑雅清幽の一室を求め、我が三人、二三日の宿所に充《あ》てよ」。（中略）三人、酔歩蹣跚《すいほまんさん》、家婢に助けられて其旅店に入る。家は甚だ大な

りと雖《いえ》ども、一人の泊するものなく、塵埃《じんあい》席上に堆《うづたか》く、荒涼暗惨、廃殿《はいでん》の如く（後略）（八）

篁村と太華は二回ずつ分担して紀行を書き継いでいるから、この第八回は太華の文章である。店の下女に案内された新しい宿は、案に相違してさらにひどく、茫然とする一行であったが、いまさら前の宿に帰ることもできず、といってほかの宿を探す元気もなく、やむなくここに泊ったのであった。

根岸党はじめての合作紀行である「山めぐり」は、この甲府の場面、十二月七日をもって中絶している。これはおそらく、篁村が新しく『読売新聞』の社長に就任した本野盛亭《もとのもりみち》と対立し、同僚であった坪内逍遙らの慰留を振切って退社、以後の連載が不可能になったためだろう。高橋健三の周旋ですぐ『東京朝日新聞』に移った彼は、[41]以後長きにわたって同紙に筆を執りつづけたが、「山めぐり」の続きが発表されることはついになかった。しかしながら、たとい未完とはいえ、文章による応答の延長上に、合作紀行まで出現したことの意味は軽くない。それは、親しい友人たちの私的なつながりのなかで出発した彼らが、それぞれ篁村や得知の筆法を真似て彼らの遊びを描きはじめることで、おたがいに呼応し合いながら作品を生み出す、文学集団へと変貌しつつあった証にほかならないのであった。

得知の「甲府道中想像記」

この旅についてはほかに、上野駅で一行を見送った得知も、「山めぐり」の予告にあたる「甲府道中想像記」を発表している。[42] これは、一行が高尾山を越えるまでの失敗続きの道中を想像した架空の紀行文で、得知もこの旅に誘われたが都合が悪くて同行できなかったため、この想像記を書くことにしたのである。ここにも文学集団としての彼らのありかた、すなわちそれぞれに筆を執って文章を書き、発表する姿勢は示されているが、そのことは「甲府道中想像記」と「山めぐり」とを対照してみれば、さらに明瞭である。たとえば、「想像記」赤羽駅の場面には、次のようにある。

「サア乗替だ、ゴタ〳〵しない内に乗《のる》としやう」と三人は既に乗込まんとするを、掛りの者は目早く見付《みつけ》、「ア、モシ〳〵、夫《それ》は東京行の車でございます。最《も》う一つ向ふの線路のが新宿行でございます」。「ソーレ見たまへ、どうも煙の立方が生々《いきいき》として居るから東京行だと思ツたよ」。「成程、君は煙り博士だ。斯ういふのを火の見番にして置《おく》と、瓦を焼く煙りを見てヂヤン〳〵やらかす愁《うれ》ひはねへ。サア早く乗込まう」（後略）

一方、「山めぐり」ではおなじ赤羽駅の場面が、次のように記されている。

下りたれど、切符を買直しては間に合ず。其所《そこ》は例の通なれば、上野の切符のまゝにて新宿行きのへ乗り替えへたり。（実は少しマゴつきて、鉄道の役人に教へて貰ひしなり。（一）

乗換えの汽車を間違いこそしなかったものの、切符の乗越し清算ができることを知らず、駅員に教えてもらっていたのである。
もう一箇所、「甲府道中想像記」から高尾山の場面を見てみよう。

高尾山へ登り、山の紅葉を仰ぎ、谷の紅葉を覗き、「ア、宜い」「絶景」「頗《すこぶ》る美景」の掛合で漸《よう》やく向ふへ下ると、愕《がっ》かりして一足も歩行《あるか》れず。（中略）「何にしろ東京へは内々で、泊りまで腕車《くるま》としやう」「夫《それ》ようござらう」と、足の痛さを堪へながらに三人の笑ひ顔。

絶景に気をよくして歩くうちに疲れはててしまったものの、惰弱のようで外聞が悪いので、内緒で人力車に乗っただろうとからかっているのである。そして「山めぐり」にも、高尾山の場面は次のようにある。

山深く枯薄《かれすすき》、倒れ枝を分け行くに、玉河銀《たまかわしろがね》の帯の如く夕日をうけて暉《かがや》き、四方の山々濃く薄く紅に黄に染めなして、満目の冬景、快絶奇絶。（中略）出立前の予算には、初日猿橋泊りなりしが、道に出て吉野泊りとなり、此に至りて小原泊りと里数を減少したり。足は労《つか》れ、日は暮れたり。（二）

得知の想像どおり、山中では絶景を賞したが、やがて歩き疲れ、はじめの計画よりもかなり短い小原宿泊りとなったのであった。

このように比較してみれば、両作の符合は明らかだろう。もちろん、篁村が「山めぐり」執筆時に「甲府道中想像記」を参照していた可能性もあるし、あるいは逆にまったくの偶然で、長いつきあいの二人だけに、素材や展開がおのずと一致したのだとしても不思議はない。だが、いずれにせよ重要なのは、合作にたずさわった太華と篁村だけでなく、得知も加わって一つの文学空間を現出していることであり、実際得知は「三老仙帰京の上、此想像記を取消して新《あらた》に甲府紅葉狩の記を作り、道中の失策を公けになすは近きにあらん」と書き、両作を連続するものとして読むことをうながしていたのだった。そして、このような作品相互の密接な関係を支えたのが彼ら自身の親しい交友であり、明治二十二年の夏以降、その親密さを示すように、彼らの遊びを描いた作品が次々と発表されていった。遊びの季節の到来である。

遊びの季節

九月九日、根岸御隠殿《ごいんでん》坂南の鉄道沿い、今では京成本線がJR山手線や東北本線の線路を高架で越えてゆくあたりにあった料亭の鶯花園《おうかえん》で、観月園遊会が催された。この日は旧暦の八月十五夜、鶯花園はもともと庭にたくさんの花木を植え、さながら植物園のような趣であったから、月見にはうってつけだったのである。主宰したのは高橋健三、藤田隆三郎、岡倉天心の三人。すなわち、本章の第一節で紹介した、みな名前に三の字が入る篁村の友人たちであった。

招かれた篁村の「観月園遊会」によれば[43]、彼は当日、近くに住む川崎千虎や、これも日本画家の高橋応真《おうしん》を誘って鶯花園に向った。到着してみれば萩や薄、女郎花などが咲乱れ、酒や肴がふんだんに用意してある。来客はみな、「当代の名士、美術工芸家、文学の大家」ばかりで、鶯花園の主人も奮発し、秋草のあいだに燈籠をともして庭の彩りを増している。喜んだ篁村は、やはりここでも大いに酔い、千虎の介抱に助けられるのであった。

拙者は自分を何所《どこ》へか置忘れしを、川崎の翁が返し合せて、乱軍の中《うち》より救ひ出し呉《く》れたれば、兜を捨《すて》て引上げしは、ト云ツた所で何時やら知らず、只面白し〳〵と繰り返しつゝ、引上げたり。

当時、天心は米国や欧州への視察の旅から帰国し、七月に根岸金杉村七番地へ移り住んでいた。この園遊会には、やや誇張気味ながら「百余人」が集まったとのことで、ここまでに紹介してきた根岸党の遊びとはいささか趣を異にするが、旧友の帰国を迎えた高橋や藤田らが、知友を集めて催した遊びの一つであろう。ただし、ここでもやはり文筆家ではない彼らへの揶揄や戯画化は避けられており、作の中心はあくまでも篁村の失態にある。

おなじ九月、篁村と千虎は雨見の会という変った催しを行った。44 これは、「悪き月花よりはよき雨が優《ま》しなり」という千虎の主張から発案された企てで、ある日「誂《あつら》への雨」が降ったのを見た篁村が千虎を誘い出した。上野公園の清水堂から雨の景色を堪能した二人は、続いて広小路の有名な料理屋、揚出《あげだ》しに入り、増水により雷のような音を立てている不忍池の落ち口を眺めた。揚出しは現在の下町風俗資料館のあたりにあった店で、当時はこの不忍池の東南端から忍川という川が流れ出し、隅田川へと注いでいたのである。酒を飲んで陶然となった二人は、夜雨に包まれた上野の森を賞して帰宅した。

このほかにも、九月二十二日に篁村、得知、太華の三人で本所や押上、浅草近辺にある江戸文人たちの墓を探訪した「七墓めぐり」や、篁村と得知が十月二十七日に「滝の川の紅葉と染井の菊」を見物に出かけた「紅葉と菊」などが作品として残っている。また、大阪の三昧から篁村に宛てて、「汝が（多忙で—注）酒杯を手にする暇のなきを憐れみ、助太刀として此の文を贈る」と送られてきた紀行文「舞子浜遊浴の記」が、その経緯を記した篁村の文章とともに発表されるなど、彼らの親交は様々な形で作品を生み出していった。[45] のみならず、新時代における演劇の改良を目指して八月二十四日に発足した日本演藝協会には、理事として岡倉天心や森田思軒が、文芸委員として篁村や須藤南翠らが名を連ね、また十月二十八日には高橋健三と天心とが協力して美術雑誌『国華』を創刊、千虎も執筆に加わっている。こうした公私にわたる交際のなかで、ますます結びつきを強めていった根岸党の人々は、翌明治二十三年に入り、その遊びをさらに大規模化させてゆくのである。

六、根岸党の前期

ゆるやかなサークル

以上見てきたように、饗庭篁村を中心とする私的な交友関係のなかから出発した根岸党は、明治二十一年六月の「塩原入浴の記」以降、彼らの遊びを描いた作品を次々と発表していった。とはいえ、このころの彼らを根岸党と呼ぶのは厳密に言えば正確でなく、おそらく彼らにはまだ、自分たちを一つの党と捉える意識はない。そもそも「根岸党」という名前自体、登場するのはもっと先の明治二十三年夏からなのである。

　このころの根岸党の特徴としては、何よりも顔ぶれがまだ定らず、多様な人士が集散を繰返していたことが挙げられる。篁村と得知の親交という一応の軸はあるものの、それとは別に岡倉天心や高橋健三と「根岸の三三」を名乗って遊んだり、同僚の中井錦城とはじめた郊外漫遊に川崎千虎や高橋太華が加わったりと、のちに根岸党へとつながってゆく人脈が、ようやく篁村の周囲にできはじめたばかりの状態であった。作品に出てくるのはおもに文筆家たちばかりだが、時には彫刻師の瑞雪湖や写真師の鶴淵初蔵が登場することもあり、また篁村は「浜尾新《はまおあらた》氏も高橋徳蔵氏も根岸党の一員であつた」とも証言している。[46] こうした人々が、どの程度篁村たちの遊びに加わっていたのかははっきりしないものの、逆に言えば出発期の根岸党とは、まさにそうした境界線の明確でないゆるやかな人間関係のサークルだったのである。

　しかしながら、それぞれの友人たちとの遊びを題材にした篁村の作品を見れば、いずれもおなじように、なるべく他人のせぬ変ったことを試み、そしてたいていは失敗に終る自分たちの有様を戯画的に描いている。そして注目すべきは、こうした筆法が、それまで彼の書いてきた案内記的な紀行の方法から大きく隔っていることである。もちろん、「塩原入浴の記」以前と以後とで急激に遊びのありかたが変ったはずはなく、様々な資料から、彼らがかねてより戯れと諧謔に満ちた交遊を繰広げていたことがうかがわれる。篁村がそのような遊びを、おそらくは旧友得知の青森からの帰京をきっかけに、面白おかしく描くようになったのが明治二十一年後半のことであり、そしてその方法は次第に、ともに遊ぶ文筆家たちの真似するところとなっていった。

たとえば、宮崎三昧が篁村やほかの新聞記者たちと霧積温泉に旅したことを「二日一夜の記」に描いたり、篁村の勧めで中井錦城が「第二回近郊漫遊之記」の筆を執ったり、あるいは「影祭りの記」を書いた太華が、篁村とともに紀行「山めぐり」を合作したりしたことは、すでに本章で紹介してきたとおりである。これらはいずれも、「塩原入浴の記」以来の滑稽な筆法を引継いでいるうえ、そのうちのいくつかは篁村の文章に呼応する形で書かれたものだった。発表の場となったのは、おもに篁村の属した『読売新聞』であり、その紙上にはたがいに応答するように作品が次々と掲載され、一つの文学空間が現出していたのである。すなわち、結果的にではあるが、彼らは一つの集団としてその遊びを描き、発表しはじめたのであり、これはまぎれもない文学集団の誕生にほかならない。かくして実質的に党が形成された明治二十一年から二十二年にかけてを、ひとまず根岸党の前期と見ておきたい。

その一方で、自分たちの遊びを作品に描く動きが盛んになればなるほど、文筆家以外の面々は党の中心から遠ざかってゆくことになる。交友そのものは絶えていなかったとしても、遊びが頻繁に作品化され、その作品を読んだほかの文人たちが新たに接近してくるなかでは、筆を持たず、また描かれることも少ない彼らは、おのずと後景に退かざるをえないからである。かなり後年まで党の遊びに加わった岡倉天心は例外としても、高橋健三や藤田隆三郎のような存在は、やがて党から姿を消してゆくことになる。これに代って急速に存在感を増してきたのが、明治二十二年末に根岸の篁村宅の隣家に転居してきた『郵便報知新聞』の森田思軒と、そしてこの年、彗星のように文壇に登場した幸田露伴であった。

1 序章注19参照。
2 饗庭篁村「幸堂得知氏の影像に題す」(『国民新聞』明治二十四年四月四日)。
3 饗庭篁村「牡丹餅の処分」(『演藝画報』大正二年五月)百七十二頁。
4 饗庭篁村「南新二君」(『太陽』明治二十九年三月五日)二百五十四頁。
5 幸堂得知「南新二君逸事」(『太陽』明治二十九年四月二十日)二百五十頁。
6 幸堂得知「九世雪中庵雀志宗匠」(『文藝倶楽部』明治四十二年二月)二百二十六頁。
7 幸堂得知「江戸の味」(『新小説』明治四十五年一月)二十六頁。
8 内田魯庵『きのふけふ』(博文館、大正五年三月)七十二頁。
9 執筆者不明「一ぷく」(『新潟新聞』明治三十三年十月二十日)。
10 執筆者不明「逸事の二十五」(『自恃言行録』川那辺貞太郎版、明治三十二年八月)百三十四頁。
11 饗庭篁村「逸事の十」(前掲『自恃言行録』)五十七頁。
12 藤田隆三郎「逸事の六」(前掲『自恃言行録』)三十頁、四十頁。
13 中央大学百年史編集委員会専門委員会『中央大学史資料集』第一集「東京都公文書館所蔵中央大学関係史料」(中央大学大学史編纂室、昭和五十九年三月)五〜七頁。
14 篁村の根岸への転居は従来、明治十九年のこととされてきた。しかし、注11の篁村の回想には高橋健三と知合った「十四年先の夏」、すでに根岸に住んでいたとある。この文章は明治三十二年刊行の『自恃言行録』に掲載されているから、それより「十四年先の夏」とは明治十八年の夏のこととなる。ただし、執筆の正確な時日が不明であるうえ、こうした回想には誤りが含まれがちであるから、より詳細な検討が必要であろう。

15 岡倉一雄『父天心』（聖文閣、昭和十四年九月）三十八〜四十頁。

16 饗庭篁村「逸事の十」（前掲）五十八頁。

17 依田学海『学海日録』第七巻（岩波書店、平成二年十一月）百八十六頁、百九十五頁、二百十二頁。

18 岡倉一雄『父天心』（前掲）五十五〜五十六頁。

19 宮崎三昧「二日一夜の記」（『新文学誌』明治二十一年十月二十四日、未完）十七頁。

20 「出張」（『読売新聞』明治十九年三月二十四日）、「幸堂得知翁逝く」（『東京朝日新聞』大正二年三月二十三日）、「幸堂得知翁逝く」（『二六新報』大正二年三月二十三日）。

21 『近代文学研究叢書』第十四巻（昭和女子大学光葉会、昭和三十四年十一月）二十頁。

22 饗庭篁村「塩原入浴の記」（『読売新聞』明治二十一年六月十四日〜二十日）。

23 饗庭篁村「秩父小記」（『読売新聞』明治十九年八月十一日〜十四日）、饗庭篁村「房州一見の記」（『読売新聞』明治二十年八月二日〜七日）。

24 藤井淑禎に「篁村の紀行文が、特に得知を相棒とすることによって次第に〈遊び〉の要素を色濃くしてゆく」（「根岸党における露伴」、『解釈と鑑賞』昭和五十五年五月、四十三頁）という指摘がある。

25 饗庭篁村「郊外漫遊の記」（『読売新聞』明治二十一年九月九日）。

26 中井錦城「第二回近郊漫遊之記」（『読売新聞』明治二十一年九月三十日）。

27 千虎の誕生日は天保七年の十二月二日であり、西暦では一八三七年の一月八日にあたる。

28 「画家転居」（『読売新聞』明治二十年八月二十三日）。住所は金杉村三百二十五番地であった。

29 幸田露伴「遅日雑話」（『文章倶楽部』昭和三年三月）十九頁。

30 饗庭篁村「抜まゐり」（『読売新聞』明治二十一年十月十九日）、饗庭篁村「燈台下明しの記」（『読売新聞』明治二十二年二月二十四日）。

31 注19に前掲。なお、この作品には旅の日程が記されていないが、饗庭篁村「霧積温泉」（『読売新聞』明治二十一年八月一日〜九日）によって特定できる。

32 饗庭篁村「箱根修禅寺伊東熱海駆めぐりの記」（『読売新聞』明治二十一年十二月一日〜十五日）。

33 幸堂得知「駆巡記中幕鳥追爺々」（『読売新聞』明治二十一年十二月八日）。

34 饗庭篁村「箱根ぐちの記（一名五日の恥）」（『読売新聞』明治二十二年六月十九日～二十五日）、幸堂得知「箱根ぶちぬ記（一名国府津初納涼）」（『読売新聞』同年六月二十七日～二十九日）。

35 宮崎三昧「二十年前の東海道」（『文藝倶楽部』明治三十九年五月）、宮崎三昧による広告（『日本』明治二十二年六月四日）。

36 山崎安雄『春陽堂物語』（春陽堂書店、昭和四十四年五月）十九～二十四頁、須藤南翠「『新小説』の創業」（『新小説』明治三十九年一月）、饗庭篁村「『新小説』の名付親」（同上）。

37 得知はのちに、「下谷の「しのぶ川」は旧《もと》は私の縁者がやつてゐました。初め豆腐一式の料理屋をやらうと云ひますので、私に名前をつけて呉《くれ》と頼みましたから、彼所《あすこ》の川をしのぶ川とは誰れも知りませなんだが、之《こ》れをつけるがよろしからうと申しました。」と述べている（幸堂得知「豆腐と蕎麦」、『食道楽』明治三十八年五月、十三～十四頁）。

38 饗庭篁村「百円札の附録（一名小説未来記）」（『読売新聞』明治二十二年六月四日～五日）、「決闘状」（『日本』同年六月五日）、饗庭篁村「決闘承諾」（『読売新聞』同年六月六日）、「決闘の助太刀」（『読売新聞』同年六月十二日）。

39 高橋太華「影まつりの記」（『読売新聞』明治二十二年九月二十七日）。

40 饗庭篁村・高橋太華「山めぐり」（『読売新聞』明治二十二年十一月二十日～十二月七日、未完）。

41 饗庭篁村「手前口上」（『東京朝日新聞』明治二十二年十二月十七日）。

42 幸堂得知「甲府道中想像記」（『読売新聞』明治二十二年十一月十四日）。

43 饗庭篁村「観月園遊会」（『読売新聞』明治二十二年九月十三日）。

44 饗庭篁村「雨見の記」（『読売新聞』明治二十二年九月二十五日）。

45 饗庭篁村「七墓巡り」（『読売新聞』明治二十二年十月二日～五日）、饗庭篁村「紅葉と菊」（『読売新聞』同年十月二十九日）、宮崎三昧「舞子浜遊浴の記」（『読売新聞』同年十月二十七日～二十九日）。

46 饗庭篁村「根岸時代の岡倉覚三氏」（『美術之日本』大正二年十月）七頁。

column

——根岸倶楽部——

根岸党について語るうえで、時おり「根岸倶楽部《クラブ》」のことが紹介される。篁村の回想に「私達の根岸党が寄集つて、根岸倶楽部を設立した」とあるからだが（「根岸時代の岡倉覚三氏」）、実はこのクラブ、できた時期がよくわからない。白石実三が「明治二十年の頃、すでに『根岸クラブ』なる社交クラブがあり」とするのはさすがに早すぎで（「根岸派の人々」）、天心の日記『雪泥痕』明治二十三年十二月十四日の条に、「川崎、森田、あへば、宮崎、福地ノ来会スルアリ。具《ママ》楽部設立ヲ計ル」とあるのが有力な資料である。だがその一年前、二十二年初頭の篁村作「雁は八百矢は三本」にも、「帰りて根岸クラブに閉ぢ籠り、伯母が尋ねても逢はぬに如ず」とあるし（『東京朝日新聞』一月七日）、また高橋健三と「根岸倶楽部などゝて遊」んだとも述べており（『自恃言行録』所収「逸事の十」）、これらの関係は判然としないのである。

岡倉一雄はこのクラブについて、彼らが飲み歩く出費がかさむので、夫人たちの抗議で「御隠殿に近い音無川向ふの、山下京師屋の隣り」に設けたものの、数ヶ月で解散してしまったと伝えている（『父天心』）。あるいは、こちらは「根岸会」という名前だが、正岡子規の『獺祭《だっさい》書屋《しょおく》日記』明治二十六年一月九日の条に、「至岡倉氏宅。根岸会会者、男女四五十人。庭園設茶店、設宝引」とある。「宝引《ほうびき》」とは福引のことで、要するに名前は何であれ、友人同士で酒を飲み、時には大勢を招いて園遊会を開くという、いつもの遊びだったのだろう。

第二章

加速する交遊

一、幸田露伴と若き文人たち

露伴登場

幸田露伴が明治二十二年、当時の文学雑誌としては随一の存在だった『都の花』に「露団々《つゆだんだん》」を発表し（二月〜八月）、鮮烈なデビューを飾ったことはよく知られている。

その前年の明治二十一年十二月十八日、友人である淡島寒月《あわしまかんげつ》に伴われた彼は、寒月の父の友人だった漢詩人、依田学海のもとを訪れ、同作の原稿を託してこう言放った。「これをよみて、心に適はゞ序を賜ふべし。適ひ給はずば、退け給ふとも恨なし」。有力な文学者の推輓がデビューへの近道であるのは、いつの時代にも変りはないが、この青年の覇気にあふれた態度はあまりにも型破りだった。学海はその晩、原稿をめくりはじめるとあまりの面白さに一気に読了、翌日さっそく序文を書上げた。その日の彼の日記には、「文章・趣向、皆意外に出たり」「多く得がたき才子なり。求めずとも必ず序文を作るべし」と記されている。[1]

この「露団々」は、『都の花』の主筆だった山田美妙《びみょう》も「実に面白い作で、真に奇想天来です」「天才てものは何時ドコから現はれて来るか解らんもんで、丸で彗星のやうなもんですナ」と感激させたが、続いて発表した「風流仏《ふうりゅうぶつ》」（吉岡書籍店、同年九月）は、それ以上の高い評価を受けた。批評家の内田魯庵《ろあん》は、「アレほど我を忘れて夢幻に徜徉《しょうよう》するやうな心地のしたのは其後に無い。短篇ではあるが、世界の大文学に入るべきものだ」と絶讃し、まだ作家を夢みる文学青年であった田山花袋《かたい》も、仲間たちと「兎に角露伴は天才だ」と言合ったことを回想している。[2]

ところが、こうした文学活動の華々しさにくらべ、当時の露伴の交友関係はよくわかっていない。淡島寒月のほかには、学海の序を添えた「露団々」を『都の花』の出版元である金港堂《きんこうどう》に売込み、のちにトルコに渡って日土交流の先駆者となった山田寅次郎《とらじろう》[3]や、かつて露伴が通った迎曦塾《げいぎじゅく》という私塾の同窓生で、このあと露伴の助力によって作家になる遅塚麗水《ちづかれいすい》などと親しかったようであるが、詳しいことはなお不明である。もっとも、彼は当時、電信技師の職をなげうって北海道から帰京したばかりの失意の身であり、交際の範囲がさほど広かったとは考えにくい。その露伴がデビューののち、急速に交わりを深めていったのが根岸党の文人たちだったのである。

珍書会、如蘭久良部

「露団々」の原稿を持込んでからほぼ半年後の明治二十二年五月二十七日、寒月と露伴がふたたび学海の宅を訪れた。「如蘭久良部《じょらんくらぶ》」なる会を起すから、来てくれないかというのである。会の期日は六月二日だったが、当日はあいにくの雨で、わずらわしくなった学海はゆくのをやめてしまう。その代りに出かけたのが、前章の第四節で述べたようにちょうど大阪から上京していて、このあと篁村と「箱根ぐちの記」の旅に出発する宮崎三昧であった。

三昧、東京へ帰省し、学海依田先生をおとづれたるに、先生いふ。「明日、厩橋《うまやばし》の浩養園《こうようえん》にて如蘭会《じょらんかい》と云会あり。是は会員各々所蔵の珍書を持寄り、品評をなす会にて、塵俗《じんぞく》の士は履《くつ》を容《いる》るを許さず。其会主は、『都の花』へ「露団々」といへる小説を出《だし》たる露伴子、本名幸田成行《しげゆき》といふ人なり。相携へて臨まん、如何に」と。[4]

たまたま学海を訪れたところ、明日、珍しい本を持寄って品評する如蘭会という会がある。発起人は「露団々」を書いた露伴だが、一緒にゆかないかと誘われたのである。浩養園は浅草から見て隅田川の対岸、現在の墨田区役所やアサヒビール本社のあたりにあった庭園である。なおも学海と話すうち、三昧は意外な事実に驚いた。なんと、露伴は彼がかつて東京師範学校附属小学校、現在の筑波大学附属小学校で教鞭を執っていたころの生徒だったのである。

予、既に「露団々」を読《よみ》て、露伴子其人の凡人ならぬに驚けり。其《その》露伴子は、旧時の畏愛《いあい》せる少年、秀才幸田成行氏なることを聴て、予が驚《おどろき》と喜びは、実に掬《きく》するに余《あまり》ありき。翌日、如蘭会に相見《まみ》えて契濶《けいかつ》を叙するに及《およ》ては、露伴子も亦、今日三昧道人と名乗る老耄《おいぼれ》、当時の予なることを聴て、蓋《けだ》し驚れたり。

奇縁である。かつての教え子の成長ぶりに目をみはる、三昧の驚きが伝わってくる。一方、露伴も後年になって、この時のことを次のように回想している。

三昧君は僕の小学校の時の先生ですよ。（中略）小学校後何年かたつた後になつて、ひよつくり三昧といふ人にあつて見ると、君は？　といふ訳でね。段々話をすると、三昧氏は、ア、あの子供だつたといふ訳、僕の方では、ハ、あ、さうすると小さい時分の宮崎先生だつたかなといふ訳でした。[5]

思わぬ邂逅を遂げた二人は、おなじく文筆にたずさわる者として親交を深めてゆく。だが、露伴がこの如蘭会で出会ったのは、三昧だけではなかった。六月五日の『読売新聞』に掲載されている、この会の景況を報じた記事を見てみよう。

午後一時より暮合まで遊びて散会せしが、出品中にても淡島寒月氏の西鶴の「武家義理物語」と「諸国五人女」などは好《すき》の道とて、席末に列《つらな》りし饗庭、大涎《よだれ》にて借り来りしと。此外、楢崎氏の京山自筆草稿の「高尾考」、四方梅彦《よものうめひこ》翁の古印本二三種、太華山人の馬琴草稿、其外出席諸氏の珍書数十種あり。江戸見物に浮かれ出し宮崎三昧氏も列席したり。次回は来月七日にて、好者《すきしや》は出席随意なりといふ。

無記名だが、執筆したのはおそらく、文中に「席末に列りし饗庭」とある篁村であろう。ここからは、三昧のほかに篁村や太華といった根岸党の人々、また序章でも紹介したが、後に根岸党の遊びに加わってくる紙商にして蔵書家の楢崎海運も、この会に列席していたことが知られる。如蘭会についてては、ほかにもいくつか回想が残っており、たとえば三昧は後年、「珍書研究会」という会の席上で次のように語っている。

寒月の発企で珍書会と云ふ会が開かれて、即ち今日の此《この》御会と同性質の会の、抑々嚆矢《そもそもこうし》とも云ふべきであります。これに御座る高橋太華君初め、私共両三名（もう一人は不明―注）招かれて参つた。其時に、私は前の三子（露伴・寒月・尾崎紅葉―注）と同時に知音《ちかづき》になりました。[6]

また、こののち露伴と生涯の親友となった太華も、別の文中で次のように語っている。

何でも明治廿二年頃でしたか、淡島寒月が発起となつて、幸田だの、饗庭だの、それに今は暹羅《しやむ》へ行つて何か事業をしてゐる山田と云ふ人だの、私などで珍書会と云ふのを向島に開いた事があつたですが、其時初めて中西に逢つたのです。[7]

これらに会の名前はないが、年次や場所、状況から見て、如蘭会のことと考えてよい。両者の言によれば、前述した山田寅次郎や、寒月の紹介で露伴と知り合い、四月に『二人比丘尼色懺悔《ににんびくにいろざんげ》』で文壇に登場したばかりの尾崎紅葉なども会に参加していたらしい。無論、ある程度の記憶違いは十分考えられることだし、また露伴がこれ以前に篁村や太華と出会っていなかったともかぎらないが、少なくともこの会が、寒月や露伴周辺の青年たちと年長の文人たちとの重要な接点になったことは間違いない。そしてまた、太華がこの時はじめて会ったという「中西」こと詩人の中西梅花《ばいか》も、露伴と根岸党にとって忘れてはならない人物であった。

中西梅花

現在、梅花の名はほとんど知られていないが、彼の『新体梅花詩集』（博文堂、明治二十四年三月）は、近世から盛んだった漢詩集を除けば、近代文学史上はじめての個人詩集であった。それ以前にも北村透谷《とうこく》の『楚囚之詩《そしゅうのし》』（春祥堂、明治二十二年四月）など、個人の詩作は刊行されていたものの、それらは一作の長詩を単行本にしたものであり、今では一般的な個人詩集という形態は、梅花のこの一冊にはじまるのである。太華とおなじく、露伴もこの時はじめて梅花に会ったのか、それとも以前から面識があったのかどうかはわからないが、慶応二年生れの梅花に対して露伴は翌三年生れと年齢も近く、二人は親しく往来するようになった。豪放かつ磊落な性格だった梅花は、露伴との間に面白い逸話を数多く残している。

根岸の伊香保といふ料理屋にあがつて二人で酒を飲んでゐると、床の間に千山万嶽の図といふ大きな軸がかゝつてゐる。さうすると奴さん（梅花─注）、酔つてその画の山へ攀ぢのぼらうとするのだもの。一緒にゐるこつちは閉口すらあね。[8]

露伴による後年の回想である。伊香保は第一章の第一節にも出てきたが、根岸にあった著名な料理屋で、上州の伊香保温泉から湯を運んだという触込みの風呂や宴会場なども備えていた。掛軸の山に登ろうとは、随分ひどく酔っ払ったものだが、のちに精神を病み、明治三十一年に若くして歿してしまう彼には、このころからこうした奇行が珍しくなかったらしい。高橋太華も、梅花についてこんな話を伝えている。

三四人連立つて、酔に乗じて天神下の通りなどを散歩すると、彼《あ》の通には克《よ》く古道具屋があつて、色々な古道具が並んでゐますが、（梅花が─注）不図《ふと》其中の一軒へ立寄つたかと思ふと、道具屋の老爺と談判を初《ママ》め、其処《そこ》にある古壺は幾許《いくら》銭だとか、推問答をしてゐるぢやありませんか。すると、「可矣《よし》」とか何とか云つて、不意に其壺を取り上げて大道へ投げ付けるのです。そして、「おい、幸田、拾銭だして」と云つたやうな調子で、ずん〳〵出て行くのです。[9]

商品の壺を道に叩きつけておいて、他人に金を払わせて自分だけ行ってしまうとは、乱暴もいささか度が過ぎよう。また、次に示すのは、露伴や太華と釣に出かけた時の逸話である。

梅花道人、山谷に在り。露伴、大《ママ》華の二名と共に、前なる川に釣りす。梅花、一尾をも得ず。餌がなくても自然に釣れる筈だと、空竿を投込んで待てども、ヤツパリ釣れず。釣れざるが道理なり。梅花忽《たちま》ち怒つて、魚を罵り竿を罵り、綸《いと》を罵り鉤《はり》を罵り、遂に露伴大《ママ》華の魚を釣得たるを罵る。[10]

このころ梅花は、新吉原近くの山谷堀《さんやぼり》のあたりに住んでいた。餌なしでは釣れないのが当然で、怒られた露伴や太華はいい迷惑である。しかし、どこかユーモラスで憎めないこうした性格が、おなじく豪快なところのある露伴と合ったのか、二人はかなり頻繁にゆききを重ねていたのであった。[11]

この露伴と梅花が、揃って根岸党の活動の輪へと近づいていったのは明治二十二年秋のことであった。十月の末、得知とともに日暮里の養福寺《ようふくじ》で談林派歴代の句碑を見た篁村は、「我々同臭の誹仙、淡島寒月、幸田露伴、落花漂絮《らっかひょうじょ》（梅花の別号―注）、紅葉山人、新六祖となりて、大に談林《だんりん》の俳風を吹き立んの催し」を企画中だと述べている。[12] 談林とは江戸前期に流行した俳諧の流派で、奇抜な見立てや軽妙な言いまわしを特徴とするが、それを真似して遊ぼうとするこの催しに露伴や梅花の名も挙がっていることから、二人がすでに篁村や得知らと交友を持っていたことが知られる。ほかにも寒月や紅葉の名があるところを見ると、あるいはこれは、如蘭会の席上で持上がった話だったのかもしれない。もっとも、「来年四月、花に樽の時」を待って発会の予定だというこの企画、「未だ打ち合せ届かねば、すべて御廃止になるも知れず」という篁村の書きぶりから見て、おそらくは冗談半分に終ったものだろう。

緞帳巡り

一方、このころ実際に何度か行われ、露伴や梅花も加わった企画がある。おなじ十月、『読売新聞』紙上ではじまった小劇場の合評会、緞帳巡りである。発起人は歌舞伎の見巧者で知られる得知と、すでに紹介した劇評家で、翌十一月に篁村や太華らが甲州へ「山めぐり」の旅に出発したおり、上野停車場まで見送りに出ていた関根只好《しこう》であった。

そもそも、演劇に厳しい制限がかけられていた江戸時代、江戸市中で幕府公許の芝居小屋は中村座、市村座、森田座の三座だけであった。そこでは舞台の幕に、左右に開閉する引幕を用いていたが、三座以外の芝居小屋ではその使用が許されない。そこで上下に開閉する緞帳を用いたことから、格下の芝居小屋を「緞帳芝居」と称するようになったのである。彼らの緞帳巡りとは、あえてそうした緞帳芝居を見物し、役者などの「堀《ママ》出しもの」を見出そうという試みであった。

その第一回は浅草向柳原《むこうやなぎはら》にあった柳盛座《りゅうせいざ》で行われ、得知と只好のほかに森田思軒、依田学海らが参加した。正確な日づけは不明だが、十一月末の第二回目の評に「先月第一回を催ほし」とあることから、十月下旬ころの開催と考えられる。続く第二回は芝の盛元座《もりもとざ》で、見物した総勢八名は幹事二人のほか、篁村、思軒、劇評家の岡野碩《せき》、狂歌師だった朗月亭羅文《ろうげつていらぶん》、それに露伴と梅花といった顔ぶれであった。この会は、翌年三月までに都合四度催され、また得知と只好はこのころ、ほかにもしばしば演劇の合評を行っていた[13]。

このように、篁村を中心として根岸党がまとまりつつあった明治二十二年、デビューしたばかりの露伴は如蘭会を一つのきっかけとして、彼らと交際を持つようになった。そして、それと期をおなじくし、梅花や只好といった露伴とほぼ同年輩の若き文人たちも、相次いで根岸党へと接近してきたのである。

広がる露伴の交際

すでに述べたように、饗庭篁村が長年勤めた『読売新聞』を離れ、『東京朝日新聞』に移ったのはこの明治二十二年十二月のことであった。当時、春陽堂から全二十巻にもおよぶ作品集『むら竹』を刊行中で、押しも押されもせぬ流行作家だった彼を失った『読売新聞』は、その穴を埋めるべく、新進の尾崎紅葉と幸田露伴の二人を招いた。これを受けた紅葉が正社員として入社し、明治三十六年に歿するまで八面六臂の活躍で同紙を支えた一方、露伴は月給を半分にする代り、作品を寄せるだけで事務に関わらずともよい、客員の身分を選択した。[14]かくして安定した生活と時間の余裕とを手に入れた彼は、交際の範囲をさらに拡大してゆく。

記録に残るだけでも、年が明けた明治二十三年の一月三日、梅花とともに坪内逍遙を訪ねて深夜まで語り合ったのをはじめ、同月十一日には逍遙ほか多数の文学者が集まった集会、「文学会」に出席した。翌二月十九日には、逍遙や批評家の斎藤緑雨《りょくう》とともに、のちに根岸党で遊びをともにすることになる須藤南翠を築地の寓居に訪ねている。[15]また、これまでも根岸党の遊びにしばしば顔を出し、明治二十二年の暮れには根岸の篁村宅の隣家に転居した、翻訳家の森田思軒と親しくなったのもこのころであろう。思軒が七月に発表した随筆には、露伴作の未刊の稿本「風流魔」のことが記されており、[16]発表前の作品を見てもらっていたようだし、八月十三日には緑雨の企画によって、露伴、思軒、梅花といった顔ぶれで「雨見の宴」が開かれた。

露伴子へ宛て、何《いず》れより来りたりとも云はず、「度胸あらばこの車に乗て来たまへ」と車を差向ける。露伴子、何事とも知らず、あわて丶其車に乗る。到り見れば（中略）大いに釣られたるに驚く。（中略）梅花道人を呼ばんとの動議あり。露伴子、書面を認《したた》む。是亦《これまた》場所を明さず、車を差向ける。梅花あわて丶到れば、又発矢《はっし》、大いに其釣られたるに驚く。（中略）同じく釣りの術を以て、思軒居士をおびき出さんとの議起る。「梅花道人懸命の事あり」とて、報知社へ使を遣る。居士も何の故とも知らず、車を飛し来る。来て見て矢張《やはり》驚く。[17]

場所は両国の生稲楼《いくいねろう》。緑雨の策略で誘い出された三人のうち、露伴はこのあと帽子を残してどこかへ消えてしまい、一度帰社した思軒はふたたび顔を出し、大いに飲んで「無茶苦茶に洒落を吐」いたそうだ。何のことはない、ただ友人たちが集まって酒を飲んだにすぎないが、それだけにこうした催しは資料に残りにくく、ほかにも幾度も行われたと考えられる。そんな酒の席での露伴を、坪内逍遙が描いているので紹介しよう。

（魯庵が──注）頻《しき》りに其周囲を相手に、西鶴の作の妙を吹聴す。露伴、突如として問ふ。「おい、君は一体西鶴をどこが旨いと思ふ？」不知庵（魯庵の別号──注）言下に、例の極冷かに、徐かに、上目で見返りながら「さ、作が」と只一言。酒気ある露伴、天井を仰ぎ、磊落に「面白いな！」と是も又只一句。不知庵平然、しかし内々得意の体。わざと露伴とは語らで、傍らの梅花と語る。此禅問答めきたる呼吸、をかしかりき。[18]

一月の「文学会」の席上、内田魯庵と語る姿である。酒気をまじえ、西鶴について語る若き露伴の豪放な雰囲気がよくわかる。魯庵が根岸党の遊びに加わったことはないが、しかし党の人脈とはかなり近いところにいた人物で、三月中旬には露伴と二人で房州旅行に出かけている。[19] こうして、デビューからわずか一年ほどの間に、露伴の交友関係は急激な変化を遂げていったが、その彼が一挙に根岸党への親しみを増すきっかけになったのが、明治二十三年四月の中仙道の旅であった。

二、木曾の旅　――「木曾道中記」「乗興記」「をかし記」――

明治二十三年四月二十六日、饗庭篁村、高橋太華、幸田露伴、中西梅花の四名が、上野の停車場から汽車に乗込んだ。「露伴の根岸党への参加の嚆矢」ともされる、[20] 中仙道の旅への出発である。篁村と梅花は途中から帰京したものの、露伴と太華は四国や九州をめぐり、最後に箱根でふたたび篁村と落合うにいたる、実に一ヶ月あまりにもおよぶ長旅であった。この旅行については、篁村が「木曾道中記」を書いたほかに、露伴が「乗興記《じょうきょうき》」と「まき筆日記」、梅花が「をかし記」、そして太華が「四月の桜」という紀行文をそれぞれ執筆しており、[21] 掲載紙の所在が不明で確認できないものの、露伴や梅花のような新しい顔ぶれがはじめて根岸党の遊びを筆に載せたものとして注目に値する。それでは、これらの作品によって四人の旅路を追ってゆこう。

旅の出発

高橋健三の紹介で『東京朝日新聞』へ移って以来、次々と小説や劇評を発表していた篁村が、梅花にこんな声をかけたのは三月もまだ半ばのころであった。

「比目魚《ひらめ》は縁側の格で、桜も葉に限るよ。今頃行くは野夫《やぼ》の兀頂《こつちよう》と云ふものなり。ズット遅れて卯月の末か皐月の始め《ママ》、瓢《ひさご》が柱に隠居した頃、俗悪な道だけ汽車を利用して、先《ま》づ青葉の木曾を西京に出で、遅桜の二ツ三ツを嵐山に珍重し、坂神《ママ》は例のをかしからぬ処ゆへ、ホンノお小憩《こやすみ》の場所と定め、夫《そ》れから播磨路に出るのです。そして須磨明石が済んだら、百人一首でお懇意《ちかづき》の由良《ゆら》の門《と》を紀州へ渡り、（中略）高野へ参り、奈良へ廻り、伊勢へ抜け、お蔭参りを済して名古屋から汽車で帰る。之を名《な》づけて通の旅と云ふ。足下も、もう蛇じやなけれど、皮の脱《む》ける時分ならずや。どうだ、我党へ入らぬか。」

（「をかし記」其二）

わざわざ桜が散ったころを選び、都会の俗塵を避けて地方から地方へと渡り歩こうというこの計画は、なるべく人のせぬ変ったことをして喜ぶという、根岸党の遊びの基本的な性格を示している。「一行には多分太華、露伴の両氏」と言われ、一も二もなく賛成した梅花は、いよいよ明日出立という四月二十五日、一番汽車に遅れぬようにと、露伴とともに上野から近い根岸芋坂下の太華の家に泊り込んだ。ところが三人とも寝坊してしまい、「今日はお立にならぬのですか」という篁村からの使いに慌てて支度して門を出たところ、やってきた彼が「どうです、大層におゆるりですな。一番とは明朝《あした》のことでしたか」。とはいえ、篁村も前日の出社の帰り、須藤南翠や出版社春陽堂の社主、和田鷹城《ようじょう》とともに酒を飲み、さらに別のところでも飲んで「泥の如く」であったというから、あまり威張れたものではない。こうして四人は急いで上野駅に駆けつけたものの、「汽笛一声、上野の森に烟《けぶり》を残して、汽車はつれなく出《いで》にけり」。乗遅れてしまったのであった。

肩を落した一行は、おりよく得知が歩いてくるのに出会った。彼も本当は同行するはずだったが、ゆけなくなったので見送りに来たのである。これ幸いと下谷摩利支天横町、現在の上野四丁目にあった得知の家に上がりこみ、ようやく出発したのは九時の汽車であった。「お芽出度《めでたく》、愚《ばか》になツてお帰んなさい」とは、彼らをからかった得知の餞別の言葉である。

木曾まで

横川着は一時半、碓氷峠《うすい》にはすでに新道が開かれ、馬車鉄道も通っていたが、そこは彼らのことで、あえて奇をてらって江戸時代からの旧道を歩きはじめた。「何んの是しきの山、拙者の庭にござる」とか、「是が餅の山なら四日位で食つて仕舞ふ」などと馬鹿にしていた四人だが、「最初は先《まず》東京でない所を賞め、麦畠の青々とせしを賞め…」とむやみに嬉しがって歩くうち、頂上に着くころには疲れはて、「賞めるものは景色ならで、道の辺の清水のみとなりける」という有様であった。

この日は軽井沢の鶴屋に宿り、翌朝は御代田《みよた》まで鉄道。そこから歩きはじめたものの、梅花はいつの間にか人力車を見つけ、「サア諸君、荷物は僕があづかつて持て行てあげます」と先に行ってしまう。塩名田《しおなだ》でまた一緒になり、笠取峠の石荒坂では、下駄で来た篁村が難渋して「泣き出しさうになりたれば、是により以後、此ところを下駄泣きの阪と呼ぶべし」などと戯れながら、和田の翠川《みどりかわ》という宿に入った。

一風呂浴びてからみなで紀行を執筆し、一番に書上げた露伴が「此辺の川で取れる岩魚か何かあらう」と言いつけた。すると宿の女は、「一遍《いっぺん》聞合せて見ませう」と立ったなり、いつまで待ってもあらわれない。業を煮やしてふたたび呼ぶと、使いの者がまだ帰らないと言うので、「一時間も掛るにまだ戻らぬか」と露伴が声を荒げたところ、なんと魚屋どころか、川の漁師へ聞きに行ったとのこと。これには一行、「河の魚が当になるものか、ならぬものか、是等《これら》が長閑《のどか》の頂上なるべし」と呆れてしまった。

翌二十八日は馬で和田峠を越えて下諏訪の亀屋に宿り、明くる日も馬に乗って塩尻峠を過ぎた。塩尻から奈良井までは馬車と決めるが、その馬車がまたひどかった。

直段《ねだん》忽《たちま》ち出来たれど、馬車を引来らず。遅し〳〵と度々《たびたび》の催促に、馬車屋にては頓《やが》てコチ〳〵と破《こわ》れ馬車を繕《つくろ》ひ始めたり。「イヤハヤ、客を見て釘を打つ危ない馬車に乗らるべきか、外に馬車なくば破談にすべし」と云へば、「ナニお客様、途中で破《こわ》れるやうな事はございません。破れても上の屋根だけですから、転がり落る程の事は有ません。サアお乗りなさい」（後略）

（「木曾道中記」十）

注文を受けてから魚を捕らせる宿の次は、客が決まってから修繕をはじめる馬車屋。しかもこのぼろ馬車が、山中の嶮路をやたらと飛ばすのである。崖から落ちはせぬかと胆を冷やしながら、ようやく奈良井に到着した。ここからの鳥居峠は徒歩で越えたが、下り坂で篁村は左足を痛めてしまい、足を引きずって藪原《やぶはら》の宿に入る。

翌日は宮ノ越《みやのこし》から福島に出て、上松《あげまつ》をさして歩く。足の痛みの激しくなった篁村が、こうもり傘を杖にして名高い木曾の桟《かけはし》まで歩いてくると、先に着いた露伴と太華は茶店で酒を飲んでいた。

（篁村も―注）山を見ては褒めて一杯、川を見ては褒めて一杯、岩が妙だ一杯、水が不思議だ一杯と景色を下物《さかな》に飲むほどに、空腹《すきはら》ではあり、大酔《おおよい》となり「是から一里や二里、何の訳はない、足が痛ければ転げても行く。此《ここ》さへ此の絶景だもの、かねて音に聞き、絵で惚れて居る寝覚《ねざめ》の臨川寺《りんせんじ》はどんなで有らう。足が痛んで行倒《ゆきだおれ》になるとも、此の勝地に葬られゝば本望だ、出かけやう〳〵」と酒が云する付元気《つけげんき》。
（「木曾道中記」十四）

酒を飲んで他愛なく酔っ払った篁村は、こんな無茶を言って飛出しはしたものの、痛みは増す一方で、酔いも醒めて立往生してしまった。この失態を、「気の毒な事を見てお痛足《いたあし》やと云ふ事は、此時よりや始りけん」と洒落でごまかすのは、いつものことである。

酒に酔ってばらばらになる

寝覚《ねざめ》の床《とこ》では、臨川寺《りんせんじ》の奥座敷にあがって酒を待つうち、露伴が寝てしまったので、宿に着いてから飲みはじめた。ところが、ここでも篁村は飲みすぎて、ついには泥酔してしまう。

酒を飲みて湯に入り、湯より上りて酒を飲み、大グズとなりて、「此座可笑《おかし》からず、泊りを先の宿にして飲み直すべし」といふ途方もなき事を云出し、浴衣のまゝ夜中に飛出したり。

（「木曾道中記」十五）

またもや酔っ払って宿を飛出したのだが、気がつけば足が痛くて歩けないばかりか、今度は夜中とあってあたりは真っ暗である。「ドウも木曾山中の夜景は妙だ」と強がってはみたものの、仕方がないので追ってきた梅花とともに一里ほども歩き、見つけた家を片端から叩き起して、ようやく人力車を用意してもらった。木曾八景の一つである小野の滝も、泥濘に足を取られながら提灯の明りで見る有様で、しかも酔い醒めに水しぶきを浴びて寒くてたまらず、ようやく須原《すはら》に着いたのは十時すぎであった。そんな彼らを尻目に、露伴と太華は「小野の滝も見ずに通るやうな風流の御相伴は御免」だと言って寝てしまったのだから、いい気なものである。

五月一日。急ぎ人力車で須原までやってきた露伴と太華が、篁村と梅花の二人を捜すと、ほかの車夫から「(二人は—注) 今朝ほど早く御立にて、「中津川の何某《なにがし》屋にて御めにかゝらむ」との御仰せ置なり」という伝言を聞く。仕方なくその人力車に乗り、野尻《のじり》、妻籠《つまご》、馬籠《まごめ》と越えて中津川で二人の行方を尋ねるが、やはり会うことができず、この日は現在の恵那《えな》駅に近い大井宿まで行って泊ることとなった。

一方、須原に宿った篁村と梅花は、先に人力車で妻籠までゆき、車夫に伝言を託して馬に乗換えた。この伝言が届いてしまうのだから、呑気な時代である。「昨夜の泊り、酔狂に乗じて太華氏、露伴子に引別れたる事の面《おも》なさよ。今日は先に中津川に待ち、酒肴を取設け置て、過ちの償ひとせん」と考えながら、馬に揺られて中津川に着けば、なんと二人にはいつの間にか追抜かれてしまったらしい。橋力という宿屋に「西京にて会せん」との置手紙を見つけ、茫然としたのであった。

昨夜は酔にまぎれたれば何ともなかりしが、今宵は梅花子と両人相対して、燈火《ともしび》も暗きやうに覚え、盃をさすにも淋しく、話も途絶勝《とだえがち》なれば、梅花道人忽《たちま》ち大勇猛心を振り起し、「イザヤ他の酒楼に上りて、此の憂悶を参ずべし。豫《かね》て此にて大盛宴を開く積《つもり》ならずや。我輩労《つか》れたりと云へど、よく露伴太華の代理として、三人分を飲むべし」と云ふ。（「木曾道中記」十六）

篁村はさすがに淋しさを覚えたようだが、梅花が「では自分が三人分飲もう」と言出し、結局はまた酒宴である。

ここからは篁村の足が痛んでもう歩けず、人力車で太田まで行って一泊、翌三日には岐阜に着き、汽車で帰京することにした。梅花は太華と露伴を追い、京都へ向かうというので別れの酒を酌みかわし、

左《さ》らばとて分つ袂《たもと》に桐の雨

乗る汽車は東西に別れ、篁村は独りで帰ったのであった。帰京後、彼が逍遙へ送った手紙には「余り豪傑がり候為《た》め、木曾山にて足を痛め、大辟易《へきえき》となり、岐阜より汽車にて一人逃げ帰り申候」とある。[22]一方、首尾よく露伴たちと合流できた梅花も、二人がこのまま九州までゆくと言出したため、別れてしばらく京阪神に滞在し、五月十五日に帰京したのであった。[23]

三、西国への旅　―「まき筆日記」―

露伴と太華の二人旅

さて、露伴と太華である。五月六日朝、滞在していた京都を発った二人は、住吉から駕籠で有馬へと向かい、下大坊《しもおおぼう》（作中では下の坊）という宿に入った。ある日、二人がこの地に湧出する炭酸水の源泉に行ってみると、「奉献炭酸水神社」と書いた燈籠がかかっている。

山人（太華―注）も我（露伴―注）もおもはず笑ひ出し、「炭酸水神社とは式内式外《しきないしきげ》にも嘗《かつ》て

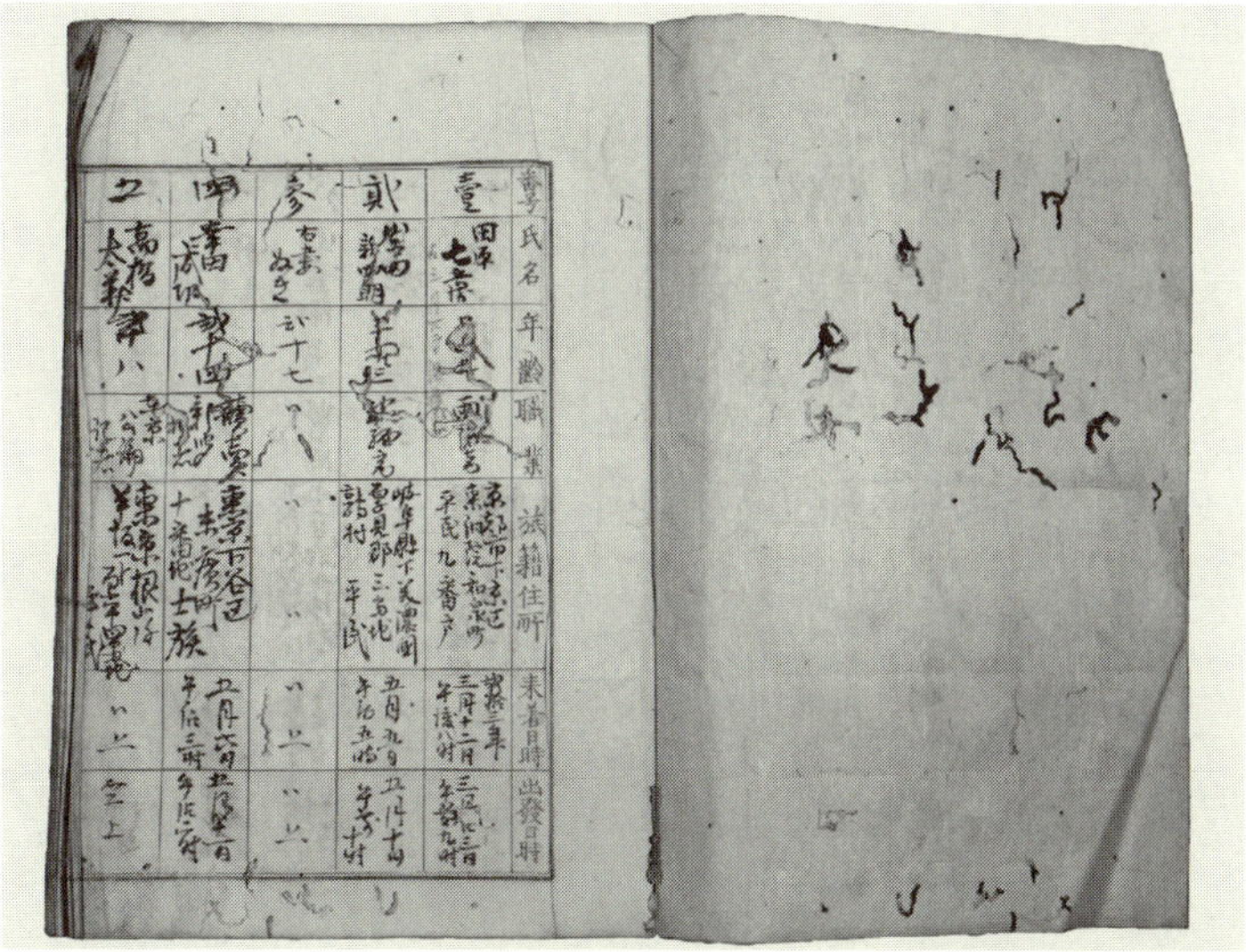

太華と露伴の宿帳（山下温古堂薬局蔵）。今回の調査で初めて確認された。

聞かざる面白の神社かな。世の開くるにつけて、昨日は知らざりしもの、今日は出で来る習ひなりとて、頓《やが》てはぢん〳〵びや神社、らむね神社などいふものゝ、氷売る舗々には勧請されむも知れず」と山人の戯むるれば、「ぶらんでい神社、あるこほる神社など出で来玉はんには、君を初めとして氏子となるべき人々の如何に多からむ」とて、我も戯むれき。

（「まき筆日記」）

炭酸水神社とは聞いたこともないが、そのうちラムネ神社やブランデー神社などもできるだろう、と笑い合っているのである。たしかに彼らの飲みかたでは、アルコール神社の氏子にでもならねばなるまい。ちなみに、ジンジンビヤはラムネにおなじである。

しばらく有馬ですごし、十一日にふたたび

出発した二人は、神戸で酒を飲みながら今後の計画を話し合った。はじめはそろそろ帰ろうかと言っていたものの、飲むに従って気が大きくなるばかり。ついに「一月二月後れて帰りたればとて、細君の頬も膨れず、母公《ははぎみ》の髪も白くはなるまじ」と言出し、夜八時の船に乗って四国に渡ってしまった。夜の木曾路に飛出した篁村のことを笑ってはいられない。

翌朝、四国に上陸して金刀比羅宮《ことひらぐう》に詣で、この日は多度津泊りとする。翌十三日は船で広島に渡ったが、その船上でのこと。

此日、如何なる故にや、山人と我と中あしきこと太甚《いとはなはだ》しく、例の共同道中記に「露伴、後選《ママ》和歌集を読みて大に其拙劣なるを罵り、「我がやつて見せる、瞬く間に百首を詠まん」と威張りしが、狂歌を併せて僅に五首、しかも後選《ママ》どころか、五銭出しても聞きて呉るゝものなかるべき腰折のみなり。因て当人も大に悔い、以後決して酷評はせぬと誓言せり」云々と山人は我がことを記し(後略)

(「まき筆日記」)

露伴の歌が下手だと太華がからかい、喧嘩して罵りあいながら、どこかユーモラスな旅を続ける二人であった。それにしても、露伴が詠んだ「五銭出しても聞きて呉るゝものなかるべき」歌とは、どのようなものだったのだろうか。

ちなみに、この文中に出てくる「共同道中記」について、昭和二十六年六月九日の『夕刊毎日新聞』に、「露伴の青春『道中記』死後四年目に発見」という記事が掲載されている。露伴の弟である幸田成友の家で見つかったとのことで、「現在刊行中の露伴全集に収められ、初めて活字となる」とあるが、その『露伴全集』（岩波書店、昭和二十四年六月〜三十三年七月）にはなぜか未収録で、しかも現在では所在不明となってしまったため、残念ながら読むことはできない。記事に附された写真によれば、一人が書いた紀行本文に対し、もう一人が上部欄外に自由にコメントを入れるという、後出する「草鞋記程」（明治二十五年）などと同様の形式だったらしい。記事には本文も少し紹介されていて、たとえばこの広島では、色男を気取った太華がこんなふうにふざけているとのこと。

美人二人あり。一人は年増、廿四五、頗《すこぶ》るよし。一人は十八ばかり、また棄つべきにあらず。いづれを取らんと考へたれども、露伴の嫉妬と、女一人の嫉妬との恐ろしさに見逃したり。定めて二人の佳人は憾《うら》み居て《ママ》なるべし。（「道中記」）

これに対して露伴が、「兎角色男がるのが流行病なり」という悪口を書入れており、彼らがすでに根岸党の作品で頻繁に用いられる、気取りと揶揄のかけあいを身につけていたことが見て取れる。

九州へ

広島に宿った明くる日は宮島を見物する。下関ゆきの船が出るというので慌てて走ったところ、露伴の帯が解けかかり、これを押えたはずみに片方の下駄を海に落してしまった。翌朝下関に着き、市中見物ののちに定めた宿は、「東京を出でしより、未だ曾《かつ》て見ざるほどの陋悪《ろうあく》のもの」。「道中記」

によれば、「夜、蚤《のみ》多く、二人赤々となりて、臥せども攻撃愈《いよいよ》甚だしく、如何にしても眠る能はず」という苦しい夜であった。

十六日、船で博多に渡り、筥崎《はこざき》の八幡宮に詣でて海容館という宿に泊った。翌日は汽車で二日市に行って太宰府を見物、この日は久留米に泊って、次に向かったのは熊本である。田原坂《たばるざか》の戦いの跡を見ながら熊本に入って一泊、十九日には松橋から船で水俣の沖を進み、深夜になって米ノ津《こめつ》に着いた。

舟子の案内でようやく辿りついたのは、「何となく物ぐさく、蒲団の如くやわらかなる畳は、踏むたびに熱き気を吹き出」すような宿。『夕刊毎日新聞』の記事によれば、「道中記」には「蚊、甚だ多く、蚤も多く、蒲団の上に内訌外患交々《ないこうがいかんこもごも》到り、二人殆《ほと》んど泣かんとす。飯も食はずに仕方なく眠る」とある。ところが、翌朝起きてみると、家の者はちゃんと蚊屋を吊っている。二人は歯を噛んで怒り、早々に立ち出でたのであった。

この日は川内《せんだい》に宿り、翌二十一日は昼食にもありつけぬまま、伊集院を過ぎて鹿児島に入る。「道中記」には、「旅亭万事気が利かず、家婢の言語通ぜず、手を敲《たた》けども来らず、来れども我言に答へず、答ふれども何を言ふを知らず、雨窓の徒然《つれづれ》此上なし」と、言葉が通じずに困った様子が記されているようだ。それでも数日滞在し、船で長崎に着いたのは二十五日のこと。すぐまた船に乗り、翌日午後に博多に入港、嵐を避けて一泊し、二十八日午後、神戸で下船して汽車で大阪に入った。

露伴は大阪で宮崎三昧を訪ねるが、ちょうど東京へ行っていて不在であり、太華の友人で『大阪朝日新聞』の記者だった西村天囚《てんしゅう》に会う。天囚は太華と東京大学の同級生で、中退後は諷刺小説などを発表していたが、このころは大阪に移って活躍していた。今も続く『朝日新聞』のコラム、「天声人語」の命名者ともされる人物である。

箱根に集合

さて、ここで彼らが会えなかった三昧の足跡を追い、いっとき目を東京に転じてみよう。彼については出発前から、篁村が「大坂の三昧道人も出京の約束があれば、帰りは一所《いっしょ》に落合ふやも知れず」と語っていたように、もともと上京の予定があったらしい。しかし、篁村が岐阜から帰京したので合流はせず、実際に上京したのは五月十五日であった。翌日、三昧は依田学海に、「大坂は文人・学士少なく、ともに談ずるもの無し。久しく住する地にあらず」と不満を語っており[24]、三ヶ月後の八月には晴れて篁村のいる『東京朝日新聞』へと移ることになる。

この三昧を迎えて、二十三日に根岸の伊香保で歓迎会が開かれた。集まったのは三昧と学海、それに思軒、篁村、得知、南翠という、一年前に「箱根ぐちの記」の旅が決まった時とおなじような顔ぶれである[25]。そして、これも一年前と同様、三昧は篁村と連れ立って五月三十日に箱根に向けて出発し、そこで露伴たちの帰りを待つことにした。内田魯庵は徳富蘇峰《とくとみそほう》に宛てた書翰に、「篁村、三昧両人、箱根まで露伴出迎に行きたり」と記している[26]。

塔ノ沢の鈴木、すなわち現在の環翠楼《かんすいろう》に入った二人は、大阪の露伴に宛てて電報を打った。一方、前日の二十九日は太華、天囚とともに住吉の浜辺へ出かけていた露伴は、この日京都へゆくという二人と別れ、大阪の市中を見物しようかと考えていた。そこへ来たのが、箱根からの電報である。

共に東京を出でゝ、思はぬことより引き分れし篁村と、此地の三昧との名をもて函根《はこね》より電信来りけるを、何ぞと開き見れば、疾《と》く来よかしとのみ記せり。

（「まき筆日記」）

早速汽車に乗込んだ露伴は、京都で太華を誘ったものの、病を得たと言うので一人箱根に向い、到着したのは翌三十一日のことであった。

篁村、三昧が定めたる宿に着きたるに、浴後の酒の酔に心よくてや、篁村は睡《ねむ》りて、三昧ひとり起き居たり。寒暄《かんけん》の挨拶などするうち、篁村も睡り寤《さ》めて起き出でければ、其恙《つつが》無きを互ひに悦び合ひ、木曾山の雲のやうに心にかゝりてありしものも、此地の霊泉に洗ひ去られし心地しける。

（「まき筆日記」）

露伴が宿に着くと、篁村はこの時も酔って寝ていた。やがて起きてきて再会を喜び合ううちに、木曾旅行への出発の前日、篁村と一緒に飲んでいた和田鷹城がやってきて、また夜には太華も遅れて到着した。一夜をにぎやかにすごし、翌日はみな別れ別れに散ってゆく。

七月《ママ》一日、我人ともに国府津に至りて一酌し、山人（太華―注）と春陽堂（鷹城―注）とは先に帰り、三昧は大坂に帰りぬ。我は篁村に従ひて、猶此地の濤《なみ》の声、松の風を一夜の夢の中に領し、二日の朝いと夙《はや》く帰り、恙無《つつがな》く此長き旅を終へぬ。（「まき筆日記」）

別れる直前まで、彼らは酒を飲み続けるのであった。

幸田露伴と根岸党中期

この長い旅行で何より特徴的なのは、決まった行程がないばかりか、ともに行動することにさえ束縛されない自由さと、不快な出来事をも楽しんでしまおうとする姿勢である。旅の途中で分散して気ままに行動し、ある者は帰り、ある者は突然行先を変え、時には旅先の友人も加えて行動する彼らの旅は、まさに顔ぶれも活動内容も固定的でない根岸党の性格を象徴している。そして、その道中で起る数々の失敗、たとえば汽車の乗遅れや疲れはてるまでの悪路歩き、不快な宿屋、そして酒に酔っての無茶な行動までを、時には怒り、時には歎きながらも、ユーモラスな笑いに変えて楽しんでしまうその態度は、規格化された行程で快適に名所をめぐる、現代の旅行の対極にあると言ってよい。出発前、篁村は「旅も少しは草臥《くたびれ》て、辛い事のあるのが興多し」と述べていたが、失敗覚悟であえて変ったことをするところに、遊びをどこまでも遊びつくそうとする彼らの流儀が示されているのである。

もっとも、このような姿勢自体は、早く明治初年の高畠藍泉らとの交遊のなかにも見られるし、あるいはそれ以前、藍泉たちが生れ育った江戸の空気にまで遡ることもできるかもしれない。だが根岸党の面白さは、そうした遊びを明治の二十年代まで続け、しかも複数の文筆家が作品に描き、さらにはそれを読んだ幅広い分野、世代の文人たちが集まってきて、ついには一大集団にまで発展した点にある。明治二十一年から二十二年にかけての前期にあっては、作品を書く人物もそれほど多くはなく、多様な人士の私的な遊び仲間という性格を色濃く残していたが、そこに若い世代の露伴や梅花らが加わって筆を執るようになり、本格的な文学集団として出発したのがこの明治二十三年のことであった。すなわち、いま紹介した木曾から西国への旅は、根岸党にとっての新しい時代の幕開けを告げる位置にあったのである。そして、かたや露伴にとっても、この旅は党の人々との親しみを増す重要な契機となる。

露伴は木曾旅行に出かける少し前、この年のはじめころから深刻な煩悶に陥っていた。その原因は文学上の悩みともプライベートな問題とも言われるが、具体的にはよくわかっていない。ごく簡単に言えば、一年あまりの作家生活を経て、また人間関係も激変するなかで、ものを書くことの方法や意味、そして自身のありかたをあらためて見つめなおす時期にあったということだろう。彼は一月ころの心境を、こんなふうに綴っている。

何となく心打しめりて涙もろくなり行き、平常《つね》は何んとも思はざりし書を読みてさへ悲しさ限りなく、無心の小児《こども》の遊戯を見ても泣き、磊落粗傲《らいらく》の黒旋風肌の友人と談話《はなし》してさへ涙ぐまれぬ。[27]

「磊落粗傲の黒旋風肌の友人」とは、おそらく梅花のことであろうが、友達と話してさえ涙ぐむような憂悶は、一見気楽そうに思えるこの旅行の間も続いていたようである。「数々《しばしば》我を情知らずのもの、やうに云ひおとしめ」「山人（太華―注）例の毒筆をもて、例の道中記に記して曰く」と、幾度か繰返される太華とのいさかいや、箱根に着いた彼の心中に去来していたという「木曾山の雲のやうに心にかゝりてありしもの」などに、その一端をうかがうことができよう。そして、そうした憂悶をわずかに慰めてくれるのが、根岸党での遊びだったのである。

この明治二十三年の七月、露伴は梅花や内田魯庵とともに、上州の赤城山中で暑を避ける約束をした。彼は六月三十日に出立し、翌月十五日まで山中に滞在したのだが、梅花はおなじ七月十五日にようやく東京を発ち、また魯庵は計画を変えて軽井沢のほうへ行ってしまったため、結局三人が会うことはなかった。梅花は、露伴が「毎日、友人が二人許《ばか》り東京から来る筈だからと云ふて、夫《そ》れはエカクお待ち」だったという宿の女房の言葉を伝えており、この二週間の山中独居によって、彼の煩悶は頂点に達した。その心中は「地獄渓日記」、および山中から逍遙に宛てて送った書翰に詳しいが、彼はまた幼なじみの遅塚麗水にも、赤城山中に独坐するさびしさを次のように書送っている。

酒なし、隣家なし、美人なし、三味線なし。話し相手なし、根岸は遠し、西鶴も居ず。[28]

「根岸は遠し」の一句に、篁村や太華への親しみがあらわれている。露伴は深い煩悶のなかで、ますます根岸党への傾斜を深めてゆくのであった。

四、森鷗外

森鷗外と根岸党

第一章から引続いて見てきたように、前年の明治二十二年夏からこの明治二十三年にかけて、露伴や梅花、「緞帳めぐり」を企画した只好、あるいは彼らよりもう少し早く篁村とつながりを持った太華など、新しい顔ぶれが次々と根岸党に加わり、活発に活動するようになってきた。篁村より一回り、得知よりは二回りも年齢が下の彼らによって、明治二十三年以降の根岸党は支えられてゆくのだが、ここに忘れてはならない文人がもう一人いる。露伴とおなじく明治二十二年に、共訳の訳詩集『於母影』(八月)が高い評価を得た森鷗外である。

明治二十年代の鷗外といえば、ドイツからの帰朝後、「舞姫」「うたかたの記」「文づかひ」の三部作をはじめ、数々の作品を発表した精力的な文学活動が著名だが、根岸党の文人たちとかなり親しかったことはあまり知られていない。旅行などに同行した資料はないものの、大正期に入って書かれた史伝「伊澤蘭軒」その二十六の次のような一節を見れば、彼がまぎれもなく根岸党の人脈に連なっていたことがわかるだろう。

饗庭篁村さんは此稿（新聞連載の「伊澤蘭軒」―注）の片端より公にせられるのを見て、わたくしに茶山の簡牘《かんどく》二十一通を貸してくれた。（中略）簡牘は皆分家伊澤より出でたもので、彼の太華の手から思軒の手にわたつた一通も亦此コレクシヨンの片割であつただらう。[29]

このように、鷗外は晩年まで篁村と音信を保ち、また太華や思軒も作品に登場させている。この時、彼が篁村から借りた二十一通の書翰は、作品の根本資料の一つとなった。

もっとも、筆を持ちはじめたばかりの若き鷗外が、どのように根岸党の文人たちとつながりを持ったのかはわかっていない。明治二十一年末には思軒、逍遙、二葉亭四迷、篁村の四人と共同で、翻訳を扱った叢書を刊行する計画があったらしいし、[30]また彼は二十二年の一月から五月ころ、根岸金杉村の百二十二番地に住んでいたから、このころ相知ったものであろう。露伴との出会いについても不明な点が多いが、鷗外が二十二年十月に雑誌『しがらみ草紙』を発刊したころの手紙に、露伴にも報せを送ったとあるから、すでにある程度のゆききはあったと思われる。[31]その両者が親しみを深めていったのもまた、明治二十三年春のころであり、露伴が部屋を釘づけにして閉じこもっているると聞いて、鷗外と彼の友人で耳科医の賀古鶴所《かこつるど》、歌人の井上道泰《みちやす》の三人で連出しに行ったという話が伝わっている。

無理やりにこぢ明けて這入つたら、当人はきよとんとして坐つてゐる。一体どうしたのだ、と尋ねると、向島へ花見に出かけたら、風船売がゐて、その風船玉が、風にふらふら揺れてゐる。

それを見たら、急に世の中が味気なくなつて、生きてゐるのが嫌になつた、といふ。そんな馬鹿気たことがあるものか。一杯遣りに行くから来い、と勧めると、絶食してゐて腰が立たぬ、といふ。それを賀古とおれ（井上―注）とで、両方から吊るすやうにして連れ出した。森は後から、にやにやしながら附いて来る。近くの牛屋へ行つて、やたらに酒を飲ませたら、それなりけろりとしてしまつた。[32]

井上道泰が伝える逸話である。これも露伴の煩悶を物語る出来事の一つと考えられるが、そうした心的動揺がやや落着きを見せた同年九月、興味深い作品が発表された。井上道泰、露伴、鷗外、鷗外の弟で劇評家の三木竹二《みきたけじ》という四名の合作による、「萩をみそこねたる記」である。[33]

「萩をみそこねたる記」

この作品は明治二十三年九月二十日に、執筆者の四人と賀古鶴所が誘い合って、萩寺に出かけようとしたことを題材にしている。ここで言う萩寺とは、おそらく有名な柳島の龍眼寺《りゅうげんじ》であろう。当日、午前中は雲一つない快晴だったのに、道泰が昼寝しているうちに雨が降ってきた。言葉もなく空を見上げ、さらに激しく降ってきたところで一首。

人ならば我くろかねの扇《うちわ》もてなぐらまほしき今日の空かな

道泰は鉄扇でも愛用していたのだろうか。しかし空を殴ろうとしても仕方がないので、鶴所を誘い、神田末広町の露伴の家を訪ねた。やがて雨が小降りになったので、現在は水月ホテル鷗外荘となっている上野花園町の鷗外宅までゆくが、あいにくまた激しく降ってくる。仕方なく根岸の伊香保で酒を飲むことにし、鷗外を誘い出して上野の山を歩いていると、三木竹二が「水たまりの中へ倒れて」べっちゃり。

伊香保では、例によっての杯盤狼藉である。

> 目を据ゑ、口を結び、無言の思入《おもいいれ》に、腹のありさうで無一物なるは幹武次（三木竹二—注）。狗《いぬ》の声のわんに注いだる酒におそれて、鷗《かもめ》のついた烟管《きせる》をひねくり、烟草《たばこ》ばかり飲むで居るは、音羽屋きどりの鷗内御史（鷗外漁史—注）。偏袒右肩《へんたんうけん》、偽なき赤腹つき出して、「截《き》れこゝを」、といはぬばかりなるは（中略）江の上満安（井上道泰—注）。図部《づぶ》十二三分になりて、屈伸自在の猿臂《えんぴ》振りまはすは（中略）露の友の五郎兵衛（露伴—注）。（中略）曾我十郎の和事師なる鷗内と、同苗五郎の荒事師なる露伴に介添して（中略）最《も》う酒はよしにせう雲軒（松雲軒《しょううんけん》は鶴所の号—注）。

転んでしまったからか、黙してだんまりを決め込んでいるのが三木竹二。もう飲めないと、煙草ばかり吸っているのは鷗外。着物から腹を突出して「切れ、是れを、たしかに二つになつて見せむ」と大見得を切る、露伴「一口剣」（明治二十三年八月）の有名なラストシーンとそっくりなのが道泰。

ずぶずぶになるまで酔っ払って暴れているのは露伴。その相手をして音を上げているのが鶴所である。謹直な鷗外が文末に、「反吐にまみれし嘔外《ママ》」と署名しているあたり、よほど酒が過ぎたのであろう。

読んでみればどうということはない、萩寺見物を取りやめにして酒を飲んだだけの内容だが、ここで見逃してはならないのは、本作が篁村と太華の「山めぐり」同様、参加者が交替で書き継いだ合作になっている点である。こうした形式が採用された理由は明らかでないが、太華と西国旅行の「道中記」を合作していた露伴の提案であったのかもしれない。鷗外にしては珍しく、洒落や諧謔に満ちたこの作品には、根岸党の遊びに通底する空気がたしかに流れているのである。

「国粋宴の記」

露伴や鷗外はこのころ、ほかにもおなじような合作に加わったことがある。明治二十三年十一月十八日に品川で開催された「国粋宴」の景況を、臨席した文人たちが書き継いだ「国粋宴の記」である。[34] 参加したのは、第一回衆議院議員総選挙で当選したばかりの中江兆民《ちょうみん》、漢詩人の森槐南《かいなん》、露伴、おなじく漢詩人の野口寧斎《ねいさい》、評論家の石橋忍月《にんげつ》、それに鷗外といった面々であった。

雷鳴轟く豪雨のなかではじまったこの会、鷗外は連日の酒宴が祟り、すぐに酔っ払って寝てしまったので、割当ての文章にも書くことがなく、「余は残念ながら（中略）此宴にあづかりしもの共《ども》が、果して何事を做《な》し得しやを記臆せず」とごまかしている。露伴もいつになく早々に酔いつぶれ、忍月から「露伴、素《も》と三分割拠の力なき者に非ず。然れども美人の一伴と飲む時は、容易に酔倒するの慣あり」と冷かされている。結局最後まで寝ていた露伴は、芸妓に「左右より抱起されて、両眼くわつと見開」いたところを、先に起きた鷗外によって描かれてしまった。どうやらこの時、露伴は完全に記憶をなくしていたらしく、翌朝自宅で目覚めて驚くことになる。

むくりと飛び起きて寝巻そのまゝ、腫れぼつたき眼瞼《まぶた》をこすり〳〵勝手口へ出て、手桶の冷水金盥《かなだらい》にうつし取り、何の造作もなく、歯も磨かで例の通り突然《いきなり》顔を洗ひにかゝりて、不図心付けば、右の手の薬り指にぴかりと光る黄金の指輪。

（露伴「国粋宴の続き　一分半」）

何の覚えもない黄金の指輪がはまっているのを、運悪く母親に見つけられ、「それは何、どうしたの」と問詰められて狼狽し、「自分ながら今ま、扨《さて》も妙なと心づきましたところ、一体まあ、私にも分りませぬが」としどろもどろである。昨夜の宴会を思い返してみても、何とかいう芸妓にちやほやされたところまでしか記憶がなく、あとは「たわいなく寐《ね》こけて」いたばかり。忍月あたりの悪戯かとも思ったが、よく見ればたしかに純金の指輪である。

あら愈々《いよいよ》妙なり、我折《がお》れ、是はまあ誕生以来の珍事。たしかに女の所為《しょい》なり、女の所為なり。之をかうして置けば、男は其儘《そのまま》には置かれず、必ず之をかへしにか、左《さ》なくば一ト足踏込んで、宝石入りの新しいやつを買ふて来て、「彼《あの》代りに之をやろう」と、縁のさぐりを入れにかゝるべしと、見込をつけての女の所為なるべし。

（露伴「国粋宴の続き　一分半」）

はてさて、これはやはり女のしわざに違いない。この指輪を返しにまた会いに来てくれるはず、うまくいけば宝石入りの指輪など新しく買ってきてくれるかもしれないと当込んだのだろう。あの女め、きっと今ごろは「ちよいと姐さん、昨夜《ゆふべ》の御客様の中で一番早く酔つた方（露伴─注）が、おとなしくつて良かつた事ね」「白い衣物《きもの》の人（兆民か─注）なんぞは（中略）無茶な大口をきいて、いけすかなかつた事ねー」などと言っているに違いない、と鼻の下をのばしていたが、女の指輪にしてはどうも少し大きい。

どうも不思議なりと心付くトタンに悟れば、なんの詰らぬ、見おぼえありし澤瀉先生（鷗外─注）のものに極まつたり。（露伴「国粋宴の続き　一分半」）

よくよく考えてみれば、鷗外のものだったという落ちである。「澤瀉」とは、露伴「一口剣」と鷗外「うたかたの記」とを比較した内田魯庵の評論に対し、鷗外が反駁したおりに用いた筆名、「澤水舄」のことであろう。[35]この話、翌日掲載された忍月の文中で、「鷗外露伴の間にロマン的の奇談あり、頗《すこぶ》る艶分を含む」とからかわれている。それにしても金の指輪とは、鷗外もなかなか洒落ている。

鷗外の遊び

鷗外はさらに明治二十四年の一月にも、露伴や市村瓚次郎《さんじろう》、鶴所、道泰らと千駄木の自邸で酒を飲んだことを、「千朶山房《せんださんぼう》に会する記」という作品に描いている。[36] 彼が軍医と作家という二足の草鞋を穿きつつ、厖大な数の作品を残したことはよく知られているが、その生涯のうち、これほどの頻度でみずからの遊びを描いたのは、後にも先にもこのころだけである。そこからは、若き鷗外が露伴と同様、年長の文人たちの周囲にただよう遊びの空気に魅了され、彼らを模倣して作品を書いていたことが見て取れる。もっとも、鷗外が根岸党の旅行などに参加した形跡はないが、それは彼が軍医という職業を持っていたためと考えられ、両者の親しい交わりを否定するものではない。画家の久保田米僊が描いた「根岸の集り」には、太華や露伴、南翠、思軒、只好らと並んで鷗外の姿も見えているし、[37] 太田臨一郎は慶應義塾図書館に、次のような資料があることを伝えている。

米僊画「根岸の集まり」。右端から左回りに太華、南翠、露伴、鷗外、只好、思軒、手前の後姿が米僊。

千朶山房すなわち森鷗外邸で久保田米仙《べいせん》（僊[原注]）が筆を走らせた戯れ書きに鷗外の他、須藤南翠と中西梅花が署名している巻物がある。最初に松茸とおかめを書き、次にそれを敷衍《ママ》したけしからぬ図が続く。謹直な鷗外が女陰を解剖図のように精しく図した下に署名しているのは唖然とするが、鷗外に「ヰタ・セクスアリス」や、「普請中」の作のあることを知る者には頷かれる。[38]

この久保田米僊は、序章で紹介した「さきがけ」の鎌倉旅行にも登場したが、明治二十五年ころから根岸党に加わって遊ぶようになった日本画家である。この絵は内容が内容だけに発表されてはいないが、鷗外が上野花園町の家を出て駒込千駄木町に移った明治二十三年十月から、須藤南翠が『大阪朝日新聞』入社のために下阪する二十五年十二月までの間の作であることは、ほぼ間違いない。ほかにも、筆者は太華の遺族から、二十六年一月に太華が露伴から買った谷中天王寺町の家へ、鷗外がしばしば遊びにやってきて、ついに途中にある墓石の名前をみな覚えてしまったという逸話をうかがったことがある。太華は後々までそのことを語り、「あいつはさすがに頭がよかった」と感心していたそうである。このように、鷗外は根岸党の主要人物でこそないものの、露伴をはじめ党の文人たちとかなり親しい交わりを持った客員格として、語り落すことのできない存在だったのである。

五、岡倉天心

高橋健三を囲んで

露伴や梅花、只好、鷗外といった若き文人たちが新しく党に接近し、次第に親密さを増していったのと同時に、前期根岸党の中心であった篁村や得知らと友人たちとの交遊も、あいかわらず活発に行われていた。なかでも、明治二十三年七月ころから中根岸七番地に住み、さらに十月上旬にはおなじ中根岸の八番地に移転した天心は、東京美術学校の校長となるこの明治二十三年、多忙な業務のかたわらで根岸党の人々とも盛んに遊んでいた。この節では彼を中心に、前期のころから続いていた、かならずしも文人だけにとどまらない彼らの交遊関係を見てゆきたい。

たとえば、高橋健三が内閣官報局で用いる印刷輪転機購入のため、渡仏するにあたっての歓送会である。彼の出発は二十三年の二月二十三日であったから、その直前の催しと考えられるが、根岸の天心宅で開かれたその園遊会の景況を、天心の息子の一雄は次のように伝えている。

当の主人公、高橋を忠臣蔵の大星由良之助と見立て、(中略)当日は美術家、文士、漢詩人、並びに法曹家の百数十名が集まつたが、主賓の高橋夫妻は、どこからこの思考を洩れ聞いたか、殊更に水巴の大石の定紋を染めた羽織を一着に及び、手を携へながら、シヤナリ〱と這入つて来た。待ち設けてゐた夫人連は、赤前垂れの一力の中居といふ扮装で、「由良さんこちら」の掛声もろとも、夫妻を座敷に招じ入れたのであつた。壮行の辞などといふ鹿爪らしい挨拶は一切ぬきにして、会はまづ杯の献酬から始まつた。[39]

主役の高橋健三を「仮名手本忠臣蔵」の大星由良之助に見立て、皆で出し物をする趣向である。天心が中心になったこの会ではまた、彼のもとで東京美術学校の経営にたずさわった美術家、福地復一《ふくいち》と得知による寸劇も行われた。福地もやはり文人ではないためか、根岸党の遊びを描いた作品にはほとんど登場しないものの、篁村が「『岡倉さん』と呼ぶべきを、『おかぐらさん』と聞える様に、妙に呼んで弱らして居た」「思軒君を『タゴ、ロのクルマボシ先生』といふ様に持つて廻つて、（鶯春亭はウグヒスのハルのヤドリ、）皆の気を焦せて居た」と語っているように[40]、日常的には親しい交わりを結んでいたらしい。彼らの遊びの人脈は、天心を通じて東京美術学校の人々へもたしかにつながっていたのであり、こうした資料からは、根岸党が固定的なメンバーを定めないゆるやかなサークルであったことがよくわかる。

岡倉一雄によれば、高橋の歓送会はさらに翌日、翌々日と続いたようだが、こうした大がかりな催しは二月八日にも行われていた。篁村の家の向かいにあった「無音社」で開かれ、彼が「大福引」という作品に描いている福引大会である[41]。主宰したのは「静好会」とあり、これはおそらく高橋健三や藤田隆三郎、天心らの妻による婦人会、清迴会のことだろう。茶の湯や生け花などがおもな活動であったが、時には「徳川幕府の大奥風俗に則《のっと》り、御主殿風に髪を上げ、揃ひの小紋縮緬《こもんちりめん》などを着て、物見遊山に押出したこともあった」らしい。[42]

この時の福引大会は、参加者が与えられた題をもとに考えた洒落を持寄り、その披露とともにくじを引くという趣向であった。もっとも、くじの景品自体は「手遊《おもちゃ》の三味線」など大したものではなく、参加者の洒落で笑い、楽しむのが目的だったことは言うまでもない。「大福引」によれば得知や千虎も参加しており、また清迴会の婦人たちの夫である天心らも加わっていたかもしれない。庭には大福餅屋の屋台を借りた天麩羅の店がしつらえてあるなど、高橋の歓送会同様、かなり大がかりな準備がなされたようである。

持寄られた洒落はと言えば、「弁慶」という題に流行遅れの盆を出して「昔《むか》し盆《ぼん》」（武蔵坊）だとか、「小説家」という題に壺の中に郵便葉書を入れて「坪内郵送」（坪内逍遙の本名が雄蔵《ゆうぞう》）だとか、海藻の「神馬藻《ほんだわら》」という難しい題には小田原提燈を多数用意し、「本小田原《ほんおだわら》でござる」。さすがにこれは苦しく、出品者は提燈に火を点して庭へ逃げていってしまった。続いて千虎や得知、それに清迴会の婦人たちが出し物をし、大笑いのうちに散会となった。現代の目からは一見くだらない子供だましにも思えるが、明治の人たちはこんな遊びを、かなり本気で楽しんでいたのである。

隅田川での盃流し

天心は四月にも、森田思軒が主宰した「園遊会」に出席するむねの書翰を送っており[43]、同様の行事はかなりの頻度で開催されていたらしい。とりわけ、八月二十一日に行われた米国人ガワードの歓迎会は、天心自身の主催にかかる大規模なものであった。

これは、明治二十六年にシカゴで開催される万国博覧会に向け、出品について協議するため来日したガワードを饗応する催しであった。天心の友人である美術史家、今泉雄作がこの時のことを詳しく回想している。


何か面白い趣向はないかといろ〳〵考へた末、遂《つい》に盃流しを思付いた。何しろ小川勝珉《ママ》なんて云ふ、一流の道楽者が居たから堪らない。忽《たちま》ち東京の盃を買占めて、アメリカと日本の旗を書いた。愈々《いよいよ》その日になつて、外国人を招待して舟を隅田川に出して上手へ上つたが、生憎《あいにく》雨が降つて、舟の装飾なんかが真赤に流れて散々の体だつた。併し盃流しはやつた。皆叉手《さで》を持つて流れて来るのを待つて居る。上流の屋根舟から盃を流す。隅田川の中流に舟を浮べて、盃流しをやつたところは頗《すこぶ》る好趣向で、大賞讃を博したが、勘定したら五百円近くかゝつた。後でその借金が祟つて閉口した。[44]

元禄時代の豪商、紀伊国屋文左衛門が隅田川で盃流しをして遊んだという伝承にならったもので、上流から多数の盃を流し、それを船上で待受けていた客たちがすくって、酒を酌み交すという趣向である。その盃は内側に富嶽を、外側に米国の国旗を金蒔絵で描いた、豪奢な漆器であった。

この催しには各新聞の記者たちも招かれており、篁村や思軒、それに『大阪朝日新聞』から『東京朝日新聞』に移り、八月中旬に根岸に戻ってきたばかりの三昧らが誘い合って出かけた。[45]朝八時から勝手に酒を飲んでいた三人は、酔っ払って一時間あまりも遅れて到着、手近な船に飛乗ったところ、「是は不思議、黒川博士、山田美妙斎《びみょうさい》君の外は皆□《欠》根岸党なり」と篁村。思軒の文章にも「載する所、殆《ほとん》ど皆な根岸党、無音社員なり」とあり、これが、彼ら自身「根岸党」を名乗った、最も早い例であった。思軒は盃を次々にすくいあげるが、夢中になっているうちにみな他人に取られてしまい、逆に一つもすくえなかった篁村は、他人がすくった盃をまたそっと流して悪戯する始末。盃が流れるなら猪口も流れるだろうと言って、陶器の猪口を二つも三つも川に投じ、みな沈めてしまったのは藤田隆三郎であった。

　この藤田隆三郎が明治十年代、篁村や天心、高橋健三らと親しく交遊し、根岸党の原型をなしたことはすでに前章で述べたとおりである。高橋の帰国は九月二十日であったから、[46]この盃流しの時はまだフランスに滞在中であり、篁村は彼を懐かしんで「此の五艘中に必らず見え□□《欠》き人にして見えざるは、仏国《フランス》へ今ま公用にて□□□《欠》玉ふ高橋健三君なり」と記しているが、実はこの明治二十三年が、彼らが遊びをともにすることのできた最後の時期であった。篁村が続いて、「今ま同船の藤田隆三郎君、明日はつとめてより旅装を整へ、任地奈良県へ出発させるとの事なり」と書いているように、藤田が奈良地方裁判所へ転勤になったのである。ただ、実際の赴任は十月十五日であったから、[47]「明日」の出立とはその下準備だったのかもしれない。

藤田隆三郎の送別会

彼の転任にあたっては、何度も送別会が行われたようだが、その景況がわかるのは二度だけである。一度はやはり天心が発起人となり、九月二十一日に根岸の鶯花園にて催された園遊会で、篁村が「七草見」という作品に描いている。[48] 天心は篁村や思軒らにも趣向について相談したのだが、思軒は「事むづかしき詮議に及ばず、只大飲に飲む趣向こそ妙ならめ」と一言に断じ、これにほかの面々が「イザ左《さ》らば飲むべし」と唱和して、その練習だと言って方々を飲み歩いただけであった。ようやく秋の七草を賞する園遊会という案が出たところで、清適会の婦人たちから、自分たちの企画している送別会と合同でやりましょうと言われ、喜んでこれに飛びついた次第である。

当日は得知や千虎も参加し、鶯花園の庭には酒や薩摩汁の出店や茶の湯の席、席画の準備、さらには即席で陶器を作る席焼の場まで用意されて、大騒ぎの酒盛りが繰広げられた。さらに、はなむけの趣向として、藤田と面識のある美術家たちが、おのおの力を尽した作品を贈った。その顔ぶれはといえば、木彫の高村光雲や石川光明、後藤貞行ら、彫金の海野勝珉《しょうみん》、蒔絵の小川松民《しょうみん》、そして絵画では滝和亭《かてい》、川端玉章《ぎょくしょう》、巨勢《こせ》小石《しょうせき》らといった、現在でも名高い芸術家たちが顔を揃えた大変に豪華なものであった。

もう一度は、藤田と篁村、それに天心の三人で著名な料亭、八百善にゆき、鮑料理を食べた会である。[49] 篁村が「斯うして三人が揃へば、是非健三さんが加はる筈（健三さんとは高橋健三君のこと）だ、彼の人は殊に鮑が好きだから」と言出し、高橋の住む紀尾井町の官舎に向けて、夜遅くに人力車を走らせた。ところが、天心の乗った車が突然壊れ、彼は地に投出されてしまう。藤田隆三郎がつきそい、急ぎ病院ゆきとなったのだが、その時篁村は何と、「伊香保温泉をたゝき起して、驚き止めに一杯の支度に及ぶ」。「飲み直しの転車祝ひ」だと言って、酒の支度をしていたのだった。

岡倉一雄はまた、いよいよ藤田が東京を離れるというおり、天心の一家や篁村、得知らが江の島まで同行し、恵比寿屋に一泊して遊んだことを回想している。[50] この歓送の小旅行を最後として、藤田隆三郎が根岸党の遊びに参加した資料は途絶える。彼は以後、奈良地方裁判所長から名古屋控訴院長へと栄転してゆくが、その多忙な日々のなかで、地理的に離れてしまった根岸の友人たちと遊ぶ余裕は持てなかったのであろう。そして、その事情はまた、すでに前年の明治二十二年ころから根岸党の遊びを遠ざかりつつあった、高橋健三においても同様であった。

遠ざかりゆく人々

高橋がフランスから帰国した後、篁村たちと遊んだことを示す資料は、十一月十五日に天心の家で開かれた帰国祝いのみである。この会は作品に描かれていないので、会の景況を知ることはできないが、篁村が新聞『日本』の社長であった陸羯南《くがかつなん》に宛てて、会の準備を相談した手紙が残っている。

> 明日、岡倉先生方に於て、高橋君歓迎会相催す事に、漸《よう》やく只今に至り一決仕《つかまつ》り候。独断にて取極め、甚だ恐入《おそれいり》候が、貴兄発起人之中へ書入れ置き申候。且又《かつまた》、先日の共有の軍用金、何か目立ちたる一趣向と存じ候へ共《ども》、生憎《あいにく》智恵の切れ物、何事も考へ出さず、例により酒（正宗呑割一樽、金三円）と、外に菊の鉢植三十鉢（中略）だけ両名にてさし出し、残り五円は同じく会費の中へ寄附致し申候[51]。

羯南は新聞『日本』を舞台に活躍した、国民主義的な言論人である。かつて内閣官報局に勤め、高橋健三のもとで働いたことをきっかけに、彼と親しい友誼を結んでいた。篁村とはどこで知り合ったのか定かでないが、書翰中に「先日の共有の軍資金」を使って連名で差入れをしたとあるほか、ガワード歓迎の盃流しのおりにも、篁村が「三、四年の昔」、得知や羯南、南新二とともに船遊びをして「植半（料亭―注）にて歓を極めし事」を思い出していたから、その親交は浅くなかったらしい。江見水蔭の「自己中心明治文壇史」には、「根岸党（一名竹林派）／饗庭篁村、森田思軒、宮崎三昧、鈴木得知、幸田露伴、陸羯南、川崎茶六」と記されていて、[52] 一時はかなり根岸党に近い存在と見られたこともあったようである。

ただし、羯南も高橋健三と同様、こののち根岸党の面々と遊んだ資料は見当らない。もちろん、元来あまり作品に描かれることのない彼らであるから、何らかの催しがあったとしても不思議ではないし、少なくとも酒を飲む程度の機会はあっただろう。しかしながら、やはり篁村たちの作品から、彼らの名前がほとんど消えたことの意味は軽くない。藤田隆三郎の歓送会で篁村が言ったという、「斯うして三人が揃へば、是非健三さんが加はる筈だ」という言葉からは、公務に多忙を極めていたであろう高橋が、すでに根岸から遠ざかりつつあった状況がうかがえるのである。

根岸党における天心

このように明治二十三年は、それまでのメンバーすらはっきり定まらず、様々な人士がその都度集まって遊んでいた前期根岸党から、次第に文人以外の面々が離れ、逆に露伴や梅花などの新しい顔ぶれが加わることで、文人を中心として結びつきが強まっていった時期であった。八月に行われたガワードの歓迎会を描いた文章で、篁村と思軒が同時に用いている「根岸党」という自称には、自分たちを一つの集団と見なしはじめた彼らの自己認識が示されている。そのなかにあって、岡倉天心だけは例外的に、東京美術学校長の要職にありながら根岸党の人々とも頻繁に遊んでいたのであり、二十三年十一月から翌年二月までの彼の日記「雪泥痕」からは、彼が篁村、思軒、三昧、千虎、梅花、得知、鷗外といった文人たちと連日のように往来していたことが知られる。[53] その意味で彼こそが、ゆるやかな遊びのサークルという根岸党本来の性格を、最後まで体現しつづけた存在だったのかもしれない。

天心が明治二十四年になっても、根岸党の仲間たちと繰広げていた遊びを一つ紹介しておこう。八月に行われた熊谷での鮎狩である。

何でもあの時は、熊谷一の茶屋旅籠を本陣として、荒川の鮎漁に船を出させたものだつた。（中略）五十年も昔の荒川は、処女川に近いものであつたから、盛んに尺鮎が網に入り、鈎にも上つた。岡倉君などは、河原でそれを石焼きにすると言つて、真夏の昼の太陽で焼けついてゐる、扁平《へんぺい》の石の上へ、いま水から上つたばかりの獲物を置き並べ、熾《さか》んに調理をやつてゐた。一行中、最も年の若かゝつた僕（露伴—注）が傍を通りかゝると、『幸田君、鮎の石焼きといふ奴を一つやつてみ給へ』と差出されたのを口に入れて見ると、十分焼けてゐない魚だつたので、グチヤリときて、大いに閉口したことがある。岡倉君は、まだ鮎だけでは足らなかつたか、同じ石の上へ生卵子を落して、天然のフライをつくるのだと騒いでゐたが、この方もトロケて、てんから旨くいかなかつたやうである。[54]

露伴が後年に語った回想である。夏の炎天下で焼かれた石は、たしかに触れられないほど熱いものであるが、それで鮎を焼こうとは、さすがに無茶である。生焼けの魚を食べさせられた露伴は閉口しただろうが、懲りずに卵焼を作ろうとする天心は呑気なものであった。露伴のこの回想を聞書きした岡倉一雄は、これを時期不明の逸話としているが、宮崎三昧が別人を装って書いた明治二十四年八月十八日の文章に、「天心、露伴、太華、篁村、三昧の諸君に誘はれて、香魚《こうぎょ》を熊谷の河に漁し、暢遊《ちょうゆう》二日夜、(中略)昨倉皇夜を侵て帰りぬ」とあることから、日づけと参加者が特定できる。[55]

もっとも天心をはじめ五人が参加したこの鮎狩も、結局作品に描かれることはなかったように、根岸党の人々が行った遊びのかなりの部分は、それが遊びであるだけに、何の資料も残らずに埋れていったと思われる。とりわけ、もともと作品に描かれることが少ない文人以外の人物との交遊は不明な点が多く、そこに根岸党を考えることの難しさがある。だが、本節で見てきたようなかぎられた資料からも、天心など一部の例外を除いて、そうした人々が次第に党から離れていったことは明瞭であろう。そして翌明治二十四年以降、文人の集団へと変貌しつつあった根岸党の活発な遊びを牽引してゆくのが、成立期から一貫して党の中心だった篁村と、新しく加わった若き世代の代表的存在である露伴の二人であった。その意味で、この二人が出かけた明治二十四年二月の江の島への小旅行は、以後の根岸党のありかたを端的に示すものだったのである。

六、江の島旅行　―「女旅」―

「徳利の行方」

饗庭篁村「徳利の行方」は、明治二十四年二月のある夜のことを描いている。

先月二十四、五日の夜、（篁村の家へ―注）露伴子フラリと来せられたれば、我もフラリと立出て鶯春亭にて対酌し、例の如くの天狗競べ。（中略）揚句の果、仙人退治を始めんとて、二人で四本の足はヨロ〳〵、養老滝水一升引提げ、三味道人の門の戸を破《わ》れよとばかり叩きけり。

前年夏に大阪から戻った三昧は、ふたたび根岸に居を構えていた。この晩、いつものように酔っ払った篁村と露伴は、夜ふけに三昧の家の門を力任せに叩くが、あたりは静まりかえったままである。仕方がないので、徳利を置いて引上げよう、明日見つけて飲むだろうと篁村が言うと、そんなことをしたら誰かが持っていくに決まっている、こんな門など飛越えてしまえ、と露伴は酔って威勢がよい。そこを篁村が、まさか酒の入った徳利が門の外に置いてあると思うものか、かえって何かのまじないかと思って避けるに違いないと言張り、ついに徳利を門外に置いて、立寄った思軒の家でまた飲み続けるのであった。

翌朝、酒屋から徳利を引取りに来たので、「宮崎氏へ取《とり》に行け」と言ってやったところ、数日して「壜《とくり》はなし、宮崎殿では一向知らぬと仰せられたり。彼《あれ》の代は十三銭」と請求されてがっくり。酒の入った徳利を道端に放置しておけば、持っていかれるのも道理だが、この酒代と徳利代とを店に払った篁村は、以上の経緯を記したうえで、次のように読者に呼びかけた。

　貸置《かしおき》申す一札の事
一　三十五銭の上酒　　一升
一　十三銭の白鳥壜《とくり》　　一本
右、明治二十四年二月二十幾日だか忘れたれど、夜の十時ごろ、根岸の隠居仲間、宮崎三昧道人方門口へ差置《さしおき》申し候ところ、どなた様にや、それを御持ち去り相成りそろ《（候）》段、実正なり。依《よっ》ては御機嫌よろしき節（中略）前書《ぜんしょ》の通りお返し下され度《たく》、但し代料または馬小などは御断り申上候。右、念の為め一札、如件《くだんのごとし》。

酒一升と徳利を持っていった人は返して下さい、ただし馬の小便などはお断り、と言うのである。もちろん馬鹿正直に返してくるはずはないが、この冗談のような文章の末尾には次のような附記があり、続く紀行文「女旅」を導く枕になっている。

此の徳利騒ぎの夜、露伴子と約する事あり。即ち、今月一日より二人連にて、行当極《ゆくあてきめ》ずの漫遊と出かけ候。其の紀行を「女旅」と題して、明日より御覧に入れ候。味噌らしいが、是がサ素敵に面白いテ。[56]

この夜の約束どおり、二人は三月一日に江の島へ向けて出発したのであった。[57]

行先決めずの出発

さて、その「女旅」である。

徳利なくしの夜、何処へか二人で三、四日遊ばうとフラリとした相談から、行先定めずフラリと出る事になり、終《つい》に江の島鎌倉廻りといふ悠長な楽旅をなしたるが、途中露伴子、「是では脛《すね》が欠伸《あくび》をするだらう。全《まる》で女の旅のやうだ」と呟《つぶや》きしを耳に残し、偖《さて》「女旅」とは題したるなり。（一）

二人の帰京は四日のことだが、たしかに江の島や鎌倉まで鉄道を使って三泊四日とは、彼らにしてはあまりに楽すぎるようである。何しろ木曾旅行のおりには、人力車や馬車なども使ったとはいえ、おなじ三泊四日で東京から軽井沢をまわり、木曾山中の上松まで旅しているのだから。

三月一日朝、篁村がどこへゆこうか考えながら、待ちあわせ場所とした下谷の得知の家まで歩いていると、美術学校の前で露伴の乗った人力車が追いついてきた。

（露伴が―注）「丁度よい、トキに何処へ」「まだ極らず」「僕も決着しないが、筑波は如何《どう》だ。今車の上から見たが、晴てよく見えたよ」「同感々々。我輩も今、阪から見て其念を起したが、つら〳〵惟《おもん》みるに寒からうよ」「其所《そこ》を僕も考へた。何処にせう」「左ればサ、先《ま》づ幸堂子の許《もと》へ落合ふといふのが元の筋だから、彼所《あすこ》で兎も角も」「ギヤア僕は一寸《ちょっと》寄道が有るからお先へ」（一）

こう言い残し、露伴を乗せた人力車は行ってしまった。家を出てもまだ行先の決まらないあたりが、根岸党の根岸党たるところである。結局どことも決められぬまま、得知の家に着いた篁村であったが、なんと彼らは当の得知に、何の話もしていなかったのである。

幸堂子の家に到れば、「是は早し、何の用にて珍しく出かけられたぞ」と問はれ、「今から露伴子と旅行のつもり」と答ふれば、幸堂子額に手を加へ、「今出かけは余り急なり。二、三日猶予あらば同行せんものを。シテ行先は」「まだ」「又始まつたよ。露伴子、車なら寄道ありとて最早《もはや》見えん。先《ま》づ出立を祝ひ申さんに」と二階へ引き上げられて、忽《たちま》ち一杯。間もなく露伴子入り来り、同じく一杯、三、四杯。（一）

勝手に家を集合場所にされた得知だが、いつものこととて驚きもせず、朝から酒を飲んでいるうちに露伴もやってきて、とりあえず杉田の梅を見て金沢へ抜けることと決まった。すでに本書の序章で、この二年後、明治二十六年の「さきがけ」の鎌倉旅行について紹介したが、その時は鎌倉駅を出発して金沢に泊り、杉田の梅の固い蕾を見つつ横浜まで歩いていたから、今回とはちょうど逆の行程になる。「さきがけ」の作中には、この「女旅」での出来事を振返る記述もあって、篁村と露伴に強い印象を残した旅だったようである。

横浜の風俗を珍しがる

さて、得知の家から人力車で新橋までゆくと、今にも汽車が出るところであった。いつも乗遅れてばかりの彼らだが、この時は珍しくぴったり間に合い、「両人は顔見合して得々たり」と得意げである。横浜駅で下車して頼んだ人力車は、「公園を一廻《ひとまわ》りして、『此《ここ》が南京町』など案内顔なり」。すでに述べたように、当時の横浜駅は現在の桜木町駅附近にあり、車夫が一回りした公園とは、のちに横浜スタジアムができた横浜公園のことである。

今でいう石川町駅の西側あたり、亀の橋から山手へと上る地蔵坂まで来ると、急な坂ゆえ二人は車から降ろされてしまった。見ると、あたりの蕎麦屋の看板が、みな異様に捻った字で書いてある。「他日、何をか是に見立て、『ヤア横浜の蕎麦屋の看板のやうだ』と穿《うが》ちてやらん」など、呑気に言いかわしながら坂を登る。そこからはふたたび人力車に乗り、根岸の競馬場、現在の根岸森林公園のほうへ向かっていった。

ここで見かけたのは、土手を小刀でしきりに掘っている男である。「何をなさるのです」と聞くと「虫を取るのです」とのことで、捕った虫を外国へ送っているらしい。興味を持った篁村が、「いかにや、斯く多くある小穴を外より見て、是は何と見極《みきわめ》つき候か」と聞くと、男は得意げに「分ります、大体《たいてい》は」と言って、これはムカデの穴、これは蜂の穴と鑑定をつけ、それがみな当っている。あまりの奇妙さと凡俗を脱した風に、「穴通仙人」の称を奉り、不思議な稼業に感心しながら歩いてゆく。

昼食の店が見つからず、腹立ちまぎれにぬかるんだ道を「悪女の深情け道」と名づけつつ歩き、ようやく磯子のあたりに一軒の料理屋を見つけた。

飛込みて座敷に通り、「飯を早く」と云へば（中略）二人の顔を眺め、「アノー、御膳は是から焚《たき》ますので、少しお間がござりますが」。（中略）「然《しか》らば酒を」と命ず。「お肴は何もございませんで、玉子焼ばかり」。「夫《それ》も只今鶏が産みませうでは大変だが、産んであるのか」と念を押す露伴子、また一議を出して曰く、「干潟へあの通り人が出て貝を取ツて居る。蛤《はまぐり》でも蜊《あさり》でも有りさうなものだ」と。美人、どういふ了簡か、露伴子の顔をギロリと見てニタリと笑ひ、「聞かせて見ませう」と立つ。（四～五）

磯子もまだ、悠長な田舎だった時代である。客が来てから飯を炊きはじめる、肴は卵焼しかないと言う。まさかその卵も、今から鶏が産むというわけではなかろうが、では干潟で獲れた貝でもないかと問うと、聞いてみましょうとの返事である。さて思い出されるのは昨年の木曾旅行、和田宿でのこと。「川へ魚では木曾で酷い目に逢ったが、海に貝も怪しいぞ」と身構えた二人だったが、意外に早くアサリの殻蒸を出され、「勇気恢復《かいふく》、天下に敵なし」と元気よく出発した。

　ここから金沢までは山のなかである。杉田の梅は盛りを過ぎていたものの、それでも馥郁たる香りに小鳥の声がこだまし、篁村は「行けば行くほど山また山の中に入り、高からねども海見えて、麦の芽青き山畑の間々《あわいあわい》に梅多し」と讃歎している。金沢では能見堂《のうけんどう》に立寄るが、彼が昔来た時のままなのは筆捨の松ばかりで、すでに堂は壊れ、茶屋もなくなっていた。浜辺に出て、二年後に「さきがけ」の旅でも使うことになる千代本に泊る。

酒は如何《いか》にと気遣たるは恥《はづか》しや、江戸ッ子の腸《はらわた》に染み通る上酒なり。「感心々々、さすが千代本なるかな」と大に賞して盛りに汲む。（中略）馬刀貝《まてがい》の講釈など聞くうち、「海水を沸かしたり、浴《ゆあみ》やし玉ふ」といふ。注ぎし盃飲み干さず湯殿に行けば、浴室広く清潔にて、浴後の快、いふべからず。浴後の酒、味ひいふべからず。（六）

　ここではたいそう気分よく酒を飲み、翌朝も起きると早速また一杯。出立して鎌倉道にかかると、上行寺《じょうぎょうじ》の石碑に「日蓮上人　中山富木《とき》殿　御一宿の所」とある。これを見た二人は、「嗚呼《ああ》、幾歳の後《の》ちか、千代本の庭の入口に、『露伴和尚　篁村居士　御一宿の所』と示さるゝは、只互《たがい》に勇猛精進するにあり。朝から顔がポカリ〱とするやうでは覚束《おぼつか》ないぞ」と、朝から一杯機嫌で歩くお互いを笑い合っている。朝比奈《あさひな》の切通しを抜け、昼ころには鶴岡八幡宮に着いた。

「コケ鰯」と西行もどり松

昼食に入った門前の角庄は、のちに「さきがけ」の旅で奇妙な宝物を自慢されて閉口する店だが、この時は笑いながら「鰯のぬた」を賞味しただけだった。この二人の笑いは店とは何も関係がなく、以前の出来事を思い出したからである。「女旅」にはその話も書込まれており、得知にまつわる面白い逸話なので、ついでに紹介しておこう。

ある日、篁村が独り留守居をしていたところに得知がやってきて、酒を飲みはじめたものの、肴がない。そこへおりよく鰯の行商が通りかかったので、買って二人で料理することにした。

幸堂氏、もとより料理通なり。「宜しい、我等手を下して酢味噌とせん。鰯は洗ひかぬたに限るよ。（中略）ネ、ソラ、ホーラ此通り。斯《こ》うして骨を取る。直《す》ぐに斯う洗つて、目笊《めざる》を貸し玉へ。ソラ、斯う並べて水を切る。皿々、皿を出し玉へ。ソラ、斯う並べる、是で能《い》いのだ」と、実に甲斐々々しき拵《こしら》へ方に、篁村幾度か感心感服を唱へ、酢味噌を作りて取敢《とりあえ》ず賞翫《しょうがん》するに、其の変テコさ得《え》も云れず。（中略）「御手際感服、早く君もやり玉へ」と勧めれば、「心得たり」と箸早に口へ入れられしが、異様な顔付をして、「南無三、先へコケを取る事を忘れた」。（八）

鰯の鱗を取らずに味噌和えにしては、食べられたものではない。以来、得知は事あるごとに「コケ鰯」とからかわれており、ここで篁村と露伴はその失態を思い出して笑ったのである。この角庄ではちゃんと鱗が取ってあり、存分に味わうことができたのは言うまでもない。

午後は長谷寺《はせでら》の観音に詣で、七里ヶ浜を歩く。

打ち寄する波に追はれ、また引く波の跡を追ひ、果は磯辺に下駄を台とし、「二人で睨《にら》めたら此波が二、三尺は退《ひ》くだらうか。又、此の傘二本を海へ投げ入れ、江の嶋まで干潟にすると余程《よっぽど》近いが」など、海を馬鹿にして居たるに、満潮《あげしおどき》と見え、（中略）大波の足、早や目の前まで這ひ来るに、痩我慢なりがたく下駄を片手に跣足《はだし》で逃げるうち、露伴子は傘の先にて砂へ大渦巻を画《えが》き、「後の形見ともなれかし」とは、是ぞ水に画《か》くの譬《たとえ》を砂にうつせしならん。（九）

二人がもじっているのは、鎌倉幕府が滅亡した元弘の乱のさなか、守りの堅い鎌倉を攻めあぐんだ新田義貞《にったよしさだ》が、稲村ヶ崎に黄金造りの太刀を投込むと干潟が現れたという伝説である。自分たちはこうもり傘二本を投込み、江の島までを干潟にして近道をしようなどと冗談を言ううち、潮が満ちて波が寄せてきた。篁村は裸足で逃出したが、露伴はまだ砂に大渦巻を描き、後世の記念にするなどとふざけていたのである。

龍の口まで来て江の島への曲り角を探すが、見当らない。露伴はつい先年来たばかりだというのに、すっかり道を忘れてしまい、それでも「呑込顔の負惜み」で「大丈夫、日本の地理ぐらゐ、へン」と胸を叩いている。篁村はしばらく後ろをついていったが、どうもこのままでは藤沢に行ってしまいそうだ、僕は道がわかるまで休むよ、と言う。

さすがの露伴子、少し胡乱《うろん》になり、「待てよ、待玉へよ、コーツと、南が此方《こっち》だから、成程少し異《おか》しい。ナンダ、西行のもどり松、是が名高いもどり松か。西へ行て戻る、ナール、是は来過《きすぎ》の形だ。咽喉《のど》が渇いた、蜜柑を買はふ。婆さん、江の島の近道が此等《ここら》に有るネ」とテレ隠しを云へど、婆さん其《そ》んな事に頓着《とんちゃく》なく、「江の島へは此の先の床屋の角をお曲りなさい」と答ふるに、愈々《いよいよ》頭を掻き、「併《しか》し、此の西行もどり松を見て、跡へもどるとは風流だネ。西行も大かた此まで来て、跡へかへって江の島へ行たのだらう。もどり松は風流だ」と、矢鱈《やたら》風流がりて、露もなき冗《むだ》蜜柑を散財し、これを我輩の愚痴塞《ふさ》げによこし（後略）（九）

もどり松は西行が鎌倉にやって来たおり、道端で出会った子どもが巧みな歌を詠んだため、この先にはいかなる歌人がいるかと恐れて都へ引返したという伝承のある松である。露伴は道がわからずに行過ぎたのだが、照れ隠しで、もどり松を見て戻るとは風流だとしきりに風流がっている。欲しくもない蜜柑をもらった篁村は、不平たらたらで露伴を追い、ようやく江の島の恵比寿屋に到着した。ここではうまい酒が飲めず、やけになった露伴は飯を七椀も平らげ、給仕の女を驚かす。女将に旅の話をしたところ、つくづく「誠にのん気で入《いら》つしやる、結構でございます」と言われ、頭に手をやって恐れいる二人である。

翌朝、「島を御見物になりますか」と聞かれて、「イヤ、見物をして仕舞ふと、また今度来る時に楽みがないから、先《ま》づお預けに致さう」と言い、さっさと島を後にしてしまった。これには旅館の一同も呆れるばかり。この日は藤沢から平塚まで歩き、そこから国府津まで人力車で行って一泊、翌日汽車で東京に戻って、二人の旅は終りである。

露伴と篁村

この旅行の直前、露伴は徳富蘇峰に宛てて、次のような書翰を送っていた。

篁村先生につきて何人か評論せらるゝやう、今日広告にて承知候が、同氏には拙者平素交際いたし、且つ飲食起臥を百里たらずの道中いつしよに致せし事もあり、自ら能《よ》く同氏のパーソナリテイとウオルクスの関係、其他を知るものは拙者なりと信じ居り候間《そうろうあいだ》、該評《がいひょう》一読の上、腑《ふ》に落ちざるところもあらば、それを書て御一読を煩はすべく存じ居り候。[58]

蘇峰から、彼の経営する雑誌『国民之友』への寄稿を求められたのに対する、断り状のなかの一節である。用件とは別に、広告にあった篁村に関する評論を読んで納得できないところがあれば、彼のことに詳しい自分が何か書いて送るかもしれないというのである。露伴はすでに、こう自負するほどに篁村との親交を深めていたのであり、かかる両者の親密な関係が、明るい笑いと愉悦に満ちた「女旅」につながったと言えるだろう。露伴にとってこの明治二十四年は、「辻浄瑠璃《つじじょうるり》」

「寝耳鉄砲《ねみみでっぽう》」「いさなとり」そして「五重塔」と、名作を次々に生み出していった飛躍の年であり、その順調な創作活動と一体になって、根岸党での遊びもますます隆盛をきわめてゆくのであった。

七、根岸党の中期

親密な交遊

前章において、おおむね明治二十一年から二十二年にかけてを根岸党の前期と見たが、それに続くこの二十三年から二十四年は、党の中期ということができる。参加する顔ぶれが多様かつ流動的で、中心になった篁村や得知以外はたがいの関係も弱かった前期に対して、この中期はメンバーが大きく入れ替わり、おもに文人たちの活発な交遊によって、相互の結びつきが強まっていった時期である。

たとえば、根岸党のもともとの母体となった高橋健三や藤田隆三郎は徐々に遊びの圏内から遠ざかっていったし、中井錦城をはじめ、前期に顔を見せた何人かの友人たちはまったく姿を消してしまった。その一方で、篁村や得知と太華、三昧、千虎、天心といった前期のおもだった顔ぶれに加え、早くから篁村と仲のよかった思軒、また露伴や梅花、只好らの若い世代、そしてやや距離はあったものの鷗外など、新しく近づいてきた人々が、前期にも増して親密な往来を重ねるようになった。

その背景には、高橋や藤田らが多忙になりつつあったことに加え、自分たちの遊びを作品に描く動きが活発化したことが影響していると考えられる。文章を書かず、また描かれることも少ない文人以外の人々が、次第に交わりを薄めて後景に退いてゆくのに対し、文章を発表して応答を繰広げ、しかも長期の旅行などの大がかりな遊びにも参加できる文筆家たちがつながりを深め、集団の中心になってゆくのは自然な流れであった。

実際、根岸党の文人たちはこのころから、単に篁村や得知と遊ぶだけでなく、おたがい公私にわたる親密な交友を持ちはじめたようである。それは本章で紹介してきた、彼らの遊びを描いた作品からうかがわれるだけでなく、たとえば宮崎三昧を主幹として明治二十三年十二月に春陽堂から創刊された雑誌『美術世界』には、天心、篁村、鷗外、南翠、思軒、露伴、得知、太華といった顔ぶれが、毎号にわたって題言や序文を寄せている。また、翌二十四年三月に刊行された梅花の『新体梅花詩集』は、題字が鷗外、序文が思軒、跋文が露伴の筆にかかるし、得知が七月に発表した戯文「洒落幸兵衛」には、篁村や露伴らの名前が出てくる。同年八月、篁村と太華が梅花を誘い、萩寺に出かけたことを描いた篁村の「ぶらつき初め」も、忘れてはならない作品の一つだろう[59]。

一方、日常的な交遊については資料が残りにくいが、わかっている例をいくつか挙げれば、梅花は二十三年の六月、思軒の家で篁村、露伴、太華と酒を飲んだ時の景況を描いている[60]。また、のちに思軒のもとで『郵便報知新聞』四天王の一人として活躍する作家、原抱一庵《はらほういつあん》が同年夏に上京し、思軒の家を訪れた際には、すでに梅花と太華、それに内田魯庵がいて酒を酌みかわしていたし[61]、あるいは露伴も後年になって、このころ思軒や批評家の斎藤緑雨とともに師団将棋に熱中したことを回想している。

死んだ森田思軒がこの将棋（師団将棋―注）を覚えて中々強くなり、私が谷中にゐる時分、思軒と斎藤緑雨がやつて来て三人でさし始めると、各々《てんで》に面白いので夜の更けるのを知らない。時計が三時を打つたので、始めて気がついてやめる。緑雨は夫《それ》から帰へる。上野の山で曲者と間違へられて、巡査に咎められるなんて騒ぎだつた（後略）[62]

露伴が谷中の家に引越したのは明治二十三年の暮れで、二十五年末には早くも京橋に移っているから、右の逸話はこのあいだのことと考えられる。早くから将棋を好んだ露伴は、明治二十五年十一月に根岸党で妙義山に出かけた「草鞋記程」の旅（後述）のおりも、思軒や只好と対局しており、熱中する彼らの姿が伝わってくる。こうした親密な関係は、二十四年十月二十一日に宮崎三昧が再婚したおりの話に、最もよくあらわれているだろう。

『面白かつたですなあ！』と、道人（三昧―注）は眼に涙をうかめて、しみぐ〵昔をなつかしんだ。『何しろ、私が新婚の翌朝、眼をさますと、枕元には何時来たのか、連中が七人も押かけて来て、ずらり取巻いて坐つてゐるといふ茶目ぶりでしたからなあ』[63]

新婚の翌朝、目を覚ますと友人たちに取巻かれていては、さぞ驚いたことであろう。三昧はこの逸話の時期を明らかにしていないが、彼の初婚は明治十八年のことだから、その時の話とは考えにくい。新婚の夫婦の寝室にまで押しかけてふざけるような、メンバー同士のきわめて親しいつきあいこそが、前期から中期にかけて根岸党というサークルにもたらされた最大の変化にほかならない。もしも、彼らがおたがいに親しくなることなく、それぞれ篁村や得知と交際するだけで、この二人を中心とした放射状の人間関係以上に発展しなかったならば、一連の作品は饗庭篁村、もしくは幸堂得知という二人の文学者の一側面にしかならなかったはずなのである。

〈党〉の文学

かくして一つの集団へと結びついた彼らは、得知や篁村が明治初年のころからつちかってきた、奇抜な趣向と、それによる自他の失敗とを笑って楽しむ姿勢を共有していた。それは同時代にあっては、高畠藍泉や仮名垣魯文、梅亭金鵞《ばいていきんが》、鶯亭金升《おうていきんしょう》、南新二といった戯作者たちがまだ存命か、あるいは他界して間もなかったこともあり、さして珍しい姿勢ではなかったかもしれない。だが、根岸党の注目すべき点は、これまでも幾度か繰返してきたように、そうした遊びを複数の文筆家たちがそれぞれにおなじような筆法で描き出していることにある。そしてこの中期にあっては、新しく加入してきた若い世代の人々にも、その姿勢と筆法とが伝わっていったのである。

篁村と木曾路を旅した太華、梅花、露伴がめいめい「四月の桜」「をかし記」「乗興記」を執筆したことは、第二節で紹介したとおりだし、また太華と露伴は続く西国への旅行で合作「道中記」をまとめている。梅花が明治二十三年七〜八月に発表した「旅徒然」の連作は、赤城山中で独居して「地獄溪日記」を書いた露伴を追っての旅を描いていたし、その途中で磯部温泉に家族で滞在していた篁村のもとを訪れた時のことは、篁村の「入浴一週間」にも描かれている。[64] また、根岸党の人々とかなり親しくしていた森鷗外にも、露伴らとの合作「萩をみそこねたる記」などがあることは、すでに第四節で紹介しておいた。もちろん、根岸党が本質的に輪郭線の曖昧なゆるやかなサークルである以上、各人の関わりかたには濃淡があり、メンバーを厳密に規定することはむしろ、その性格を見失わせるおそれがある。だが、これらの作品にはたしかに、自分たちの失敗を楽しみ、からかわれて怒り、またその様子を笑い合う共通の空気が流れている。そうした作品群が、世代や出自や環境の違いを飛越えて、複数のメンバーによって書かれはじめたところに、ほかに類例をみない〈党の文学〉が出現したのであった。

前期から中期へのこのような変化は、やがて明治二十三年夏、ガワードを歓迎した盃流しのおりの「根岸党」という自称につながっていった。第五節で紹介したように、この呼称をはじめて文章に記したのは篁村と思軒の両名だったが、実際にはすでに彼らのあいだでは広まっていたものと考えられ、以後ほかの人物の文章にもしばしば、「根岸党」の語があらわれるようになる。たとえば、美濃に滞在中だった梅花が内田魯庵に宛てた同年十月の手紙には、「根岸党は如何。相変らず酔生夢死の天下泰平、青天白日を黒漫々中に暮し居る事なるべし」と記されているし、また得知も十一月の劇評中に、「例の我根岸党、打連立て」と書いている。[65] そして翌二十四年春、いくつかの評論が「根岸党」を俎上に載せるにいたって、この呼称は文学史的なものとなった。

○根岸党　其尊崇する処は近松巣林子《そうりんし》、建部綾足《たけべあやたり》、上田秋成《あきなり》、柳亭種彦《りゅうていたねひこ》、其喜ぶ処は時代的院本及小説、其言ふ処は駄洒落、其楽む処は酒、其嘲《あざけ》る処は半可通、其罵る処は俗物、（中略）其任ずる処は明治の大家、其夢みる処は天明の大通世界。

一、最も愚なる者。根岸党にヤツキとなりて、四角張ツた議論を差向くるもの。66

根岸党が江戸文化への深い造詣を持つことを認めつつ、詩酒のあいだに遊楽の日々を送るその姿勢を皮肉った評である。しかしながら、このような批評の対象とされること自体、根岸党が文学者たちの集まりと見なされはじめた証にほかならない。明治二十年代はじめ、篁村の周囲の私的な友人関係から出発したサークルは、かくして自他ともに認める文学集団となったのである。

爛熟にむかって

最後に、この時期の彼らの目立った動静を簡単に記しておこう。只好らとの「緞帳巡り」をはじめ、『読売新聞』に劇評や短い戯文などを執筆してきた得知は、明治二十三年の四月以降、創刊したばかりの『国民新聞』へと発表の場を移した。その詳しい経緯や待遇などは不明だが、以後彼は同紙を舞台に、劇評や紀行など多数の作品を発表してゆく。

また、明治十年代の終りから根岸に住み、この地に友人たちが集まるきっかけを作った篁村は、明治二十四年の秋ころに大久保へと転居した。依田学海が十月二十三日に根岸の篁村宅を訪れたところ、誰もおらずに閑散としており、後になってこの時すでに引越していたとわかった旨が日記に記されている。[67]ただし、転居後も根岸の家は売らずに残してあり、おりにふれて仕事場や根岸党の遊び場として用いられた。この家には後年、得知が下谷から移って住むことになる。

一方、明治二十二年末に根岸の篁村宅の隣家に引越してきた思軒は、翌二十三年のうちにいっとき本所小泉町に移ったものの、二十四年の暮れにはふたたび根岸へと戻り、元金杉村三百九十一番地に居を構えた。[68]これは、思軒の属していた『郵便報知新聞』が文学から政治重視へと方針を転換し、従来の記者たちを客員に格下げしたため、怒って退社したことに伴うものである。[69]新聞編集の仕事から解放され、時間に余裕ができた思軒は以後、篁村や露伴、太華とともに根岸党の遊びの中心的な存在になってゆく。こうした彼ら自身の交遊の爛熟と、根岸を中心とする地理的環境の整備のうえに、より大がかりな催しが展開されるようになったのが根岸党後期のはじまりであった。

1　依田学海『学海日録』第七巻（岩波書店、平成二年十一月）三百一～三百二頁。
2　内田魯庵「露伴の出世咄」（『改造社文学月報』昭和二年十一月）三～四頁、田山花袋『東京の三十年』（博文館、大正六年六月）五十二頁。
3　拙稿「幸田露伴と山田寅次郎―「書生商人」と「酔興記」をつなぐもの―」（『日本近代文学』平成十八年五月）。
4　宮崎三昧「露伴子」（『大阪朝日新聞』明治二十三年五月十五日）。次の引用もおなじ。
5　幸田露伴ほか「幸田露伴氏に物を訊く座談会」（『文藝春秋』昭和八年二月）百七十九頁。

6 宮崎三昧「私と西鶴」（『高潮』明治三十九年六月）十二頁。

7 高橋太華「中西梅花君」（『新古文林』明治三十九年十月）二百三十八頁。

8 塩谷賛『露伴翁家語』（朝日新聞社、昭和二十三年四月）百二十五頁。

9 高橋太華「中西梅花君」（前掲）二百三十九〜二百四十頁。なお、露伴自身は、この時金を払わされたのは朗月亭羅文であると語っている（本間久雄『明治文学作家論』早稲田大学出版部、昭和二十六年十月、百十八頁）。

10 無署名記事（『国会』明治二十四年九月二十六日）。

11 中西梅花による記事「露伴幸田氏、一日予が茅屋を訪はれ」（『読売新聞』明治二十二年八月七日）、幸田露伴「述懐」と梅花の次韻（『読売新聞』同年十月十一日）。

12 饗庭篁村「紅葉と菊」（『読売新聞』明治二十二年十月二十九日）。

13 関根只好・幸堂得知「純帳《ママ》巡り（初日）」（『読売新聞』明治二十二年十一月十二日〜十三日）、饗庭篁村「純帳《ママ》めぐり（第二回目）」（『読売新聞』同年十一月二十八日〜二十九日）、幸堂得知・関根只好「純帳《ママ》巡り（第三回目）」（『読売新聞』同年十二月六日〜七日）、幸堂得知・関根只好「純帳《ママ》巡り（第四回目常磐座）」（『読売新聞』明治二十三年三月二十四日〜二十五日）。なお、作品では「緞帳」の表記がすべて「純帳」とされているが、本文では「緞帳」とした。得知と只好の合作劇評には、「歌舞伎座劇評の序」（『読売新聞』明治二十二年十一月二十九日）、「新富町桐座劇評」（『読売新聞』同年十二月二十三日〜二十六日）、「寿座劇評」（『読売新聞』明治二十三年三月七日〜八日）、「新富町桐座劇評」（『読売新聞』同年三月九日〜十五日）がある。

14 柳田泉『幸田露伴』（中央公論社、昭和十七年二月）八十九頁、塩谷賛『幸田露伴』上（中央公論社、昭和四十年七月）百一頁。

15 坪内逍遙『柿の蔕』（中央公論社、昭和八年七月）十〜十三頁、坪内逍遙「逍遙日記 明治二十三年の巻―尤《ママ》も不得意の時代―」（『坪内逍遙研究資料』第三集、新樹社、昭和四十六年十二月）六十八頁。

16 森田思軒「偶書『帰省』と『風流魔』」（『郵便報知新聞』明治二十三年七月六日）。

17 斎藤緑雨「坪内逍遙宛書翰」明治二十三年（推定）八月十三日（『坪内逍遙研究資料』第二集、新樹社、昭和四十六年三月）百九〜百十一頁。

18 坪内逍遙『柿の蔕』（前掲）十二頁。

19 内田魯庵「安房巡礼」（『国民新聞』明治二十三年三月二十八日〜四月一日）。

20 藤井淑禎「根岸党における露伴」（『解釈と鑑賞』昭和五十三年五月）四十二頁。

21 饗庭篁村「木曾道中記」（『東京朝日新聞』明治二十三年五月三日～七月三日）、幸田露伴「乗興記」（『大阪朝日新聞』同年五月十五日～六月五日、未完か）、中西梅花「をかし記」（『国民新聞』同年六月十二日～十八日、未完）、幸田露伴「まき筆日記」（『枕頭山水』博文館、明治二十六年九月）。『東京公論』に掲載予定とされる（「木曾道中記」一）高橋太華の「四月の桜」は、この期間の同紙が所在不明のため確認できない。

22 饗庭篁村「坪内逍遙宛書翰」明治二十三年五月十日（『坪内逍遙研究資料』第五集、新樹社、昭和四十九年五月）八十一頁。

23 中西梅花「坪内逍遙宛書翰」明治二十三年五月十六日（『坪内逍遙研究資料』第一集、新樹社、昭和四十四年九月）九十九頁。

24 依田学海『学海日録』第八巻（岩波書店、平成二年一月）七十七頁。

25 依田学海『学海日録』第八巻（前掲）、七十九頁。

26 内田魯庵「徳富蘇峰宛書翰」明治二十三年五月三十一日（『徳富蘇峰関係文書』、山川出版社、昭和六十二年十二月）五十二頁。

27 幸田露伴「客舎雑筆」其五（『読売新聞』明治二十三年二月九日）。

28 以上、中西梅花「梅花道人、地獄谷よりの来翰」（『国民新聞』明治二十三年七月二十二日）、中西梅花「旅徒然」（『国民新聞』同年八月十日～二十七日、未完か）、内田魯庵「滝見物」（『国民新聞』同年八月十日）、幸田露伴「地獄渓日記」（『城南評論』明治二十五年六月）、幸田露伴「造化と文学」（『郵便報知新聞』明治二十三年七月二十一日～二十三日）、森田思軒「偶書　露伴子」（『郵便報知新聞』同年七月十六日）による。

29 森鷗外「伊澤蘭軒」その二十六（『東京日日新聞』大正五年七月二十四日）。

30 森鷗外「懺悔記」（『立憲自由新聞』明治二十四年三月十八日）、森鷗外「序」（石川戯庵『懺悔録』、大日本図書、大正元年九月）。

31 森鷗外「賀古鶴所宛書翰」年月日不詳（『鷗外全集』第三十六巻、岩波書店、昭和五十年三月）十一頁。なお、この書翰にまつわる経緯については、二瓶愛蔵『若き日の露伴』（明善堂書店、昭和五十三年十月）四～五頁の推定による。

32 森銑三『明治人物夜話』（東京美術、昭和四十四年九月）八十八頁。

33 井上道泰・幸田露伴・森鷗外・三木竹二「萩をみそこねたる記」（『国民新聞』明治二十三年九月二十二日）。
34 中江兆民「国粋の宴の記」、森槐南「粋宴補言」、幸田露伴「国粋宴の続き　一分半」、石橋忍月「続国粋宴の記」、野口寧斎「続国粋宴の記　平仄外」、森鷗外「国粋宴の続き　記」、宮崎晴瀾「霹靂酔」（『自由新聞』明治二十三年十一月二十日～二十七日）。
35 森鷗外「うたかたの記を読んで鷗外を罵り不知庵を笑ふ」（『しがらみ草紙』明治二十三年十月）。
36 森鷗外「千朶山房に会する記」（『国民新聞』明治二十四年一月二十日）。
37 久保田米僊「根岸の集り」（『日本文学講座』第十一巻、改造社、昭和九年一月）口絵。
38 太田臨一郎「高橋太華と根岸党」（『塾』昭和五十九年四月）裏見返し。
39 岡倉一雄『父天心』（聖文閣、昭和十四年九月）七十～七十一頁。
40 饗庭篁村「二三の思ひ出」（『天心先生欧文著書抄訳』、日本美術院、大正十一年九月）附録三頁。
41 饗庭篁村「大福引」（『東京朝日新聞』明治二十三年二月十一日）。
42 岡倉一雄『父天心』（前掲）七十頁。
43 岡倉天心「森田思軒宛書翰」明治二十三年四月五日（『岡倉天心全集』第六巻、平凡社、昭和五十五年十一月）四十六～四十七頁。
44 今泉雄作「隅田川の盃流し」（同好史談会『漫談明治初年』、春陽堂、昭和二年一月）四百十二～四百十四頁。
45 饗庭篁村「今紀文」（『東京朝日新聞』明治二十三年八月二十九日～九月四日）、森田思軒（推定）「墨田川上一夕の佳話を伝ふ」（『郵便報知新聞』同年八月二十三日）。なお、文中の□は底本の欠落を示す。
46 「松方高須氏帰る」（『日本』明治二十三年九月二十一日）。
47 「藤田隆三郎氏」（『日本』明治二十三年十月五日）。
48 饗庭篁村「七草見」（『東京朝日新聞』明治二十三年十月十日～十四日）。
49 饗庭篁村「二三の思ひ出」（前掲）附録一～二頁。
50 岡倉一雄『父天心』（前掲）七十四～七十六頁。
51 饗庭篁村「陸羯南宛書翰」明治二十三年十一月十四日（『陸羯南全集』第十巻、みすず書房、昭和六十年四月）九十五頁。
52 江見水蔭「淵に沈みて―自己中心明治文壇史―（五）」（『太陽』大正十五年六月）百五十九頁。

53 岡倉天心「雪泥痕」(『岡倉天心全集』第五巻、平凡社、昭和五十四年十二月)五〜八頁。
54 岡倉一雄『父天心』(前掲)七十九〜八十頁。
55 宮崎三昧「偶筆(国民之友附録を読む)」(『東京朝日新聞』明治二十四年八月十八日)。
56 饗庭篁村「徳利の行方」(『東京朝日新聞』明治二十四年三月六日)。
57 饗庭篁村「女旅」(『東京朝日新聞』明治二十四年三月七日〜二十一日)。
58 幸田露伴「徳富蘇峰宛書翰」明治二十四年二月二十二日(『徳富蘇峰関係文書』、山川出版社、昭和六十二年十二月)九十六〜九十七頁。
59 中西梅花『新体梅花詩集』(博文館、明治二十四年三月)、幸堂得知「洒落幸兵衛」(『東京朝日新聞』同年七月十二日〜二十一日)、饗庭篁村「ぶらつき初め」(『東京朝日新聞』同年八月二十三日〜二十六日)。
60 中西梅花「篁村、饗庭氏(梅花道人旅徒然)」(『国民新聞』明治二十三年八月二十三日)。
61 原抱一庵「吾の昔」五(『文藝界』明治三十六年十一月)九十一頁。
62 幸田露伴「露伴子西洋将棋の話」(『読売新聞』明治三十三年五月十八日〜二十三日)。
63 白石実三「根岸派の人々」(『日本文学講座』第十一巻、改造社、昭和九年一月)百四十四頁。
64 饗庭篁村「入浴一週間」(『東京朝日新聞』明治二十三年七月三十日)。
65 中西梅花「内田不知庵宛書翰」明治二十三年十月二十二日(本間久雄「梅花伝拾遺」所載、『明治大正文学研究』昭和二十五年五月)百十二〜百十三頁、幸堂得知「寿座演劇略評」一(『国民新聞』明治二十三年十一月二十日)。
66 執筆者不明(内田魯庵か)「文学一班」(『日本評論』明治二十四年五月九日)十四頁、狂美僧「文学界瞥見記」(『国会』同年五月十七日)。
67 依田学海『学海日録』第八巻(前掲)三百十四頁。
68 拙稿「高橋太華『雅俗日記』(明治二十五年)翻印と注釈(一)」(『東海大学紀要文学部』、平成二十三年三月)九十八頁。
69 原抱一庵「吾の昔」六(『文藝界』明治三十六年十二月)八十七頁。

第三章

遊びの爛熟

一、一日旅行 ―「一日の旅」―

根岸党の旅

根岸党の文人たちは、まことによく旅をした。これまでに読んできただけでも、明治二十一年六月の塩原旅行にはじまり、箱根、伊豆、甲州、木曾路、西国、鎌倉と、わずか数年の間に何度も長期の旅行に出かけている。そのほかにも、たとえば二十四年八月の熊谷での鮎狩のように、紀行が書かれなかった例も多いと考えられ、実際にはその頻度はさらに高かったはずである。根岸党という集団を特徴づける遊びの一つは、疑いもなく旅であった。

とはいえ、そうした旅を彼らの日常からかけ離れた特別なイベントと見なし、平生の生活とは異なる非日常の時間を定期的または不定期的に持つ、現代の趣味の会のように根岸党を理解するのが正しくないことは、すでに幾度か述べてきたとおりである。紀行に描かれるような大がかりな旅行は、目立った遊びとしてたしかに耳目を集めやすいが、実のところそれらは近郊漫遊のような日帰りの散策や、さらにはほとんど記録に残らない日常的な往来と、なだらかにつながっていたのであった。明治二十五年に入り、彼らはこれまで以上に頻繁に旅をするようになるが、その遊びについて考えるため、まずはこのころ行われた散策の例を見てみよう。取上げるのは明治二十四年十一月、太華、露伴と三人で、小石川茗荷谷《みょうがたに》の深光寺《じんこうじ》にある曲亭馬琴の墓に詣でたことを描いた、篁村の「曲亭翁の墓に詣づ」である[1]。

「曲亭翁の墓に詣づ」

かねてよりの念願だった馬琴の墓の探訪をはたすべく、篁村が太華を誘って根岸を発ったのは、十一月十七日午前十時のことであった。この時、彼はすでに大久保に転居していたはずだが、前章の最後に記したように、根岸の家もまだ別宅として使っていたのである。谷中の露伴にも声をかけると、「大人《うし》達に引かれては、深光寺参りせではかなふまじ」と言い、早速支度をして出てきた。

小石川茗荷谷・深光寺にある曲亭馬琴の墓。

もちろん、俚諺「牛に引かれて善光寺参り」の洒落で、大人《うし》とはやや古めかしい言葉だが、学者の尊称である。

　谷中から千駄木へと下った三人は、翌年鷗外が観潮楼《かんちょうろう》を建てて移り住む団子坂《だんござか》を上って白山に出た。この近くの増屋という足袋屋は、篁村の亡姉の嫁ぎ先だったが、すでに店が人手に渡った当時も、白山足袋と称されて繁昌していた。露伴は白山神社の掛額《かけがく》の、「青くても赤くても散る木の葉かな」という発句を下手だと笑うが、思えば人間とははかないものだと語りながら、極楽水《ごくらくみず》のほうに歩いてゆく。これは小石川植物園の南西、播磨坂《はりまざか》を下ったあたりの地域の俗称で、近くの宗慶寺《そうけいじ》境内にあった湧水、極楽の井に由来する。

このあたりでやや道に迷った三人は、やがて伝通院《でんづういん》の前に出た。ここからは自分が知った道だと、篁村が進み出る。

「是からは某《それが》し受取たり。十八、九年前、母と共に（中略）此道を通ひたり。何でも大きな桶作りの家ありて、杉丸太が積んである其辺から左りへ下りれば茗荷谷なり」と委《くわ》しく云へど、両氏は又始まつたと云ぬばかりに嘲笑《あざわら》ふ。

もちろん、二十年近くもたてば街なみはすっかり変っていて、「狗犬《ちんころ》も臥《ね》て居ず、西瓜《すいか》の皮も落て居ず」、桶屋もないし杉丸太も積んでいない。まごつく間に太華が道を聞き、三つ目の角を左だと教えられている。これを遠耳に聞いた篁村は、「人の功を奪はんと」さっそく目星をつけた角を曲るが、また間違えて一つ前の坂を下りてしまったのだった。

石径斜《せきけいななめ》なるを上り、門に入れば、鐘楼もありてよき寺なり。翁（馬琴―注）の墓は門より直《すぐ》左りに建り。戒名の隠誉蓑笠居士《いんよさりつ》とあるは、翁が自ら号《つ》けられしにて、文政七、八年ごろよりのものにには此戒名を書れしも多し。

この墓石は現在も深光寺境内に残っている。住職が古い墓の年代を、墓石の形で鑑定してみせるのを聞き、「また墓通といふ通、一《ひとつ》ふゑたり」と感心して帰った。

このように、根岸党の中期も終りに近づいた明治二十四年の晩秋になっても、近郊への散策はやはり行われていた。近在に残る古跡を訪ね、迷ったり失敗したりしながら歩くその姿勢は、顔ぶれこそ違え、明治二十一年ころに盛んに行われていた郊外漫遊から本質的には変っていない。思い立って暇な友人を誘い、ともに出かける自由さも、それが日常的な往来のなかで生れてきたことを物語っているが、こうした催しは参加者が増え、またおたがいの親密さが増すにつれて、一泊二日の旅行へと大規模化していった。「二日旅行」の誕生である。

「二日の旅」

本書の巻頭、序章第一節に示した太華の篁村宛書翰に、「二日旅行之諸旧友」という言葉があったのを覚えているだろうか。この「二日旅行」について、露伴研究の先駆者であった柳田泉は「二日がけ一泊の旅行で、大概毎月一回試みた」と説明していたが。[2] その第一回は明治二十五年の五月七日と八日に行われた。篁村の「二日の旅」には、出立に際しての彼らの姿勢が、次のように記されている。[3]

「不自由がしたや、憂ひ辛い目に出会ふて見たや」と、金を持あぐみ、便利自由に飽果たる殿様、坊ちゃん、若旦那、隠虚、陽虚の六大通。朝靄《あさもや》深き五月七日、根岸なる我古巣（篁村の旧宅―注）に会合し、「いざや昔の旅をせん、憂《う》辛《ひ》い目に出会ん」と、さながら武者修行が山賊妖怪を退治するといふ意気込。

（一）

便利な旅ではつまらないとして、わざわざ不自由を楽しもうとするその姿勢は、明治二十三年春の木曾旅行の時にも表明されていたものであった。もっとも、「金を持あぐみ……」とは言うまでもなく冗談だろうし、「憂ひ辛い目」に閉口して結局は失態をさらすのも、いつものことである。参加した「六大通」とは、執筆者の篁村のほか太華、只好、思軒、得知、それに須藤南翠の六名。南翠は序章でも紹介し、またこれまでにも酒をともにするなどして時おり姿を見せていたが、『改進新聞』に属して政治小説で知られた作家である。春陽堂の文学雑誌、第一次『新小説』（明治二十二年一月創刊）の編集を篁村や思軒、三昧らとともに手がけたころには、すでに彼らとかなり親しくなっていたが、[4]こうした催しに加わって本格的に作品に登場するのはこれがはじめてである。

根岸の篁村別宅には以上の六名が集まったものの、例によってまだ行先が決まっていない。「又始まつたぜ」「極り切て居るぜ」「誰か此中《うち》に一人ぐらゐ、行先を知て居さうなものだ」と文句を言いながら相談した結果、得知の発案で市川の真間《まま》、鴻《こう》の台《だい》（国府台）から八幡《やわた》に抜け、船橋で一泊することに決まった。旅行のはじめに定めた法三章は、次のとおりである。

一　二日の路用、各々金一円を会計係へ差出し、其他決して一銭たりとも隠し持べからざる事
一　時計並に金指輪、すべてめかし飾りかたく禁制。入歯といへども、金は相成らず候事
一　車に乗るべからず。馬、籠《かご》とも無用のこと　（一）

柳田泉が二日旅行について、先の引用に続いて「まず最低額の旅費を定めてこれを一行の選任した会計にあづけ、私費は一切持たずに、極端に不自由倹約な旅行をする」と解説していたのは、おそらくこれを参照したものだろう。無論、半ば冗談のような規則ではあり、破られることもしばしばだったが、十一月に妙義山へ出かけたおりの紀行『草鞋記程』に、「会計の責任は得知、思軒の二大将」とあるから、会計係を選ぶことは以後の旅行でも行われたようである。今回の係は太華と只好に決まった。

根岸を出た一行は、吉原の前の日本堤に上がり、隅田川にかかる橋場《はしば》の渡しへと向った。当時はまだ橋の数が少なかったころで、これは今の白髭《しらひげ》橋のあたりにあった渡し舟である。ところが、舟を下りてからの道を誰も知らない。この呑気さが根岸党らしいところで、いい加減な道を歩いたために、どうやら間違えたらしいと戻る羽目になる。

予（篁村―注）と思軒氏は先へ歩みしゆゑ、斯《こ》う引かへさるゝ時には殿《あと》となりて気が利かず。苦情を並べながら皆々の行く方につけば、今度は全くの畦道《あぜみち》にて、いよ〳〵下駄連難儀なり。「大かた此道も間違ひだから、今度引かへすとき先になるやうに此《ここ》に居やう」と、道の違ひに馴《なれ》て、

横着にも思軒、太華の両氏と予は畦《あぜ》へかゞみて蓮華草の花などむしり（後略）

（二）

後尾になってしまった篁村と思軒、それに太華は、どうせ今度の道も間違いだろうと、先へゆくほかの三人を眺めて蓮華の花を摘んだりしていた。向こうでは得知と只好が老女に道を聞いているが、かえって二人の「怪しげなる修行者と節季候《せきぞろ》」といった格好を不審がる様子である。なかなか要領を得ないので、この分では先も怪しいと見た篁村たちは、さっさともとに戻って畦の泥道を抜け、大道を探すことにした。そこで偶然にも、思軒の車夫がやってきたのに出会い、忘れてきた笠と杖、握飯を受取って、意気揚々と進むのであった。

「ア、能《い》い道だ。気も伸々《のびのび》と能《い》い景色だ。さぞ三人（南翠、只好、得知—注）は田の畔《くろ》で泣いて居やう。それがと云ふに、平生精進が悪いからだ。僕等はまだ天祐《てんのたすけ》がある。此で車夫に逢ふは不思議だ。三人が彼方此方《あっちこっち》、狐に魅《つま》まれたやうに畦《あぜ》に迷つて居る姿が見たい」など噂して来る四木《よつぎ》の川べりの茶店に、はや三人は待て居て、「どうした、狐に化されたのか。今まで何をして居た。さぞ草臥《くたびれ》たらう。マア異《おつ》だから此稲荷ずしをやつて見玉へ。憫然《かわいそう》に空腹《ひだる》さうな顔だ」と反対《あべこべ》に弄《なぶ》られて、無念やる方なけれども（後略）

（三）

道を見つけた三人は、畦道で迷っていた得知らを馬鹿にしてやろうと悠々と歩いていったところ、彼らはすでに四つ木の茶店で休んでおり、逆にからかわれてしまったのであった。

ともかくも稲荷ずしと握飯とで腹の満ちた一行は、思軒の艶談を聞きながら、立石《たていし》から中川べりを曲《まが》り金《かね》の渡しまで歩いた。のちに掘られた分流の新中川が分岐するやや上流、今の京成高砂駅近くにあった渡しである。渡し舟を下りてのどかな川筋の景色を賞し、さて得知が五六人の草刈の娘に道を聞いたところ、「キヤツと叫び、笑ひくづれて堤《どて》を斜に駆上りて逃げ失せたり」。先に道を聞いた老女も怪しんでいたし、よほどおかしな格好をしていたのだろうか。

卑下慢という慢心

ようやく柴又の帝釈天に着き、門前の茶屋で昼飯と決まったが、ここで会計の二人が「テレコ献立」なるものを発明した。

テレコとは芝居道の通言にて、二《ふたつ》の狂言を揉込《もみこみ》に演《す》る事にて、即ち此にて六人の中へ甘煮《うまに》と鍋を三人前づゝしか取らず、それを六人で両方へ箸を入れるにて、是を名づけてテレコ誂《あつら》へといふなりと。苦しい発明もあつたものなり。（四）

各人にそれぞれ甘煮とどじょう鍋とを注文するべきところ、あえて六人に三人前ずつしか取らず、一人分を半人前として節約したのである。このテレコ献立で酒を飲み、一杯機嫌になった彼らは、江戸川にかかる矢切の渡しを渡った。見れば、近くに川に臨んで瀟洒な庭園を持つ料理屋がある。船頭に「よき家かな、料理屋と見えるに此は何と云ふ」と聞くと、「一行をヅラリと見て、『君たちこれを知らないの』と、左《さ》も軽蔑したる調子にて答へたり」。

求めて不自由が仕て見たいといふ連中なれば、今斯《か》く渡守に安がられて一同嬉しさたまらず、「ア、知らないよ」と例《いつも》よりまた間伸《まのび》に云へば、船頭得意になり、「是れは川甚《かわじん》と云て立派な料理屋サ。東京の巧者《こうしゃ》な人は皆此へ来る」と教へ顔（後略）　（五）

川甚は江戸時代から川魚料理で有名な料亭で、矢切の渡し舟とともに現在も営業を続けている。船頭からわざと馬鹿にされた彼らは、帝釈天門前の茶店でも、「貴君方《あなたがた》は東京で入《いら》ッしやいますか」という女房の問いに「イヤ埼玉県だ」と答え、田舎者と見られて嬉しがっていた。篁村は「よく思へば卑下慢といふ一種の漫心《ママ》、悟つた顔が迷《まよひ》の頂上なるべし」と書いているが、これもまた変ったふるまいをして普段と違った面白さを楽しむ、根岸党の遊びかたの一つであろう。うまくいった行程よりも、むしろ失敗や辛苦にこそ興趣を見出す彼らの姿勢は、さらなる面白さを求めて奇をてらうあまり、ついにわざと馬鹿にされて失敗してみせるまでにいたったのであった。

江戸川べりはのどかな田園風景で、水を満々と湛えた水田や川に浮ぶ帆掛船が美しいが、何しろ朝から歩きどおしのところに酒が入ったので、みな疲れはて、国府台へ上る坂道では「草臥《くたびれ》たること十里も走りしが如く」であった。ようやく国府台城址近くの総寧寺《そうねいじ》に着き、本堂の板の間に寝転がって一息つく。やがて道を南にとって真間の弘法寺《ぐほうじ》を抜け、手児奈《てこな》の霊堂に詣でた。真間の手児奈は「万葉集」などに登場する有名な乙女だが、その伝説を篁村は「今より千五百年ほどまへ、此に凄い美しい娘がありて、男に彼是《かれこれ》云れるがうるさしとて、入江に身を投げて死したり」と簡単にまとめている。

市川から八幡にかかるころにはもはや疲れが甚だしく、ことに思軒は「左《ひだ》り右《みぎ》り絢《よ》れるやうにヨボ〳〵たれば、是をテレコ足と嘲《あざ》めども、弁駁もなし得ず」という有様であった。南翠が「サア、梨を買て上げるからよくお歩きよ」と、「犯則の私銭《わたくしぜに》」で買った梨でややのどを潤したところに、天心が馬を馳せて追いついてきた。

向ふより馬煙を立《たて》て御馬の御前（天心―注）、一行の跡を追ふて参られたり。是に気を得て一行の足も軽く、また無用の旅具は其馬につけて江戸へかへしたれば、身軽一層身軽となり、八幡神社にぬかづき、八幡不知森《やわたしらずのもり》にかゝれば、榎を纏《まと》ふて藤の花盛りにて目を悦ばせぬ。（五）

天心は若草という愛馬を飼っており、息子の岡倉一雄は「よく郊外に騎乗を試みたことがあった」と回想している。[5] ここからは彼を加えて七人となったが、神隠しの伝説で知られる八幡の藪知らずを見ているうちに、得知と思軒が見えなくなった。

「オヤ〳〵、藪の中へでも迷ひ込みはせぬか」と見めぐらせば、遥かおくれて人力車を掛合中なり。「ソラ、とう〳〵降参した」と笑ふうち、「失敬御免、宿へお先触《さきぶれ》にまゐります」と合乗《あひのり》にて駆過ぎたり。「弱虫々々」と叫べど、聞ぬ顔も憎し。（五）

ついに二人が、これも反則の人力車に乗り、先へ行ってしまった。もうこうなったら規則を守るのも無駄だと、蕎麦屋に入って蕎麦とうどんを「テレコにした、め」、「ドウセ抜駆をされたからには、思ふさま両人《ふたり》に待たせてやらん」と中山の法華経寺へも参拝し、ようやく船橋の佐渡屋に入ったのは夜八時ごろであった。翌日は天心の懐中をあてに行徳《ぎょうとく》で酒を飲み、船で山谷堀まで行って、根岸の鶯春亭に着いたところで紀行は終っている。船を使った二日めはともかく、初日の彼らの行程はざっと三十キロ弱、実によく歩いたものである。

根岸党後期

東京の東の郊外に出かけ、柴又の帝釈天や手児奈霊堂、八幡の藪知らずなどをめぐったこの催しが、近郊漫遊とおなじ性格を持つことは一見して明らかである。しかしながら、そこに七人というかつてない人数が参加し、行程も一泊二日で行われたところに、この時期の遊びの特徴があらわれている。すなわち、文人中心にメンバーがまとまりつつあった中期よりもさらに顔ぶれが増えた結果、これまでにも見られたような、旅行中のいくつかのグループへの分散がより活発に行われ、さらには以前なら日帰りとされたであろう日程も、宿泊をともなうように長期化するなど、全体的に遊びの規模が大きくなったことである。こうした遊びが行われるようになった明治二十五年から翌二十六年にかけてを、根岸党の後期と見ておこう。

根岸党に関する後年の回想や研究には、この後期に関するものが圧倒的に多い。太華も本書の巻頭に示した篁村宛書翰で、「根岸党」ではなく「二日旅行之諸旧友」という表現を用いていたが、その意味ではこのころこそが、根岸党を代表する時期だったと言ってよいだろう。実際、二日旅行はこれ以降、月例のように行われており、前期や中期にくらべて旅に出る頻度も際立っている。とはいえ、この節のはじめに述べたように、そうした旅だけが彼らの集まる場だったのではない。今回は参加しなかった露伴や三昧らも含め、十人前後にもなる集団が、特に規則も設けず自発的にこれだけの活動を続けていった背景には、相当に親密な日々の交際がうかがわれ、それこそが作品に描かれることのない根岸党の本態にほかならないのである。幸い、この明治二十五年のはじめころについては、彼らの日常を詳しく物語った資料がいくつか残っているので、ここでそれらを紹介しておこう。

二、党員たちの日常 ―「雅俗日記」―

無言応酬

篁村が後年、天心との交友についてこんな回想を残している。[6]

根岸党にて詰言葉がはやつた。（中略）誰やらの発明で、森田思軒君はモタシケク、饗庭篁村はアバコソと云ふ様に通用させて居た。トコロが此に謀反人が現はれて、（福地復一さんで、）此人は一種気概のある面白い人で、『岡倉さん』と呼ぶべきを、『おかぐらさん』と聞える様に、妙に呼んで弱らして居たが、我々の詰歌党の称呼にも反旗をひるがへして、思軒君を『タゴ、ロのクルマボシ先生』といふ様に持つて廻つて、（鶯春亭はウグヒスのハルのヤドリ、）皆の気を焦せて居た。

福地復一は前章でも出てきたが、当時は天心のもとで東京美術学校図案科の教授をしていた美術史家である。のちに明治三十一年、校長だった天心の排斥を画策し、怒った天心が腹心の教授陣とともに一斉に辞任した、いわゆる美術学校騒動を引き起すが、やはり反抗心の旺盛な性格だったのだろうか。篁村たちの詰言葉に対し、福地がわざと名を引きのばした呼びかたでからかうので、ついに天心がこんなことを言出した。

岡倉君論じて曰く、「畢竟《ひつきよう》言語といふものを用ふるから、長短論も起るのだ。（中略）無言にて意味の通ずる様にすべし」といふので、君と僕とは直に無言応酬の稽古に取か丶つた。岡倉の奥さんも直に無言世界に入つて、すべてが顔色と目付で分かる様になつた。（中略）飲で居る所へ川崎千虎翁が来たので、直に此の無言式を用ひて応対すると、さすがは千虎君、それと悟つて、互に腮《あご》をうごかすだけで、すべてが弁じた（後略）

言葉を用いなければ、長いも短いもないだろうというわけである。偶然やってきた川崎千虎もすぐにこの無言遊びへ加わるあたり、彼らの親しいつきあいがうかがわれるが、この話にはまだ続きがある。今度は「他流仕合」を試そうと、天心、千虎と三人で箱根塔ノ沢の環翠楼《かんすいろう》へと旅立った。すなわち明治二十三年春、木曾旅行の最中に散り散りになった一行が最後に集合した、元湯の鈴木である。

すべて無言で、腮《あご》つきだけで命じると、女中達も心得たりと気を揃へて、調子よく何でも弁じたので、三人大満足。翌朝も酒を命じ、さて僕が「松魚《かつお》の塩辛を橋向ふの箱根細工屋から持て来て呉れろ」と、顔色で命じると、女中は黙つてうなづいて立つたが、やがて洋杖《ステッキ》を一抱へ持て来たには、三人とも禁を破つて絶倒して仕舞つた。

何しろいきつけの宿だから、女中たちも調子をあわせてくれたまではよかったが、鰹の塩辛を命じてステッキが出てきたのには大笑いであった。

天心、漆にかぶれる

さて、そのステッキを見た千虎がやおら、「此の洋杖のうちにカチムチといふ木あり」と言出した。カチムチ（勝鞭）とは何のことだかよくわからないが、天心がこれを根岸党のステッキにしようと言うので、三人はともかくそれを選び出し、買って帰って漆をかけた。ところが天心が漆でかぶれてしまい、「四五日臥られたので、無言修行も箱根紀行もすべてお流れ」。彼らの奇妙な企ては、またしてもみな失敗に終ったのであった。
　ところが、これにはさらに裏話がある。そのころ美術学校の学生だった陶芸家の板谷波山がのちに語ったところによれば、天心がひどくかぶれたのは鞭に漆を塗ったせいではないらしい。彼らはそう信じ込んでいたものの、実は美術学校に参観に来た外国人が傲慢だったので、悪戯しようとした学生が漆を焼いたところ、運悪く天心の顔がかぶれてしまったのが真相だというのである。ちなみに、この鞭は「後三年合戦絵巻にあるような鞭」だったとのこと。[7]
　篁村、波山ともにこの逸話の年代を明らかにしていないが、序章でも紹介した慶應義塾図書館蔵の太華の日記、「雅俗日記」明治二十五年三月二日の条に、「岡倉氏を訪ふに、昨夜より漆にかぶれたりとて、目も当られぬ顔して在り」とある。断定はできないが、顔がかぶれていたという点が波山の回想と符合しており、場所が場所だけに、この時のことと考えてよいのではないか。
　この「雅俗日記」は、明治二十五年の一月から三月まで三ヶ月間の日録であり、友人たちとの交際の状況が詳細に記録されている。もちろん、根岸党の人々との往来は群を抜いて多く、おたがいの家を毎日のようにゆききしていたことが見て取れる。その概略は塩谷賛が『露伴と遊び』のなかで紹介しているが、[8]出来事のおおまかな内容を簡単にまとめたにすぎず、また重要な記載もしばしば抜け落ちている。そこで、日記中から興味深い記事をいくつか拾い出し、ここに紹介してみよう。[9]

太華と露伴

（一月—注）七日　図書館に行く。幸田氏の弟に逢ふ。露伴君既に帰れりと聞き、帰途訪ふ。程なく森鷗外君来る。与《とも》に酌む。此日、美術学校にて開校式とて大杯を傾くを見て、恐れて帰り来るなりと鷗外氏曰ふ。

露伴は前年の暮れに、得知や太華と旅に出る約束をしていたが、二人の都合が悪くなったので、三十日から一人で相州の三崎に出かけていた。翌日の大晦日には鷗外、賀古鶴所、井上通泰がやってきて、四人で新年を迎え、帰京したのは一月三日である。[10]この日、太華は上野にあった東京図書館で、露伴の弟の成友《しげとも》から彼の帰京を聞き、谷中の家を訪ねたのであった。そこへやってきた鷗外が、美術学校の開校式で使っている盃があまりにも大きく、逃出してきたと話したのは、岡倉一雄が「当時の東京美術学校では、新春の祝日に一升入りの、冷酒の大杯を飲み廻はす行事が行はれてゐた」と伝えている催しのことだろう。[11]

太華と露伴は明治二十三年に二人で西国を旅して以来、根岸党のなかでも特に親しい間柄だった。この日記中にも露伴の名は最も多く、両者の親密さを物語っている。かくして露伴の家で鷗外とともに飲んだ翌々日、今度は露伴が太華の家にやってきて、話が盛上がってついに泊り込むにいたった。

九日　（中略）夜八時頃、寝に就く。時に露伴子来る。話漸《ようや》く佳境に入りて、遂に酒を尋ね出し、自らあた丶めて与《とも》に酌む。（中略）鶏鳴三唱、与に枕に就けば、一睡せざるに早夜明く。奇寒殊に甚だし。

翌朝起きた二人は、銭湯で湯を浴びたあと浅草に出かけ、この日は亀戸まで足をのばして遊んでいる。

十日（中略）七時、起きて直に飛出し、根岸の湯に浴し、それより浅草に到りおみくじを抜く。予、凶を得たり。金田に朝餐をしくじり、むさきしやも屋、広小路の大金に飢を凌ぎ、吾妻橋の側にて一瓶の正宗を買ひ、亀井戸に至る。露伴、巫にはじかれ、太華、鷺に魂を失ふなどをかしき事ありて、橋本に酌み、大悦喜の極、夜に入りて帰る。委《くわ》しくは露伴の記行、別に在り。

金田、大金はともに浅草にあった鳥料理屋。橋本は本所柳島の妙見山法性寺《みょうけんさんほっしょうじ》、俗称妙見さまの門前にあった料亭で、いずれも名の通った店である。酒を買ってたずさえ、飲みながら歩くのは、根岸党ではよく行われたことだった。この日もいろいろと面白い出来事があったようだが、露伴が書いたとされる紀行は、残念ながら現在のところ確認されていない。

一月の下旬には、二人で幸堂得知の一中節を聴きにいったこともあった。二十九日のことである。

午后一時より、新坂下いかほの裏、宇治紫式《ママ》といへる老婦人の宅に幸堂に会し、一中節を聞く。

上品なるものに感服す。幸堂、中々旨し。露伴、「これより始めん」と言出し、予を強いて勧む。果して始むるや否や。

伊香保はすでに何度も出てきたが、今の山手線鶯谷駅近くにあった料亭である。得知の一中節を聴いて自分もやってみたくなった露伴は、太華が乗ってこないので妹の幸《こう》を誘ったらしい。彼女は後年、次のように回想している。

幸堂得知から一中節への興味をそそられた露伴兄は、自分が習ひたいのだが何となくてれくさいのか、あるひは臆劫《おっくう》なのか、まづ妹の私に習はせ、私を通じて習ふといふ方法をとつた。（中略）私は根岸の宇治紫喜部《ママ》の家へ、一中節を習ひにかよつた。[12]

彼女はのちにヴァイオリニストとして名を挙げるが、当時は東京音楽学校の学生で、学校のあった上野に近い谷中の露伴の家に同居していたのである。「一年半ぐらゐ」師匠のもとに通って稽古した幸は、露伴とその下の兄である成友に習った一中節を教えた。もっとも、「露伴兄は稽古にも必ずしも熱心でなかつた」とのことだから、得知のような上達はみなかったようである。

はなし会

一月二十四日には、得知の親戚が経営していた上野広小路の豆腐料亭、忍川に根岸党の文人たちが集まって、「はなし会」を催している。これは同月二十日、太華が関根只好とともに得知の家を訪れたおりに持上がった企画であった。

二十四日　此日、はなし会の予定日なれば、此由を通ぜん為、宮崎三昧を訪ふ。其令閨《れいけい》に始めて逢ふ。思ひしよりは美ならず。三昧と更に思軒を訪ひ、会の事を語る。思軒、酒肴を出して侑《すす》む。飲を欲せず、三杯にして辞し、岡倉氏を訪ふ。不在。川崎千虎翁を訪ふ。竹斎物語の絵を摸写せんことを托する為なり。午後、露伴を訪ふ。遅塚麗水《ちづかれいすい》在り。与《とも》に家を出て忍川に至れば、人未《いまだ》来らず。（中略）又行けば、関根、幸堂在り。暫《しばら》くして南翠、思軒、三昧来る。酒間、幸堂「八笑人《はっしょうじん》」を読む。関根、黙阿弥《もくあみ》作の長兵衛風呂場の正本を本読みす。会の始めより、痴談呆語を戦はして散ず。

三昧の再婚は十一月のことだったが、太華はこの日はじめて新妻に会ったようである。彼が声をかけてまわった結果、集まったのは太華と露伴、只好、得知、南翠、思軒、三昧の七名。天心は不在で、千虎はどうやら顔を見せなかったらしい。露伴の家にいた彼の旧友の麗水が、この会にも参加したのかどうかはわからない。

会の席上では、得知が滝亭鯉丈《りゅうていりじょう》の滑稽本「花暦八笑人《はなごよみ》」を、只好が河竹《かわたけ》黙阿弥の世話物狂言「極付幡随長兵衛《きわめつきばんずいちょうべえ》」第三幕、湯殿殺しの場を朗読しているが、基本的にはその名のとおり、友人たちが話すだけの場だったようである。いかに往来が盛んだったとはいえ、これほどメンバーが増えては一堂に会するのはなかなか難しかっただろうから、一つの機会として開かれたものだろう。五月以降に行われた二日旅行も、同様の趣旨だったのかもしれない。そこには、後期の根岸党が、日夜往来を重ねつつもなお、こうした会を必要とするほどに大規模化し、それと同時に、これまでのような様々な人士が出入する境界線の曖昧なサークルではなく、固定的なメンバーを有する明確な集団の形を取りはじめたことが見て取れる。

石橋忍月と檜崎海運

「雅俗日記」にはまた、党の周辺にいた人物との交友も詳細に記されている。たとえば、しばしば根岸党の遊びに加わった、評論家の石橋忍月である。彼は前年の明治二十四年一月二十四日、三昧、露伴、得知とともに向島を散策したおりの模様を、滑稽な筆調で描いていたし[13]、また篁村とはおなじころ「観劇には常に同伴すべき」という約束を結び、実際二月十九日には市村座に、三月七日には寿座に同行していた[14]。もっとも、同年四月に箱根塔ノ沢に滞在していた露伴は、太華も来るよう誘った手紙に「忍月の御前、其他俗輩には御知らせなきやう奉願上候《ねがいあげたてまつりそうろう》」と記しているから[15]、かならずしもほかのメンバーほど親密な関係ではなかったらしいが、それでも「雅俗日記」にはこんな逸話が記されている。

（三月―注）廿五日　朝、幸田氏を訪ふに、座に忍月、富岡永洗《えいせん》二人あり。忍月、露伴に易を托す。伴、断じて凶とす。（後略）

廿六日　（中略）鷗外を訪はんとて幸田を誘ふに、忍月及び残花《ざんか》（戸川残花か―注）などの来客あり。忍月曰く、「昨日婚せり。西園寺公成《きんなる》の女なり。伯父、岩谷松平の媒介なり」と。

三月二十五日、太華が露伴の家を訪れたところ、易をたしなんでいた彼に忍月が占ってもらっていて、凶と判じられた。太華と露伴はそれから二人で出かけ、この日は吉原に泊って翌日の午後に帰宅。すぐさま鷗外の家にゆこうと、またも露伴を誘いにゆくと、昨日とおなじく忍月がいて、結婚したことを報告したというのである。凶とされた忍月も、占った露伴も、あまりよい心持ちではなかっただろう。そのせいでもあるまいが、この結婚はわずか半年足らずで破鏡の憂き目を見ることになる。[16]

ちなみに、ここで忍月とともに露伴の家に来ていた富岡永洗も、根岸党の文人たちと浅からぬつきあいがあった人物である。彼は小林永濯《えいたく》に学んだ浮世絵師で、『都新聞』や『文藝倶楽部』、あるいは単行本などに描いた口絵や挿絵で人気を博した。このころの本では、露伴の児童文学『宝の蔵』（学齢館、明治二十五年七月）や、太華のはじめての単行本『河村瑞賢』（博文館、同年十一月）の口絵も描いている。明治二十五年の秋からは、根岸党の旅行にも加わって作品に挿絵を添えているが、それについては後に詳しく記そう。後年は東京美術学校長の職を辞した岡倉天心の日本美術院結成に際し、賛助会員として加わったが、明治三十八年に歿した。

「雅俗日記」の登場人物では、紙商にして蔵書家だった楢崎海運もまた、根岸党と関わりの深かった人物である。海運は序章で紹介した明治二十六年春の鎌倉旅行や、第一章で詳述した露伴たちの珍書会、如蘭会にも参加していたが、日本橋阪本町の海運橋のたもとに店を構え、近世の俗文芸を中心に厖大な蔵書を蓄えていた。篁村や得知とは明治十年代からつきあいがあったし、またこのころには太華ともかなり親しくなっていたらしく、一月十九日と二月二十二日の条に海運の家で書画を見せてもらう記述がある。

（一月―注）十九日（中略）三時、海運橋の楢崎氏を訪ふ。篁邨既に在り、写楽の役者似顔絵、其他狂句の摺物《すりもの》等、珍らしきもの数十種を見る。（後略）
（二月―注）二十二日　午后一時より海運橋楢崎氏に至る。（中略）書画珍本を見ること甚だ多し。中にも北斎画下の唐美人は、筆の遒勁《しゆうけい》にして精神の十分なるには、実に驚く。余、今日まで北斎筆を見たるも多かれども、かくの如きものを見ず。

一月十九日は三時に着き、夜には千駄木の鷗外宅で露伴らと酒を飲んでいるから、それほど長いこといたわけではなかっただろうが、それでも篁村とともに目にした書画は数十点におよんだ。二月二十二日は「甚だ多し」とあるから、それ以上の数を見せてもらったらしく、しかも葛飾北斎の絵にはかなりの感動を覚えたようである。この日見たなかには、ほかに幕末の鬼才、河鍋暁斎《かわなべきょうさい》の絵もあった。

暁斎画の張交《はりまぜ》屏風、方二寸ばかりの金地に狂画なり。これは昔、榛原《はいばら》にて売りしものなりとぞ。

そを集めて張りしなり。其下に尺方ばかりの金地に、画工の筆を持ちて上をながむる様あり。これ丈《だけ》はあつらひて書かせたるなりとぞ。其裏には暁斎の画日記なり。日記を悉《ことごと》く画にて記せしよしは幸堂にも聞きしが、実物は今始めて見たり。面白きものなれども、何だか更に読めず。これも多く持ちしを、大概人に分ちて残らずと云々。

暁斎の絵日記は有名で、現在では東京藝術大学附属図書館や河鍋暁斎記念美術館など、いくつかの機関や個人の所蔵となっているが、この時太華が見た部分は日づけがわからないため、伝存状況を確認することはできない。こうした書画の披露や貸借によって、海運は根岸党の文人たちときわめて親密なつきあいを持ち、「さきがけ」の鎌倉旅行以外にも何度か二日旅行に参加したのである。

久保田米僊

「雅俗日記」に出てくる人物のうち、もう一人見逃してならないのは、これも鎌倉旅行に加わっていた日本画家の久保田米僊《べいせん》である。彼は京都の出身だが、徳富蘇峰が明治二十三年二月に創刊した『国民新聞』の絵画主任に招聘され、同年一月に上京してきた。[17]草廻舎錦隣子《くさのやきんりんし》の号を持つ俳人でもあり、同紙に「今市汽車行」（明治二十三年六月五日〜六日）、「登飛《とび》ある記《き》」（明治二十四年九月十日〜十月二十日、未完）などの紀行文や随筆も発表している。「雅俗日記」中では、二月二十三日に忍川で開かれた深野座初春狂言の合評会ではじめて登場するが、そのほか太華、三昧、思軒、南翠、只好、得知、篁村という根岸党の顔ぶれが集まったこの合評会の背景を知るためには、まずは彼らと歌舞伎との関わりについて振返っておく必要がある。

三、根岸党と歌舞伎

演劇改良運動

根岸党の文人たちの多くは、また一流の劇評家でもあった。後年、連作時代小説「半七捕物帳」で有名になった劇評家の岡本綺堂《きどう》は、明治二十年代の劇評界について次のように語っている。

その当時、新聞の劇評家として最も権威を有してゐたのは、かの採菊《さいぎく》老人（條野《じょうの》採菊―注）、須藤南翠、饗庭竹《たけ》の舎《や》、森田思軒の人々で、（中略）須藤南翠が『大阪朝日新聞』に移ってから、関根黙庵（只好の別号―注）がこれに代り、森田思軒が『万朝報《よろずちょうほう》』に移ってから、杉贋阿彌《すぎがんあみ》がこれに代つた。[18]

ここに挙げられている根岸党の文人は南翠、篁村、思軒、只好の四人だが、ほかに得知も「お若い頃からの好劇家、殊に根生《ねおい》の江戸ツ子、他の劇通の及ぶ処ではございません」という評される大家だったし、[19]三昧もまたしばしば劇評の筆を執っている。すでに第一章において、明治二十二年から二十三年ころの「緞帳巡り」や、得知と只好との合評については紹介したが、それは観劇という共通の趣味から生れた企画であった。根岸党の人々がかくまで親しくなった背景を、歌舞伎の存在抜きに考えることはできないのである。

彼ら一人一人が歌舞伎に親しんだ経緯はともかくとして、根岸党に関わる出来事としては明治二十一年七月、演劇や講談、落語など様々な演芸の改良をめざして発会した日本演藝矯風会に、天心、篁村、思軒が会員として名を連ねていたことが挙げられる。これは、事物万般の改良が叫ばれた明治中期の風潮のなかで、演劇や演芸も旧態を脱し、新時代にふさわしく改革すべきだとして設立されたものだったが、しかし「基礎が弱く、妥協的な点が濃く」、「これといふ仕事も残さずにしまつた」という結果に終る。[20]そこで翌二十二年八月、天心や思軒らが中心になってこれを改組し、日本演藝協会を発足させた。多数のメンバーを擁したこの会に、天心と思軒は理事として、また篁村、鷗外、南翠は文芸委員として加わり、さらに二十四年の十月には改良演劇の一つとして、宮崎三昧の史劇「泉三郎」が川崎千虎の道具監督のもと、中村座にて上演されている。

この日本演藝協会も結局のところ、「焦眉の問題であった新脚本の制作が思ふやうにゆかず」、目立った成果を挙げることはできなかったのだが、ここでその成否はさして問題ではない。重要なのは、彼らが観劇を単に趣味として楽しむだけでなく、こうした活動に加わって席をおなじくしていたことである。もちろん、天心と篁村は「根岸の三三」を名乗って遊んだ明治十年代から、すでにかなり親しくなっていたはずだし、逆に思軒が本格的に根岸党の遊びに加わるのは明治二十三年の夏ころ、南翠は二十四年から二十五年にかけてのころであるから、これらの会と根岸党とが直接結びつくわけではない。しかしながら、彼らが共通の趣味を持ち、おなじ運動にもたずさわっていたことは、根岸党における親密な交遊にも少なからず寄与したと考えてよいだろう。

彼らがしばしば誘いあって観劇に出かけていたことは、たとえば次のような文章からもうかがわれる。


慈悲を以て体とされる朧《おぼろ》尊者、思軒菩薩、幸堂如来（普賢菩薩、法幢《ママ》如来の化身なり）、此に来迎あるにつき、竹の屋（篁村―注）も紫雲の片隅へ乗りてこれ（三《み》升会《ますかい》の慈善演劇―注）を見物せり。

例の我《わが》根岸党、打連立て大雨を侵し、出掛たるは去る十八日。（中略）例に任せて、我根岸党が遠慮なしの素人評を掲げん。

同観の茶六翁（千虎―注）曰く、「いかに戦国の時とて、子供の稽古に本物の鎗は危かるべし。是は牡丹鎗然るべし」と。此評、大きに御同意なり。[21]

それぞれ明治二十三年七月、同年十一月、二十四年六月に書かれた劇評の一節である。文中に見える「朧尊者」とは、春廼舎朧《はるのやおぼろ》の別号を持つ坪内逍遙のこと。彼らがともに観劇する機会は、ほかにもかなり頻繁だったと推測されるが、しかし劇評に彼ら自身の姿が出てくることはほとんどないため、その実情を明らかにするのは難しい。ただ少なくとも、彼らにとって観劇は旅と並ぶ主要な遊びの一つであり、根岸党が形成されるうえで大きな役割をはたしていたことは疑いないのである。

米僊と根岸党との接点

そしてまた、久保田米僊と根岸党の文人たちとの接点も、やはり歌舞伎にあった。明治二十三年新春、京都祇園館（祇園座）において九世市川団十郎が主演をつとめた「一谷嫩軍記《いちのたにふたばぐんき》」に関する米僊の劇評中に、次のような記述がある。

客年臘月《ろうげつ》（明治二十二年十二月―注）、高時が愛犬の手もほしき頃、旧友関根只好子、何の故やら来京せられ、（中略）演劇談に及び、是も亦腰をぬかしての長咄し。厨房《かって》に箒のさか立も知らぬうち、一夜明て芽出度《めでたく》新年早々、音に成田屋の乗込。（中略）そこを只好子には大すまし、東麻呂《あずままろ》の墳墓《ママ》を稲荷にたづね、双岡《ならびがおか》は兼好の住居《すまい》の跡、長明の昔しはかくやなど、、車に乗らず歩徒はだし、諸方遊歴に日を送る、に、倶《とも》に一見と約せしにもどかしく、（後略）[22]

米僊の上京は明治二十三年一月十五日のことだったから、その直前の逸話である。来京した只好とともに、年明け早々はじまった団十郎の京都公演を観にゆこうとしたものの、彼は伏見稲荷近くにある荷田春満《かだのあずままろ》の墓や、吉田兼好が住んだとされる御室《おむろ》の双岡などを呑気に見物をしていたというのである。米僊は結局、この観劇のために上京を数日延期したのだが、文中で只好が「旧友」とされているのが目にとまる。これより前の明治二十年から二十一年のころ、只好や織田純一郎らの主導で大阪の戎座《えびすざ》が浪花座と改称され、改良演劇が上演されたおり、舞台装置や衣装道具などの考証を担当したのが米僊であったから[23]、そうした機会に親しくなったものだろう。

さらに、米僊は上京して早速、二月二日に行われた日本演藝協会の懇親会に出席している。同席した坪内逍遙によれば、この会には鷗外も来ており、篁村、南翠、天心も参加の予定であった。[24]三人が実際にこの懇親会に顔を出し、米僊と会ったのかどうかはわからないが、日本演藝協会ではほかにも、会員同士で観劇に出かけるようなこともあった。[25]また、たとえば米僊が明治二十四年二月に横浜の蔦座に出かけたおり、『国民新聞』の同僚だった得知が先に来ているのに出会うなど、[26]歌舞伎を介した数々の接点を通じて、徐々に親しみを増していったものと考えられる。このように考えてみれば、明治二十五年二月二十三日、忍川で催された深野座初春狂言の合評会に米僊の名が見えることは不思議ではない。

根岸党の合評会

太華の「雅俗日記」には、合評会当日のことが次のように記されている。

（二月―注）廿三日（中略）午后一時より忍川にて戯曲会催すよしの手紙、幸堂、三昧、二人より来るに付き、行く。会するもの、三昧、思軒、南翠、劇童（只好の別号―注）、幸堂、篁村、米僊等なり。深野座の演戯《ママ》を一人づゝ、評する会なりしが、概ねつまらぬ事ばかり語り合ふに過ぎざりき。

この時の合評は「深野座初春狂言評判記」と題して『東京朝日新聞』に掲載されたが、[27]「雅俗日記」「評判記」ともに、こうした会が行われるにいたった経緯を明らかにしてはいない。だが幸いなことに、只好が後年になってかなり詳しい回想を残しており、いささかの記憶違いはあるものの、ある程度の概略は知ることができる。[28] それによれば、そもそもの発端は思軒が多くの劇評家たちに対し、劇場側の招待と饗応を受けつつ評を書いていると憤ったことにあり、私費で観劇してなるべく「公平なる衆議評」を書こうという彼の提案が実行に移されたのであった。その席上の様子を、只好は次のように語っている。

衆議評の席上では、いつも自分（只好―注）が頭取の役に当つて、（中略）直ちに口を切つて論議するのは、多くの場合、必ず思軒居士が第一であつた。（中略）㤽《こ》ういふ際に抽《ぬきん》で、、いつも必ず思軒居士の説に反対する戦士は南翠君で、（中略）しかし、南翠君の思軒居士に対する駁論《ばくろん》は、強ひて駁せんが為に駁するかと思はれるくらゐ、頗《すこぶ》る変通な、無理附会《こじつけ》な議論が多かつたから、（中略）衆議評はそつち退けの、南翠君いぢめに畢《おわ》るやうな際も間々あつた（後略）

長い文章なので引用が断片的になってしまったが、人を圧する才気にあふれた思軒と、いささか見識ばるところのあった南翠の性格がよくわかる。

この第一回に続いて、翌三月には歌舞伎座の三月狂言についての合評会が行われた。観劇が行われたのは二十八日のことで、「雅俗日記」には次のようにある。

（三月―注）廿八日　歌舞伎座に行く。同じく集るもの九人、幸堂、篁村、三昧、思軒、米仙《ママ》、只好、南翠、岡野某、及余なり。求塚《もとめづか》とて、女楠《おんなくすのき》を福地《ふくち》の書き更《あらため》たる拙作なり。又毛剃《けぞり》、鷺娘《さぎむすめ》なり。毛剃及鷺娘、感ずるに余りあり。求塚見るに足らず。会費、壱円五十銭なり。

文中、福地とは演劇改良に尽力した劇作家で新聞記者の福地桜痴《おうち》、同行した岡野某とは、このあと劇評家として名をあげる岡野碩《せき》であろう。この日の演目は、近松門左衛門の「吉野都女楠《よしののみやこおんなくすのき》」を桜痴が改作した「求女塚身替新田《もとめづかみがわりにつた》」と、中幕がおなじく桜痴の「女楠」、二番目はこれも近松の「博多小女郎浪枕《はかたこじょろうなみまくら》」、それに浄瑠璃「鴉舞《からすまい》」と所作事「鷺娘」であった。太華の日記はその翌日の二十九日で終っているが、合評会が開かれたのは三十日で、参加したのは只好、思軒、南翠、太華、米僊、三昧の六名。今度は新聞掲載ではなく、単行本『評判記』として五月に歌舞伎新報社から発行され、春陽堂が販売を引受けている。

『評判記』の発行元となった歌舞伎新報社は、ちょうどこのころ雑誌『歌舞伎新報』の改革に着手していた。明治十二年に創刊されたこの雑誌は、脚本や筋書、演劇関係の雑報などを掲載する愛好家むけの専門誌だったが、やはり演劇改良の気運を受け、日本演藝協会と連携して二十五年一月に改革が実行された。その際、編集を任されたのが三昧と得知、鷗外の弟で劇評家の三木竹二、それに岡野碩の四名で、特別寄書家には天心、篁村、思軒、鷗外、南翠といった顔ぶれが見え、[29]五月からはこれに只好や太華も加わっている。すなわち、この改革には根岸党の人々がかなり深く関わっていたのであり、この合評もそうしたつながりから単行本化されることになったのだろう。

談洲楼燕枝

ところが、只好によればこの本の売行きはあまり芳しくなかったらしく、第三回の横浜港座についての合評は『歌舞伎新報』に掲載されることとなった。[30] 観劇に出かけたのは五月二十七日で、この経緯も只好の回想に詳しい。

或時横浜の港座へ出興業をしてゐる守田勘彌《かんや》氏から、『是非今度の佐倉宗吾《さくらそうご》を衆議評に上せて頂きたい』といふ懇請で、（中略）別段異議を唱ふべきものでも無いから、自分等同志は、今迄の慣例通り、此方の申合せにさへ牴触《ていしょく》しないならばと答へて、茲《ここ》に横浜行といふことになつたのである。／一行は思軒、三昧、南翠、得知、米僊の諸君に、自分と及び燕枝《えんし》の猿丸太夫であつた。

守田勘彌は江戸三座の一つ、守田座の座元が代々襲名してきた名跡である。守田座は明治初期、浅草猿若町から新富町に移転して新富座と名を改めていたが、その指揮をとって同座を繁栄に導いたのが、名興行師として知られる十二代目の守田勘彌であった。この時根岸党の人々を横浜住吉町の港座に招いたのも彼で、一行は例によって接待を受けないという条件で出かけていった。演目の「佐倉宗吾」とは、江戸前期に佐倉藩の苛政を将軍に直訴し、磔刑にされた義民を題材とする三世瀬川如皐《じょこう》の狂言「東山桜荘子《ひがしやまさくらそうし》」の改作、「佐倉義民美名誉《さくらぎみんびめいのほまれ》」のことである。

同行者のなかに「燕枝の猿丸太夫」とあるのは、三遊亭円朝《さんゆうていえんちょう》と人気を二分していた落語家、初代談洲楼燕枝《だんしゅうろうえんし》のことである。仮名垣魯文《かながきろぶん》の弟子であら垣痴文と号する文筆家でもあった彼は、根岸党の文人たちと親しく、彼らの作品や翻訳家であった思軒の紹介する西洋小説から新作落語の素材を得ていた。三木竹二は、燕枝が明治二十六年十二月に神田三崎座で曲亭馬琴の「化競丑満鐘《ばけくらべうしみつのかね》」を噺したおり、思軒、篁村、露伴、太華、米僊、得知、只好と岡野碩（紫水）の連名で、米僊の描いた百鬼夜行の引幕が贈られたことを伝えている。[31]

ただし、只好の回想に、燕枝が「『猿丸太夫』の別号」を用いたとあるのは誤りで、この名はいずれの合評にも用いられていない。「港座評判記」の署名は只好、思軒、南翠と「鹿山人」「立川猿馬」となっており、また得知が単独で執筆した劇評「横浜湊座観劇並《ならびに》道の記」には、「思軒、南翠、只好、猿馬の四氏に予が加はりて以上五人なり」とあるから、[32]得知が鹿山人、燕枝が立川猿馬という変名を用いたと見るのがおだやかだろう。もっとも、只好は別のところで燕枝が「鹿山人」を名乗ったとも語っていて、[33]記憶の錯綜とも考えられるが、断定するのはやや難しい。

揃って横浜港座に出かける

さて、ここでは立川猿馬を燕枝と解して、一行のゆくえを得知の文章と只好の回想から追ってみよう。九時の汽車に乗るべく、八時四十分に新橋の停車場に着いた得知は、自分が一番乗りかと思いきや、すでに到着していた思軒と燕枝に罰金を取られてしまった。三人が汽車に乗ろうという時になり、ようやく駆けつけてきたのが南翠と只好で、今度は得知が「ソレ、罰金を出したまへ」と請求する番である。やがて横浜に着いた五人は、開場前に昼食をとろうと魚河岸の店に入り、さっそく酒を一杯やるのであった。

夜十時すぎに観劇を終え、劇場を出た彼らは、「海岸通りの某旅館」に入って衆議評をまとめることにした。ところが、八畳を二間予約したにもかかわらず、客が混んだとかで六畳一間に押込められてしまう始末。六畳に五人ではあまりに狭いようだが、しかたがないので酒を飲みながら合評をはじめると、酔った勢いもあって「議論百出、底止《ていし》する処を知らぬ状態《ありさま》」となった。

> 午前一時を過ぐる頃、階下の帳場から番頭と及び印半纏《しるしばんてん》を着た風呂番らしい男とが上つて来て、『唯今店に警官がおいでになつてをりますので』を前提《まえおき》に、警察署が厳《やか》ましいから、静にして寝てくれとの懇願である。（中略）是非なく再び酒にして優柔《おとな》しく寝ることになつて鳬《けり》がついた。で翌朝起き出ると、直ちに杉田の梅林へ席を移して、寒い寒い吹曝《ふきさら》しの水茶屋で、冷酒をあほりながら、漸《ようや》く衆議評を畢《おわ》つたなどの苦しみは、恐らく歌舞伎新報の読者も知らなかつたであらう。

騒々しいと注意されたので、やむなく翌朝杉田の梅林へ出かけ、茶屋でなんとか続きを終らせたのであった。五月のことであるから、冬のような寒さではなかったろうが、それでも興が乗らぬことはこのうえない。彼らの催しが散々な結果に終るのは、いつものことなのであった。

こうした合評は、翌六月にも春木座と歌舞伎座について、七月には若竹亭について行われた。[34] 参加した顔ぶれは、歌舞伎座の時が只好、思軒、太華、米僊、南翠とおそらく得知であろう鹿山人、春木座の時は只好、思軒、米僊、得知と「大凹山人」を名乗った篁村、それに立川猿馬はやはり燕枝だろうか。天心のあだ名、「馬の御前」をもじった「午野午前」の名も見えるが、これは篁村が代役をつとめているから、出席しなかったようである。若竹亭の時は三木竹二が頭取となったが、ほかの署名が「高帽外道」「へこ帯外道」「通がり外道」「天保外道」「猪尾助外道」となっていて、参加者が特定できない。おそらく、「天保外道」は天保老人のあだ名があった得知、「猪尾助外道」は背が低くて猪尾助と呼ばれていた只好だろうと推測されるばかりである。一連の合評会は、この若竹亭の会をもって最後となり、只好は「誰が云ひ出して解散するとも無く、自然に消滅してしまつたのであつた」としている。

第二回の二日旅行

なお、横浜港座に出かけて行われた衆議評は、同時に第二回の二日旅行でもあったようである。柴又や市川、船橋に出かけた「二日の旅」については、すでに第一節で紹介したが、続いて七月上旬に日野近くの多摩川へ鮎狩に出かけた紀行、得知の「四季をり〳〵」のなかに、次のような一節が見える。

> ことしは我友だれかれ言合せて二日の旅といふ事を思ひたち、先其《まず》はじめは東にとりて葛飾の方、柴又、国府の台、真間の入江を巡り、二回《つぎ》は未申《ひつじさる》の方にとりて本牧に遊び（後略）[35]

「未申」とは南西の方角であるが、東京から南西にあたる現在の横浜市中区、東京湾に張出した一帯が本牧《ほんもく》という地名で、これは杉田へ向かう通り道でもあるから、時期的にも港座観劇が第二回の二日旅行にあたると見てよいだろう。

またこのころ、得知と米僊は四月十七日から京都に旅行しており、未完ながら得知の紀行「畿内桜日記」が残っている。[36] 彼は明治三十六年に米僊が歿した際、追悼文に「友と親密なる交際を結ぶは、相対の旅行に優れるものなし。予が翁（米僊―注）と旅行したるは、廿五年の春なりき」と記していて、[37] これは両者の交友にとって大きな意味を持つ旅であった。得知の帰京は五月一日のことで、さっそく歌舞伎座に出かけた彼は、思軒、篁村、南翠、太華、三昧が来ているのに出会う。[38] 旅と観劇、この二つの遊びを中心に、後期の根岸党はきわめて親密な交わりで結ばれていたのであった。

四、妙義山遊歩　―「草鞋記程」―

それぞれの夏

明治二十五年の夏、露伴は一人、東北から北陸地方をめぐる旅に出た。紀行「易心後語」に描かれる、一ヶ月あまりにもおよぶ長旅である。[39] 彼が上野駅近くの得知の家に顔を出し、東北本線に乗って出京したのが七月十日、帰京は八月十五日のことであったが、その直前には得知、太華、南翠、米僊、只好、それにおそらく海運といった面々とともに、第三回の二日旅行で日野まで出かけていたわけだから、いかに頻繁に旅していたかがよくわかる。それでも旅中、さすがに寂しさを覚えたらしく、岩手山麓の兎に銃猟仲間の太華を思い、恐山の景色を得知や只好に見せたいと言い、佐渡の浜辺で綺麗な石を見つけては、篁村や南翠がいたら喜ぶだろうと考えている。

一方、露伴が旅空から思いを馳せた根岸党の仲間たちも、このころ幾人かは旅に出たことがわかっている。いっとき鎌倉に赴いた得知は、八月十九日から那須塩原を訪れ、家族とともに滞在中だった太華と合流した。山中にある咆哮霹靂《ほうこうへきれき》の滝や雄飛《ゆうひ》の滝などを探勝し、帰京したのは二十八日である。また、思軒は父佐平の病状が悪化したため、郷里である岡山の笠岡に帰省しており、天心が根岸の近況を報じた手紙が残っている。[40]

作品や資料こそ見当らないものの、彼らの旅の頻度からすれば、夏のあいだに出かけた者はほかにもいたことであろう。そうした根岸党の人々が、ふたたび揃って二日旅行に出かけたのは、判明しているかぎりでは十月四日と五日のことである。この時は篁村、思軒、南翠、得知、只好という顔ぶれで、佐野の唐沢山《からさわやま》にて茸狩を試みたのであった。ただし、これは明治二十一年に開業したばかりの両毛鉄道会社、現在の両毛線の虚偽広告だったらしく、実際には唐沢山は皇室の御料地で何も採ることができず、一行はむなしく足利に泊り、市中を観覧して帰京した。その顚末は篁村によって、「茸不狩の記」にまとめられている。[41]

合作紀行の企画

翌十一月の二日旅行は、拡大されて二泊三日の妙義山行となった。この旅が企画された経緯は、幹事となった得知と思軒が篁村に送った手紙に詳しい。

拝啓　先日一寸《ちょっと》芝居にて御話申上候二日旅行の義、段々人気集候《あつまりそうろう》に付《つき》、来二十日午前七時半までに忍川に相集り、向ふ所を定むべきやう相談仕候間《つかまつりそうろうあいだ》、何卒《なにとぞ》其御積《おつもり》にて御出馬願上候。どこに参候《まいりそうろう》にせよ、八時何分の汽車にでも差支《さしつかえ》なく乗れるやうとの説にて、七時半揃と仮りに致候。雨天なれば、極《ごく》近くの余りぬれさうもなき処へ参るべく、晴天なれば相談次第、妙義にても富士山にても登るべしとの説に候。因《よつ》て晴雨共と願候。尚《なお》、此たびの二日旅行は、知合ひの仲間同士は暗に須藤の送別の心をも籠めむとの事に候間、何卒万障御くり合せ、艶事御抛擲《ほうてき》にて必ず御出《おいで》願上候。[42]

十一月二十日朝に忍川に集合、雨天なら近場に出かけ、晴天であれば妙義でも富士山でも登ろうではないかというのである。文中に見える「須藤の送別の心」とは、南翠が『改進新聞』を退いて『大阪朝日新聞』入社のために下阪する、その送別会も兼ねようということである。もっとも篁村は、おなじく誘われた天心や三昧同様、所用のために参加できず、また一度は顔を見せた海運も、病で大宮から帰ってしまったため、同遊したのは只好、太華、思軒、露伴、米僊、南翠、得知、それに第二節に出てきた画家の富岡永洗の八名であった。一行は帰京ののち、南翠へのはなむけとして、合作紀行に挿絵を添えて単行本『草鞋記程』にまとめている。

南翠須藤君、（中略）今将《まさ》に筆を載して関西に赴かんとす。（中略）奇策を建つる者あり、曰く「（中略）南翠君と相携へて妙義山の奇を探り、同遊者筆を合せて其記行を作り、一巻と成して以て君に贈るに若《し》かんや」と。諸同人、皆之《これ》を妙とす。此篇、蓋《けだ》し之によりて成るものなり。

作品の由来を示す、単行本巻頭に置かれた太華の「緒言」の一節である。この本は太華の友人で、翌年春の月ヶ瀬旅行にも参加するなど、根岸党と浅からぬつきあいのあった出版社学齢館の経営者、高橋省三《しょうぞう》の協力により、限定二百部で制作されて南翠や党のメンバーに配られた。[43]これまで、劇評『評判記』をのぞいて、すべて新聞や雑誌に掲載された根岸党の作品のなかでは、かなり珍しい試みと言えようが、その形式もまた、従来とは異なる独特のものであった。

永洗の描いた根岸党の一行（『草鞋記程』所載）。前例右より只好、露伴・南翠・太華、米僊・思軒・得知、永洗・海運。

『明治文学全集』や『露伴全集』

に収められている作品の本文を見れば一目瞭然だが、まず目につくのは参加者が交互に紀行の本文を書き継ぎ、それに執筆者以外の面々が、本文上部に設けられた欄におのおのコメントを書入れていることである。交替で作品の筆を執るだけならば、明治二十二年に篁村と太華が「山めぐり」を合作していたし、また明治二十三年春に露伴と太華が西国を旅したおりの共同道中記では、本作に先立っておたがいの文章にコメントを入れ合う例も見られた。しかしながら、これほどの多人数によってこうした試みが行われた例を、筆者はほかに見たことがない。しかも、作中には俳人である得知や錦隣子（米僊の俳号）の句が添えられ、画家の米僊や永洗が挿絵も加え、一冊の書物に仕上げられているのである。すなわち、この「草鞋記程」とはまさに、多様な文人たちの集団であった根岸党の性格を、端的に象徴した一冊なのであった。

松井田まで

最初の執筆者となった関根只好が下谷の忍川に着いたのは十一月二十日の午前八時、永洗、太華、米僊、露伴、得知、南翠の六人が揃い、篁村からは断りの手紙、三昧からはおなじく手紙と、紫蘇酒二瓶が送られてきていた。幹事である思軒は早くに着いていたのだが、急用で赤坂まで出かけてまだ戻らないとのこと。酒を飲んで待つも一向にあらわれないので、じれた太華が十一時二十分の汽車に乗ってしまおうと提案し、上野の停車場に入ったところへようやく駆けつけてきた。そこに海運もやってきて、一行は予定より三時間あまりの遅れで、大宮行の汽車に乗ったのであった。

大宮までの車中は、太華が執筆の担当である。王子あたりで早くも退屈した一行は、只好がたずさえている酒の樽二つに目をつけたものの、あいにく誰も盃を持ってきていない。そこでまず、永洗が持っていた葡萄酒を飲干し、その容器を盃がわりに取り合って、樽酒に陶然となる一行であった。海運だけは体調を崩していたため、大宮から帰京することにしたのだが、その置土産はなんとビール三本。よくもこれだけ酒ばかり持ってきたものである。

ここから執筆は思軒に代り、ふたたび汽車に乗込んだ八人。高崎でさらに汽車を換え、ようやく松井田に着いたのは五時ころである。薄暮の街を歩いてゆくと、ある家の格子に貼紙がしてある。得知と只好が見に行って報ずるには、昨夜から「横町」で女浄瑠璃と手踊りが催されているとのこと。夕食のあとで観にゆこうと話しつつ、一行が入ったのは酢屋という宿屋であった。

四人めの執筆者は露伴。じゃんけんで入浴の順を決めた一行は、地酒を飲んで上機嫌である。酔ったあげくの高声放談、なかでも最もよくしゃべるのは剽軽者の只好で、露伴は「才は石火の如く迸《ほとばし》り、舌は轆轤《ろくろ》の如く廻る有様、我等が愚筆には万一をも補足し得ず」と記している。食事もすんでさらに気勢のあがった一行は、例の横丁の女浄瑠璃にゆこうと言出した。

宿屋の小婢に其地を問ひ質《ただ》せば、けゞんなる顔付して、「いや、其様なものはござりませぬ」といふ。「無い筈《はず》は無い、たしかに広告《しらせ》の張札を視て来た」といふ。「それでもそんなものはござりませぬ」といふ。「此方は眼水晶、まちがひはせぬ。汝《きさま》は解らぬ、聞いてこい」と幸堂老人を初め、只好、思軒氏等も推し返して云ふ勢《いきおい》、いと鋭ければ、婢はふくれ面しながら去つて主婦《あるじ》に尋ねに行きしが、それ見よ、我が言葉が間違つたかと云はぬばかりの様子して、「矢ッ

張り何もござりませぬ」と云ふ（後略）　（露伴）

いくら女中に聞いても、そんな催しはないと答えるばかり。このうえは町へ出て探すしかあるまいと得知が言えば、「賛成々々」の声の起るが早いか、永洗は早くも足袋をはいて外套まで着はじめた。いざ出発というところにやってきたのは、この宿の女将である。

宿の嬶《かか》、入り来りて慇懃《いんぎん》に、「おいでになりて御捜しになりても、御無益《むだ》でござりまする。いろ〳〵尋ねて見ましたるに、此地には矢張《やはり》浄瑠璃も踊りも何にもござりませぬ。御覧になりました張札は、横川に何かあるさうでござりますれば、多分それのでござりませう」（後略、圏点原文）　（露伴）

得知が横丁と横川とを読み間違えたのである。女中と問答した勢いはどこへやら、ぶつぶつ言訳した彼は、やおら昔の艶話をはじめてお茶をにごした。やがて宿の若主人がやってきて米僊に席画を所望、彼がいたずらで鉄砲を描き、永洗が帽子を描いた傍らに南翠が記していわく、

　鳥飛んで鉄砲空し秋の山

太華と露伴の鉄砲が当らないことをからかったのである。只好が「南翠外史、よく詠んだ」と大

喜びする一方で、本文を書いている露伴は怒り心頭であった。

妙義山の奇勝

翌朝、太華と露伴が鉄砲を持って先に出発してからは、ふたたび思軒の担当である。巍々たる妙義山の奇勝を米僊と永洗が写生し、また米僊の「朝霜に二人の跡や橋の上」には、露伴が「あさしもや大の男のふところ手」と応えている。一行が酒の樽と瓶を代る代るに持ち、妙義神社門前の菱屋に入ったところへ、銃猟組の二人が合流してきた。ここに置かれた露伴の附記によれば、彼はかろうじて小雀《こがら》を獲たものの、獲物のなかった太華は腹立ちまぎれに木菟《みみずく》を撃ち落したらしい。

いくら何でも木菟が獲物にはならないから、これには一行も呆れはてたようだが、次の執筆担当の米僊は、このことを記述するのを忘れてしまったらしい。彼が思軒に宛てて、「高橋氏のみゝづくの事、小生の受持の処、書もらし候間《そうろうあいだ》、どなた様の処に而《て》も十分に御書被下度願上候《くだされたくねがいあげそうろう》」と、補足を依頼した葉書が残っている。[44] また、この箇所について、現在は慶應義塾図書館に所蔵されている自筆原稿で確認すると、露伴の附記は思軒の原稿の余白に朱字で書込まれている。編集を担当した思軒か太華が、露伴に執筆を依頼したのかもしれない。

さて、菱屋に荷物を置いて身軽になった一行は、荒々しい妙義の山容に感歎しながら歩く。途中、一本杉のあたりで休んで酒を飲むと、彼方の梢に鳥が一羽止っている。これを見た露伴は、早速鉄砲をかまえ、「一発轟然、音に応じ小禽は、木の葉の風に舞ふごとくひらひらと堕たり」。一行は拍手喝采、米僊は「鉄砲の音心地よし秋の山」と称讃の句を贈った。

第二石門から下る一行（永洗画、『草鞋記程』所載）。

山中の第一石門に着いてからは、執筆が南翠に代る。みな石門の奇観に感じ入り、米僊と永洗は写生をはじめたが、露伴はどうやら怖ろしくなったらしく、「岩牆《がんしょう》の下に立ず」と言って洞門の外で待っていた。得知は欄外のコメントで、「(露伴の―注)ショゲたる有様を詳《つまびらか》に書かば、殊の外面白かるべきを、南翠、恨みなりと言はれんことを恐れて之を記さず。南翠亦才子たる哉」とからかっている。再訪である得知は一人で中の岳神社にて待つこととし、ほかの面々は次の石門に向かった。

第二石門へは鉄鎖に頼って岩を登らねばならず、しかも石門の向こう側も崖が切れ落ちている。鎖を摑んでどうにか下った南翠が見ると、只好は平生のおしゃべりも忘れて進退窮まった格好。恐る恐る下った思軒に、露伴、米僊、永洗と続き、最後の太華が手放しで下りたのには、みな肝を冷した。この一行の難義は、永洗が挿絵で紹介している。

一方、得知はその間、社務所で出会った客に誘われて奥の宮の轟岩《とどろきいわ》へと詣でていた。宙にそびえ立つ、尖塔のような巨岩である。得知は頂上直下まで登ったものの、その上は「見るさへ身の毛も竪《よだ》つ斗《ばか》りの有様」。これではとても登れないと、社務所に戻ってきたのであった。

ここで得知から露伴へと筆が移る。米僊からその轟岩に登らないかと誘われた彼は、南翠と三人で峻嶮な岩場を登り、ようやく得知の行った「天狗の鬚《ひげ》摺《す》り」にたどり着いた。狭い岩の間を鎖にすがって上がると、さらに大岩に梯子がかかっている。これが轟岩の絶巓だが、二段ほど上がった露伴が首を出すとすさまじい烈風で、首をすくめて逃げてきたのであった。

それでも頂上近くまでは行ったことだからと、さも登頂したような顔をして下りてゆくと、入違いに太華が登っていって、頂上に立って得意げである。くやしまぎれに「ナニ、あれは命知らずといふもので、落ちて死んでも泣く人が無いからあゝいふ事が出来る。それがしなぞは我ばかりの生命では無いからの」「イヤ、思慮あるものはせぬ事だの」と語りつつ神社に戻ると、今度は永洗が頂に立ち、なんと手を振りまわして踊っている。これには一同、高さにくらんで発狂したのではないかと呆れてしまった。

明治期の轟岩（長崎大学附属図書館蔵）。今も頂上まで登ることができる。

磯部温泉

さて、帰途も銃猟組の二人と南翠は先に出発し、一度は迷ったが探しに来た案内者に助けられて、首尾よく菱屋に帰り着いた。一方、難渋したのは残りの五人で、案内者と別れたために道を間違え、散々に迷ったことを思軒が恨めしそうに書いている。ようやく菱屋に揃った一行だが、今夜の宿は磯部の共寿館、まだかなりの道のりがある。少し早い夕餉をしたためるうち、宿の女が何とか彼らを泊めようとするのに癇癪を起して、思軒は箸をなげうって米僊とともに飛出してしまった。

ところが、朝からの山歩きで疲労困憊、日もすでに暮れてあたりは暗く、時おり馬車の轍《わだち》につまづいて倒れかかる有様。途中、道づれになった老女が米僊に語る、夫とのささやかな生活の話を感慨ぶかく聞きながら、しかし口をきく力すら残っておらず、やっとのことで宿に入ったのだった。一方、ほかの六人も露伴と太華、南翠と永洗、只好と得知という組みあわせに分れ、めいめいに磯部までの道を歩む。露伴と太華は、西国旅行の思い出話などしながら真っ先に共寿館へと入り、逆に得知と只好は途中で頼んだ人力車や馬にことごとく断られ、かろうじて到着したのは七時すぎのことであった。

八人が揃ったところで、また酒宴である。とはいえ、何しろ一日歩いて疲れているから、得知が酔っぱらって次第にろれつが回らなくなってきた。

「(中略)湯があいて居るか、今這入《はいれ》るか見て来て呉れ、此膳は此通りにして置てよろしい。これから独りでユックリ飲で、それから独りで飯を食べて、それから御湯へ這入て、明日はそれから一番汽車で立つのだ」と曰ふに、家婢は丁寧に手をついて立ち行かんとするを又も呼び留めて、「御湯はあいて居るか、今這入れるか」。「唯今見に参る所で御坐ります」と答ふれば、「さうか、今飯を食べて、それから湯に這入るから早く見て来て呉れ、理解《わかつた》か」と幾度となく念を推すに、家婢も返辞に迷ふ様にて立去れば、また階段を下らぬに呼び返し、「御湯の方は後でもよろしい。酒を今一本《もう》、早く熱くして持て来て呉れ、微温《ぬるく》てはいかないよ、熱くだよ、熱くとは微温《ぬるく》ないことだよ、理解《わかつた》か、明日は一番汽車だよ」（後略）（太華）

いつまでも盃を放さず、くだを巻いているので、露伴と只好は放っておいて将棋をはじめ、ほかの者はみな寝入ってしまった、酔態を太華に描かれた得知は、「酒は飲べし、呑べからずと古人の金言、宜《むべ》なるかな。尾に尾を添ゆる讒者《ざんしや》の舌頭、恐るべし〱」とコメントしている。

翌朝、起き抜けに得知が詠んだ一句。

磯部の湯宿、共寿館にやどりて
湯のきゝめ霜の夜明も知らざりし

これには一同感服し、得知は前夜下げた男振りをふたたび回復したのであった。

一番汽車に乗る予定が、朝から酒を飲むうちに気も大きくなって、「どふせ今日はつぶれたといふもの、二番汽車一時でもよろしからん」「ナニ、三番汽車二時何分に立てば、上野へ六時何分なり。夕方に江戸に着くは、却《かえつ》て寸方妙なるべし」と、ついに午後の出発となってしまう。そこで太

松岸寺に現存する、大野九郎兵衛のものと伝わる墓。

華と露伴は思軒、得知とともに銃猟に出かけ、残る四人は近くの松岸寺まで大野九郎兵衛と伝わる墓を見に出かけた。大野は「仮名手本忠臣蔵」に登場する悪役、斧九大夫《おのくだゆう》のモデルとなった人物で、帰った四人は思軒から、「敵役《かたきやく》は矢張その首領の墓詣りをするも不思議だ」とからかわれている。この時、米僊が写生した墓の絵は、彼の短文とともに『国民新聞』に掲載された[45]。共寿館に集合した八人はまたも酒を飲み、予定どおりの三番汽車に乗込んで、帰京したのは六時半であった。

からかいの応酬

このように、幾人もの執筆者が紀行を書き継ぎ、それにほかの参加者がコメントを加えた「草鞋記程」の面白さは、何よりもそこで繰広げられる応答の妙にある。すでにそのいくつかは紹介したが、ほかにもたとえば、露伴が酢屋での只好の饒舌について記した箇所には、次のようなコメントが見られる。

思曰く、是時、只好氏が得意になり燕枝の声色をつかひ居る処へ、宿屋の女房用事ありて入り来る。只好氏、咄《はなし》をやめる。女房まじめに挨拶して曰く、「ドウゾお構ひなく遊まして《ママ》」。

露伴の文章を受けて、談洲楼燕枝の真似をしていた只好が、宿の女房から生真面目に応対されて鼻白んだところを冷かした思軒の書込みである。只好はこれに対して、「燕枝の声色にては無く、自説の道徳論を講じたるなり」とおどけまじりに返した。作中には、こんなふうに本文を離れてコメントが独自に応答を展開してゆく例も少なくない。もう一箇所、松井田の街の場面で思軒が、「某氏が群馬県会の廃娼の決議以前を想像して、たちもどほりつゝ何か独りこぼし居たる汁粉屋料理屋」と記した本文に対するコメントを見てみよう。


露曰く、某氏、片腹痒《かゆ》かるべし、如何に。

劇曰く、遠慮なく某氏の実名を掲ぐべし、また例の失策もスッパ抜くべし。

華曰く、某氏とは黒絣《くろがすり》の綿入に同じ羽織を着たる小がらの人なりとの評判なれども、何といふ姓名にや知らず。

思曰く、且《かつ》確かに独身の人なりと覚ふ。

劇曰く、商売は男妾なりとも云ふ。

群馬県では明治十五年に公娼の廃止が決議され、徐々に娼妓の営業は少なくなっていた。それを残念がるそぶりの「某氏」とは、すなわち遊びの好きな只好である。そのことは、作中に幾度か見られる彼の女好きをからかった記述や、あるいは太華の描写を永洗の描いた一行の姿と対照するとで推察できるし、実際、別の箇所に「某氏曰く」とあるコメントを自筆稿本で確認すると、まぎれもない只好の筆跡である。すなわちこの部分では、あえて匿名にされた只好をからかう露伴、太華、思軒の三人と、知らぬ顔で悪乗りする「劇」こと只好との応答が展開されているわけである。

作中のいたるところに見られるこうした応答を読んでいると、あたかも根岸党の文人たちとともに旅し、彼らの会話のなかにいるような錯覚におそわれるが、おそらくそれこそが「草鞋記程」の、そして根岸党という集団の文学的達成なのであった。思い出してほしい。第一章で述べたように、まだ自分たちの遊びを滑稽な筆づかいで描きはじめたばかりの明治二十一年、彼らはすでに、おたがいの作品に呼応したり反駁したりして文章を発表し合っていた。それらの作品においては、旅先の景物よりも自分たちの言動や失敗が大きく扱われ、たがいにからかい合い、笑い合う彼らの姿が描かれていたのだが、彼らは同時に、そうした作品を発表することによっても活発な応酬を繰広げていたのである。そして、中期に入ってそのような文章による対話や応答がさらに加速し、多様なメンバーがそれぞれおなじような筆法で作品を書きはじめたところに、単独ではなしえない対話を基調とした文学、〈党の文学〉が出現したのであった。

根岸党の文学についてこう振返ってみれば、「草鞋記程」がその延長上に生れてきたことは明らかである。多発的に文章を発表して応答し合っていた文人たちが、南翠への餞別というきっかけで

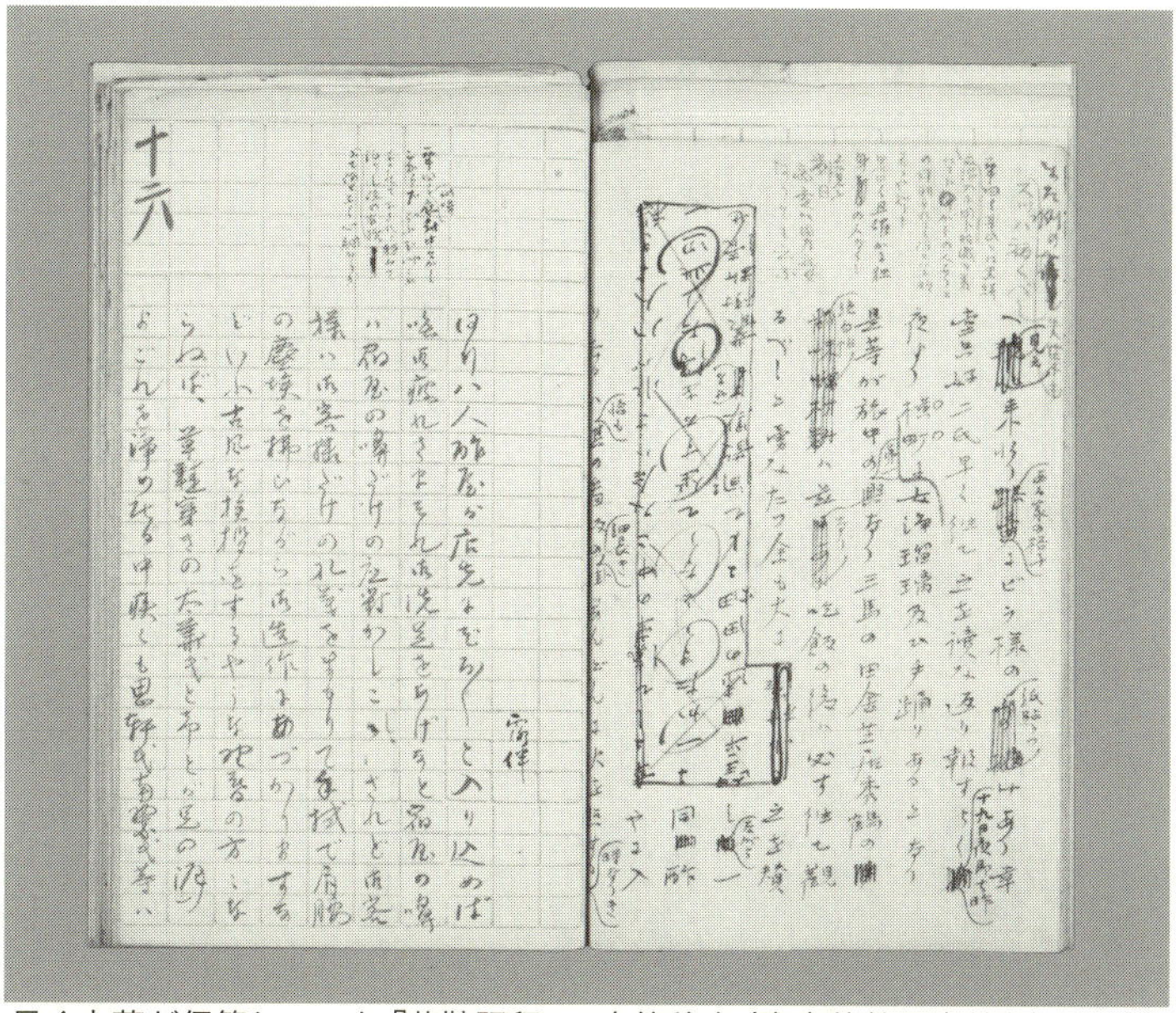

長く太華が保管していた『草鞋記程』の自筆稿本（慶應義塾図書館蔵）。

一つの作品を合作しようとした時、一、二度しか回ってこない本文を交替で書くだけでは満足せず、我先にと筆を執りはじめるのは自然な流れであった。本文の上部にたなと呼ばれる欄を設け、そこに注や評言を書入れるのは古くからある形式だが、根岸党の人々はこれを応用し、一つだけの紀行本文には収りきらない、活発な対話を実現してみせたのである。そこで自在に展開される冗談や揶揄、おどけ、気取り、かけあいなどによって、彼らの旅の空気を生き生きと描き出した「草鞋記程」は、まさに根岸党による〈党の文学〉の頂点に位置する作品だったと言えよう。

根岸党の人々は、これとおなじ形式の作品をもう一つ完成させている。翌明治二十六年二月、日帰りで行われた隅田川沿岸の散策を描いた「足ならし」である。再度にわたるおなじような合作紀行の試みは、彼ら自身も「草鞋記程」に、少なからぬ手応えを感じていたことの証にほかならない。しかしながら、ほぼ同様のスタイルで書かれた両作のあいだには、実は爛熟の極に達した根岸党の文学の、あまりにも急激な終焉が予感されていたのだった。

五、隅田川両岸漫遊　―「足ならし」―

党員たちの動向

『草鞋記程』を餞別に贈られた南翠が、大阪へ移っていったのは明治二十五年末のことだった。正確な日づけは不明だが、十二月十五日に発表された篁村の「須藤南翠氏の入社を祝す」に、「(南翠が―注) 早く同地へ赴かれぬ」とあるから[46]、この時にはすでに東京を離れていたはずである。この明治二十五年と二十六年の交はいささか慌ただしい動きのあった時期で、まずは二年ほど谷中に住んでいた露伴が、太華に家を売って京橋区丸屋町五番地に転居した。太華の「雅俗日記」巻末の記録によれば、彼は学齢館の高橋省三から百円を借り、これに貯金を加えて百五十円という代金を工面するつもりだったが、省三から受取った金の一部を使ってしまったため、百二十円だけを支払って残りは他日までの借りとした。

また、篁村もおなじころ、大久保から京橋区元数寄屋町一丁目一番地に転居している。二人がともに京橋区に移ったのは、『東京朝日新聞』の方針で、社員を社の近くに集めることになったためらしい。[47]露伴がこのころ属していたのは新聞『国会』だが、両紙の社長はおなじ村山龍平で、あたかも兄弟紙のような関係にあったから同様の指示が出たのだろうか。ほかに思軒も、一月十日に父佐平が歿したため、しばらく郷里の笠岡に帰省していた。[48]

十二月と一月の二日旅行はこうした事情から行われなかったものか、あるいは単に作品が残らないだけかはわからないが、知られるかぎりで次に根岸党が揃って出かけたのは、明治二十六年二月十一日と十二日の鎌倉旅行であった。すなわち、序章で紹介した篁村、得知、露伴、太華、海運、米僊の六人による「さきがけ」の旅である。作品の冒頭には、「十一、十二の二日休に例月の二日旅行を持込み、杉田梅見を三十日も前から約束きまりたれば」とあって、早くから計画されていた旅行だったことがわかる。そしておなじ二月の二十五日、合作「足ならし」の題材となった、浅草や向島近辺の散策が行われたのである。

『狂言綺語』の発刊

篁村が執筆した作品の冒頭は、次のようにはじまっている。

足ばたの楽々会員、足まめに二日旅行をなして、虹の如くの気焔を郊外無人の境に吐き来りしが、今度はグット通がりて墨水両岸一覧と優にやさしく思ひ立ち、明治二十六年の二月十五《ママ》日、

天神様の御縁日、文運長久祈《いのり》の為、格を外した徒歩詣《かちもうで》をなん催しける。（篁村）

ここには日づけが十五日とあるが、天神社の縁日は菅原道真の命日の二月二十五日であり、その前日の二十四日には、幹事だったらしい露伴が太華に食事する店のことを相談した手紙を送っているから、[49]「二十五日」の誤りだろう。

さて、「楽々会」とははじめて見える名だが、「二日旅行をなして」とあるように、実質的には根岸党のことである。こうした会の名前が必要になったのは、「足ならし」が掲載された彼らの同人雑誌、『狂言綺語』発刊のためと考えられる。その第一号は、高橋省三の学齢館から明治二十六年三月三十日に発行されたが、巻末に編者としてこの楽々会の名が見えている。篁村の序文「楽々会の記」には、「十一人が従容《しょうよう》として楽みを記し、小冊子となして発刊す」とだけ記され、具体的な顔ぶれはわからないが、作品を寄せたり、また「足ならし」の散策に加わったりしているメンバーを見れば、だいたいはおなじみの根岸党の人々であった。

すなわち、この創刊号に掲載されたほかの作品はといえば、南翠の随筆「目の正月」、得知の戯文「亜漢弁慶其様事義経新曲八艘飛《しんぎょくはっそうとび》」、只好の演劇史研究「劇場管見」、雪中庵雀志の発句を七句、得知の発句を三句、それに永洗と米僊の挿絵であった。このうち、俳諧の宗匠である雪中庵雀志だけが、根岸党の遊びには顔を出していないものの、彼は本書の第一章第一節にも登場した得知や篁村の古い知合いだったから、そうした縁で作品を寄せたものだろう。一方、「足ならし」の散策に参加したのは篁村、得知、露伴、只好、太華、米僊、永洗、海運と学齢館主の高橋省三、略して高省《たかしょう》という九人であった。作中には仮名垣魯文の弟子で戯作者の彩霞園柳香《さいかえんりゅうこう》、硯友社の作家である広津柳浪《りゅうろう》の二人も参加する予定だったとあるが、結局姿を見せなかったから、会の一員になったのかどうかは不明である。

「草鞋記程」以上に大きな企てだったこの『狂言綺語』は、編集にあたった露伴の反対によって一号きりで廃刊となってしまったのだが、その顚末についてはあとで述べるとして、まずは「足らし」を読んでみよう。

浅草へ

二月二十五日の当日、最初の執筆者となった篁村が集合場所の忍川に着いたのは、朝七時すぎのことであった。ところが、席にはまだ誰の姿も見えず、二十分ばかりしてやっとあらわれたのは寝坊の富岡永洗で、「聞けば、生れて始めての早起なりと」。彼の担当は七時から八時までという約束だったから、遅刻ばかりでまだ出発もしないうちに次の得知へと筆が渡り、徐々に顔ぶれが揃って朝から酒を飲むうち、「九時の本釣鐘コーン」。ついに三番めの露伴にまで担当が回ってしまった。

さて、露伴がようやく出発した一行の姿を見ると、高省が真新しい下駄をはいている。

ハ、ア、此先生、昨日までは前坪《まえつぼ》のゆるんだ奴を親指のマムシで助けて穿《は》いて居たが、連中足ならしの挙に際し、外見《みえ》をつくつて勧工場《かんこうば》から昨夕《ゆうべ》買つたな。さて〳〵若輩千万な、今に悪口を云はれるであらう(後略)　(露伴)

勧工場とは様々な小売商店が一つに集まった、今のデパートのはしりである。見栄えの麗々しい新しさを野暮ったがる、江戸人の感性が彼らに残っていたのがわかる。この下駄はやはり、のちに海運と只好から「年季小僧の癖が抜けぬ」と嘲られた。一方、作品のうえではこの露伴の揶揄に対し、高省が「己を以て人を度《はか》る勿《なか》れさ」とコメントし、それをさらに只好が「ナニ、今朝買つたのだから裏に四十五銭とはつてある」とからかっている。

下谷の広徳寺や稲荷神社に寄るうち、米僊の時計が十時になったので、ここで執筆は只好に交替した。ところが、一行が浅草の雷門を過ぎ、仲見世を抜けたところではじめて十時の鐘が鳴る。時計が間違っていたのである。只好が文句を言いつつ観音に参拝するかたわらで、太華と露伴はおみくじを引いて苦笑していた。

露曰く、僕は凶を得たり。「よめとり、むことり、げんぷく、よろづあし」となり。観音にまで焼かれるやつサ。

華曰く、僕は吉を得たり。「喜び事あり。福来る。金儲けあり。よめとりよし。むことりよし。万《よろず》よろしからざることなし」となり。仏神にいつはりなし、難有あらたうとの観音籤《くじ》や。

只好が本文に、「是れ吉か凶か聞かま欲し」と記したのを受けた二人のコメントである。凶のくじを得た露伴はくやしまぎれに色男を気取り、逆に吉を得た太華は得意がっている。

続いて一行は浅草神社の近くにあった書画の陳列所に寄り、待乳山《まつちやま》へと向かった。待乳山は浅草寺の裏手、山谷堀《さんやぼり》が隅田川に注ぐかたわらにある小高い丘で、聖天《しょうてん》を本尊とする本龍院がある。代った太華の記述によると、露伴が先頭に立って駆上がっていった。

我等がぞろ〳〵と社の前に詣りし時は、（露伴が―注）既に社の後に回りて、素知らぬ顔して彼方此方を眺め居たるは、又比奈耶迦《びなやか》（本尊である聖天のこと―注）にも振り棄てられて凶の鬮《くじ》を抽《ひ》き、引き破りて捨てし処歟《か》、それとも人の前きまりあしくて抽く能《あた》はざりしか。余りに気の毒げなる形して悄然と立ち居たれば、流石にひやかすこともならず（後略）（太華）

露伴が本当にしょげていたのかどうか、太華が言っているだけなので定かでないが、一行はともかく本堂の裏手から崖を下り、近くにある慶養寺《けいようじ》に入った。江戸中期に活躍した談林派俳諧の宗匠、谷素外《そがい》の句碑を読み、隅田川を渡ろうと橋場の渡しへと向かう。このあたりで早くも疲れを訴える者があらわれ、すると得知がいきなり、あまり綺麗とは言えない家に入っていった。出てきた時には鮪の刺身を持っており、さては魚屋だったかと太華が驚いていると、なんとそれを肴に、酒屋の店先で骨休めの一杯をやりはじめたのだった。

向島界隈を歩く

一行は向島に渡り、梅若塚《うめわか》のある木母寺《もくぼじ》へと向かった。さらわれた我が子の死を知った母親の悲歎を描く謡曲「隅田川」や、近松門左衛門の歌舞伎「双生隅田川《ふたごすみだがわ》」などの舞台になった塚だが、寺は明治はじめの廃仏毀釈で破却され、つい先年の明治二十一年に復興されたばかりであった。いずれも現存するが、当時の寺と塚は今より百メートルほど東側にあった。

梅若の社内に入れば、（中略）先づ目に入るは糸平の大石碑なり。幅二間、高さ四、五間もあらんか。これに準ずる大なる花崗石の台上に建てるは、世にも珍らしき大石碑なり。真中に「天下之糸平」の五字を伯爵伊藤博文氏の題したるもの、田舎道者の十二階に驚くが如く、一同其めぐりを徘徊して、且つ眺め、且つ評しける（後略）（太華）

「天下之糸平」とは、生糸を扱って莫大な利益を得た糸屋の平八、実業家の田中平八のことで、歿後に伊藤博文の揮毫によって木母寺境内に巨大な石碑が建てられた。太華の紀行はその大きさに呆れているだけだが、露伴がコメントで「篁村子、此碑を見て評して曰く、『馬鹿も此くらゐまでになれば』」と悪口を曝露している。

太華だけは二時間連続の担当で、ここで午後一時になったので、次の米僊に交替した。一行が川沿いを下り、名代の団子屋である言問団子《ことといだんご》に入ると、どこかではぐれた高省が待っていて、やがて遅れていた得知と只好も追いついてきた。続く得知の文章によれば、知人宅に寄っていて一行を見失った彼は、只好と一緒に向島百花園などを探していたために遅くなったとのこと。ようやく言問団子で酒を飲んでいるところを見つけたのだが、すでにみな満腹で、二人が何も食べないうちにすぐ出発となったのだった。

ところが、得知は向かいの長命寺で碑文を読んでいるうちに、またしても一行からはぐれてしまった。牛島神社、三囲《みめぐり》神社と名所を探すも見当らず、「両岸一覧と触出しながら爰《ここ》へも来ぬといふは、偖々《さてさて》不風流な輩かな」と不平がこぼれる。夕食の場所と決まっていたらしい柳島の老舗料亭、橋本に行ってみるが、ここにもまだ誰も来ていない。しかたがないので酒肴だけをあつらえ、亀戸に向かって北十間川の南岸を歩いてゆくと、対岸を走る人力車の上から呼ぶ者がある。

> 北岸を腕車《くるま》に乗りて、「ヲイ〳〵」と声をかけながらに行《ゆく》人あり。誰とは分らねど、孰《いず》れにしても先へ行けば落合ふのだと、予は悠々として南岸を真ッ直に行きぬ。先の人は腕車を降りて、橋の際に待《まつ》さまなり。漸次《しだい》に近付てよく〳〵見れば、其人は露伴子にして、「一同はどうした」と問ふ。（得知）

「天下之糸平」の石碑。手前に立つ石柱が、人の背丈とおなじくらいである。

おそらくは境橋のたもとであろう、人力車を降りた露伴が待っていて、ほかの面々はどうしたのだと聞く。彼は一行と別れて一人、家族の住む向島寺島村の家に寄っていたのである。かつて幕末に外国奉行を勤めた岩瀬肥前守忠震《ただなり》や、その友人で幕府の要職を歴任した永井玄蕃頭尚志《げんばのかみなおゆき》が住したこともある、隅田川に面した大きな邸宅であった。何か用でもあったのかと聞くと、「ナーニ、用ではない。一寸自家《ちょっとうち》へ寄て鉄炮を撃て来たのサ」と答えたのは、何とも悠長なことである。

奇妙な易断と入浴法

臥龍梅《がりゅうばい》の園中へ入りて、「此所にも居るかどうだか」と言へば、露伴氏はグット落付て、「確に居る。途中で易を立てゝ見たら、「臥龍梅の許《もと》に遊ぶ」といふのが出たから、大丈夫、居るに違ひない」との受合ひ。（中略）中門を入て見れば、又爰《ここ》にも居ず。博士の曰く、「あの人たちは駄目だ、易の心掛が少しでもあれば、爰に居なければ成らぬ訳だ」と道理《もっとも》らしく言はれて見れば、成程そんな理屈があるかも知れぬと、博士の言を信じたり。（得知）

臥龍梅とは亀戸にあった有名な梅園、清香庵《せいきょうあん》のことである。ここでも会えなかったのはしかたがないが、それにしても易で「臥龍梅の許《もと》に遊ぶ」と断じてみたり、易の心得があればここにいなくてはならないはずと言ってみたり、どこまでも呑気な露伴である。

亀戸の天神社に詣でた二人がふたたび橋本にゆくと、すでに一行は揃っている。得知の筆を引継いだ篁村によれば、ほかの七人は押上堤《おしあげづつみ》をまっすぐ臥龍梅にゆき、続いて亀戸天神に参拝してきたのであった。おなじところを訪れてはいたのだが、どこかですれ違ってしまったらしい。次の永洗が最後の執筆担当で、得知とともに風呂に入った彼は、その不思議な入浴法を書き残している。

幸堂先生、着物を脱いでシャツ一つを着たるまゝ、湯槽に入る。「先生、シヤツは」と曰へば、「これが何より通なのです。君等はまだ知るまいが」と曰ひながら、湯の中に立ちて腰湯をつかふ風なれども、上は次第に寒くなり、下は漸々快くなり、今少し今少しとシヤツの裾をまくり上げて、遂に乳の辺まで湯に入ること凡《おおよそ》十四、五分。「是で真に温まりました。こうさへすれば風邪をひく患はありませぬ」とて出でたれども、乳まで這入《はい》る位ならばいつそ裸身《はだか》で這入てもよさゝうなものなるに、さうせぬが昔しの通といふものなるべし。（永洗）

シャツを着たまま裾をまくって湯に入り、胸のあたりまでしばらくつかって出たのである。それなら裸で入ればよさそうなのに、と永洗が言うのももっともだが、得知は「此方が身体に為めに真によろし。先《ま》づ兎も角も一度試み給へ」と自信満々である。

風呂から上がったあとは、やはりここでも酒を飲み、押上堤の蕎麦屋で軽く食事をして、今日の散策は終りとなった。

難解になってゆく冗談

このように、「足ならし」でも「草鞋記程」と同様、書き継がれる紀行本文やコメントによって多数の対話が展開されている。しかも、親しみのない土地だったためか、旅程をかなり丁寧に追っている「草鞋記程」に対し、浅草や向島が舞台の「足ならし」では、行路の風景があまり描かれない。その結果、作中では彼らの言動が例に増して大きく扱われているが、注目すべきはそこに出てくる冗談や揶揄の内容が、「草鞋記程」にくらべてやや難解になっていることである。たとえば、向島で木母寺を出たあと、得知と只好が一行から遅れた場面で、執筆者の得知は次のように記している。

此人（只好―注）常に仙人付合をされて、折にふれては風を起し、雲を呼び、忽《たちま》ち姿を匿す妙術を得たれば、若《も》しや予の一人なるを侮りて如何なる術を施すかと、夫《それ》のみ心にかゝれば、氏の袖を恥《しか》と捕へて居たれば、先《まず》其事はなくて止みぬ。（得知）

この部分には篁村が、「『風を起し、雲を呼び』の下、『雨をたらし』の一句を添ふべし」とコメントしているが、これらが意味するところは明らかでない。ほかの作品の内容から推察するに、おそらくは只好が旅先でしばしば妓楼に出かけ、姿を消すことをからかっているのだろうが、それもたしかではないし、いずれにせよ一般の読者には不明瞭である。あるいは、作中には次のような記述も見受けられる。

篁村子は米僊子に囁《ささ》やいて、「得てこういふ中（墓場に積まれた石塔―注）には堀《ママ》出し物があるものなり」といへば、「左様《そう》です、能《よ》く探したら光る君の法名なども分るかも知れません」

と米僊子が答ふる様子に、「何事にや」と余は問へば、「ナニ、一枚十五円になるのだ、一ヶ月百円貰つて、其上四号文字で広告に載せられると云ふ名誉職だ。君などの意匠のない人には話しても分らぬ」と、何が何やら一向分らぬ楽屋落ち。（只好）

一行が浅草寺裏から待乳山へと向かう場面である。墓石から「光る君の法名」がわかるかもしれぬというこの会話、篁村が書入れた「光る君はまだ御在世なり。百年の後、戒名の入る時は「釈の篁村居士」にてよきなり」というコメントを見ると、どうやら死亡広告のことを言っているようだが、仲間の只好にさえはっきりと理解できていないのである。

「足ならし」の全体に漂う彼らの遊びの空気は、よく知った土地だけに、いつもに増して活発である。浅草寺でおみくじを引いた露伴と太華の両極端な反応や、易にかこつけた露伴の冗談など、読者の眼前には仲間とすごす彼らの愉しさがありありとよみがえってくる。だが一方で、そのなかにはいささかわかりにくい冗談が散見するのも事実である。読者どころか、仲間うちですら判然としない「楽屋落ち」が記述されるのも、これまでにないことであった。

こうした変化の背景にはおそらく、根岸党の大規模化が影響している。もともと奇をてらった趣向や、滑稽な失態をもてはやしていた彼らが、参加人数の増加とともに揶揄や気取りの応酬を加速させてゆけば、やがては奇抜さを競い合うあまり、より突飛で極端な冗談へと傾くのは自然であろう。二、三人の少人数ならともかく、つねに十人前後の集団で行動するようになった彼らのなかには、さらなる奇矯さを求めておたがいに張り合い、結果的に複雑で難解な洒落を生むような動きが生れはじめていたのである。「草鞋記程」のなかにも、只好が自分の洒落について「高尚過て大向ふへ落ちず」と書いた部分があるが、それは根岸党という集団の成熟と飽和に伴う、避けがたい一面なのであった。

六、豊饒の時代

根岸党の後期は、豊饒の時代であった。中期までに顔ぶれの定った文人たちに加え、米僊や永洗、海運、高省といった多彩な人物が参加して、毎月のように旅に出かけては紀行を発表し、あるいはともに観劇しては合評会を開いていた。太華の「雅俗日記」には、そうした足近い日々の往来の一端をうかがうことができ、また大がかりな催しへの参加が難しく、作品にはあまり登場してこない天心や鷗外などとの交友も、なお盛んであったことがわかる。明治二十五年から二十六年にかけて、根岸党は最も親密かつ多産な時期を迎えていたのである。

こうして党が大規模化するにつれ、たがいにたがいを意識し合うような空気が生れてきた。たとえば、第一節で読んだ「二日の旅」では、橋場の渡し舟を下りた一行が田の畦道をゆく三人と、街道を歩いた三人とに分れ、相手より先に四つ木の茶店に着いてからかってやろうとしていた。あるいは、明治二十六年春の「さきがけ」の鎌倉旅行で露伴が言った、「運慶と弁慶は何方が強い」という発言は、「当人得意を極め、（中略）鼻を蠢《うごめ》かしぬ」とあることからもわかるように、明らかに仲間たちの視線を意識したものである。さらに、「草鞋記程」の只好担当部分には、こんな記述も見られる。

道芝を踏みしだくなる長汀曲浦の深山路《みやまじ》に、憂き旅忍びて辿り来しこととて（後略）
日はパッタリと暮れ果たり。曚《ママ》月夜の真の暗《やみ》、雁飛で水寒き山村僻地の旅の路に（後略）

わざと「長汀曲浦」という海浜の形容句を山道に用いたり、あるいは月が出ていながら「真の暗」と矛盾したことを言ったりしているのである。これらもまた、ほかの党員たちの反応を呼込むように書かれた箇所であり、実際「思曰く、長汀曲浦の深山路一句、豈敢《あにあえ》て膝を打て感賞無らざるべからず」「華曰く、曚《ママ》夜の一句、長汀曲浦の深山路と異曲同巧。（中略）才筆宛転《えんてん》、真に蒸汽機関の如し」といったからかいのコメントが寄せられている。このように見てみると、彼らはこの時期、まず第一に仲間の視線を意識して気取ったり、おどけたり、失敗してみせたりしていることがわかる。ところが、まだ根岸党が出発したばかりのころは、彼らの失態は次のような形を取ることが多かった。

「今日は塩の湯にて遊ばん」とて出づれば、宿の人、「案内せん」といふ。「イヤ、大抵《たいてい》地理は分ツたよ」と、例の心得顔にて行く。（中略）（道がわからずに心細く、やっと塩の湯に着いて――注）急ぎ下りて「塩湯橋より此所《ここ》までは何里あるにや」と里人に問へば、タツタ八丁。

明治二十一年六月の、篁村「塩原入浴の記」の一節である。篁村と得知とがおたがいに張り合うのではなく、ともに「心得顔」をし、ともに迷って失敗しているのが見て取れるだろう。一緒になって行動する彼らの失態は、直接読者に向けて演出されており、そうした姿勢は根岸党以前に篁村が書いていた、新聞読者のための案内記的な紀行文に共通する。それが党のメンバーの増加とともに、気取りや失敗に対してはまず仲間がからかったり呆れたりするようになり、同時にそうした反応を当てこんだふるまいも生れてくる。つねに現実に取材している根岸党の作品には、そのような党の変化が如実に反映し、そこに相互にまなざし合い、からかい合う対話を基調とした文学、日本の文学史上でも稀な〈党の文学〉が誕生したのであった。

根岸党がたどってきた道のりをこう考えてみれば、交替で執筆した紀行に自由にコメントを加えた「草鞋記程」や「足ならし」が、その特質を最も生かすことのできる形式であることは明らかだろう。書き継がれた紀行やそれに附される数多くのコメントは、現実の彼らのサークルに満ちていた活気を反映し、単独の作者によっては不可能な多彩な対話を作品上に展開してみせた。そこには、気のおけない友人たちと旅した時の心躍るような愉しさが、たくみに写し取られている。大阪へと去りゆく南翠のために、仲間たちとの遊びを追憶するよすがとして製作された「草鞋記程」は、はるかな時空を超えて、私たちの眼前に彼らの嬉戯と哄笑とをよみがえらせるのである。

だがその一方で、根岸党の文学は党によって書かれるがゆえの困難も同時に抱えていた。すなわち、彼らは大衆的なものを「俗」として拒絶し、たとえ失敗しようとも新奇な趣向を追求する、閉鎖的とも言える党内の論理で興じていたが、しかしそれを一般の読者に向けた作品に描くにあたっては、当然ながら読者にもわかるように記述せざるをえない。根岸党の文人たちはつねに、こうした相反する両面の間を揺れ動き、巧みなバランスと緊張関係のうえに立って作品を生み出してきたのだが、しかし現実の党が大規模化し、より珍妙で大仰な趣向を求めた結果、冗談や洒落が複雑かつ難解になってゆくと、その困難はより顕著に表面化してくる。かくして、「草鞋記程」「足ならし」の二作を頂点とする根岸党の文学は、そのわずか数ヶ月後、明治二十六年四月に催された月ヶ瀬への旅において急激に閉鎖性を強め、やがて終りの時へと向かってゆくのであった。

1 饗庭篁村「曲亭翁の墓に詣づ」（『東京朝日新聞』明治二十四年十一月二十二日〜二十五日）。
2 柳田泉『幸田露伴』（中央公論社、昭和十七年二月）百七十四頁。
3 饗庭篁村「二日の旅」（『東京朝日新聞』明治二十五年五月十一日〜十七日）。
4 須藤南翠「『新小説』の創業」（『新小説』明治三十九年一月）、饗庭篁村「『新小説』の名付親」（同上）。
5 岡倉一雄『父天心』（聖文閣、昭和十四年九月）九十頁。
6 饗庭篁村「二三の思ひ出」（『天心先生欧文著書抄訳』、日本美術院、大正十一年九月）附録三〜四頁。
7 板谷波山「美術学校時代の岡倉先生」（『国華』昭和六十一年十月）四百七十五頁。
8 塩谷賛『露伴と遊び』（創樹社、昭和四十七年七月）四十四〜四十九頁。
9 なお、日記の全文は筆者が註を附し、「高橋太華『雅俗日記』（明治二十五年）翻印と注釈」として『東海大学紀要文学部』（平成二十三年三月〜）に掲載中である。
10 幸田露伴「当世文反古」（『国会』明治二十五年一月十日〜十七日）。（一）に収められた、得知宛の書翰による。

11　森鷗外・賀古鶴所・井上通泰「文学者の来翰」（『国民新聞』同年一月六日）。
12　岡倉一雄『父天心』（前掲）八十五頁。
13　高木卓『人間露伴』（丹頂書房、昭和二十三年六月）二百二十六～二百二十七頁。
14　石橋忍月「四天狗探梅の記」（『国会』『国民新聞』明治二十四年一月二十七日～二月三日）。なお、この散策については得知も、「歌舞伎座劇評」二（『国民新聞』同年一月三十日）で言及している。
15　饗庭篁村「市村座劇評」（『東京朝日新聞』明治二十四年二月二十日～二十六日）、石橋忍月「寿座狂言評」（『国会』同年三月十日～十三日）。
16　幸田露伴「高橋太華宛書翰」明治二十四年四月十五日（『露伴全集』第三十九巻、岩波書店、昭和三十一年十二月）二十四頁。
17　千葉眞郎『石橋忍月研究―評伝と考証―』（八木書店、平成十八年二月）三百二十九頁。
18　「民友社と久保田米僊との「仮契約」書　明治二十二年十月十四日」（『民友社思想文学叢書』別巻「（徳富蘇峰記念館所蔵）民友社関係資料集」、三一書房、昭和六十年五月）六十六～六十九頁、「久保田米僊氏来京」（『絵画叢誌』明治二十三年一月）。
19　岡本綺堂『明治の演劇』（大東出版社、昭和十七年三月）百十三～百十四頁。
20　恥文字屋戯笑「劇評家評判記」其二（『文藝倶楽部』明治二十八年六月）二百二頁。
21　秋庭太郎『日本新劇史』上（理想社、昭和三十年十二月）百五十九頁。
22　饗庭篁村「三升会慈善芝居」一（『東京朝日新聞』明治二十三年七月九日）、幸堂得知「寿座演劇略評」一（『国民新聞』同年十一月二十日）、饗庭篁村「歌舞伎座劇評」三（『東京朝日新聞』明治二十四年六月二十五日）。
23　久保田米僊「祇園館演劇の略況」（『読売新聞』明治二十三年一月二十五日）。
24　関根只好「その頃の演劇改革が生んだ挿話―上方劇壇の三十年から―」（『新演藝』大正十二年二月）百九頁。
25　坪内逍遙「逍遙日記　明治二十三年の巻―尤《ママ》も不得意の時代―」（『坪内逍遙研究資料』第三集、新樹社、昭和四十六年十二月）七十九頁。
26　饗庭篁村「市村座劇評」一（『東京朝日新聞』明治二十三年八月一日）。
27　久保田米僊「横浜蔦座劇評の尻馬」（『国民新聞』明治二十四年二月十九日）。
28　宮崎三昧・須藤南翠・饗庭篁村・幸堂得知・関根只好・久保田米僊・森田思軒「深野座初春狂言評判記」（『東京朝

日新聞』明治二十五年三月十日〜十八日）。

28 関根只好「劇評家の今昔」（『新演藝』大正七年四〜六月）。

29 「歌舞伎新報の大改良」（『東京朝日新聞』明治二十四年十二月二十日）。

30 関根只好・森田思軒・幸堂得知（推定）・須藤南翠・談洲楼燕枝（推定）「港座評判記」（『歌舞伎新報』明治二十五年六月一日〜七日）。

31 石橋忍月「四天狗探梅の記」（前掲）に、「斑髯子《はんぜんし》（得知のこと—注）の宅にて落語家燕枝に逢ふ。此日、燕枝は露伴の小説を講釈に演ぜんとの素心なるを以て、注意を乞ひに来りしものなりと云ふ」とあり、また関根只好も「劇評家の今昔」（前掲）や『講談落語今昔譚』（雄山閣、大正十三年四月）などで、同様の回想をしている。百鬼夜行の引幕については、『講談落語今昔譚』所収の三木竹二の談話による（二百十五頁）。

32 幸堂得知「横浜湊座観劇並道の記」（『国民新聞』明治二十五年六月七日〜九日）。

33 関根只好『講談落語今昔譚』（前掲）二百十三頁。

34 饗庭篁村「春木座評判記開口」（『東京朝日新聞』明治二十五年六月七日）、饗庭篁村・関根只好・森田思軒・久保田米僊・幸堂得知・談洲楼燕枝（推定）「春木座評判記」（『東京朝日新聞』同年六月八日〜十八日）、関根只好・森田思軒・高橋太華・久保田米僊・須藤南翠・幸堂得知（推定）・「黙庵主人」（不詳）「歌舞伎座評判記」（『歌舞伎新報』同年六月十日〜二十三日）、三木竹二・「高帽外道」（不詳）・「へこ帯外道」（不詳）・「通がり外道」（不詳）・「天保外道」（幸堂得知と推定）・「猪尾助外道」（関根只好と推定）「若竹亭評判記」（『歌舞伎新報』同年七月四日〜十日）。

35 幸堂得知「四季をり〳〵　玉川の鮎狩」（『国民新聞』明治二十五年七月六日〜二十日）。

36 幸堂得知「畿内桜日記」（『国民新聞』明治二十五年四月二十六日〜二十七日、未完）。

37 幸堂得知「米僊翁との交際」（『東京朝日新聞』明治三十九年五月二十一日）。

38 幸堂得知「歌舞伎座慈善会三日演劇の評」（『国民新聞』明治二十五年五月四日〜五日）。

39 幸田露伴「易心後語」（『国会』明治二十五年七月十四日〜八月三十日）。

40 「幸堂得知翁」（『東京朝日新聞』明治二十五年八月九日）、幸堂得知「塩原の大滝」（『国民新聞』同年九月十五日〜二十二日）、高橋太華「塩原温泉」（『小国民』同年十月三日〜十二月三日）、岡倉天心「森田思軒宛書翰」同年八月十六日（『岡倉天心全集』第六巻、平凡社、昭和五十五年十一月）六十〜六十一頁。

41 饗庭篁村「茸不狩の記」(『東京朝日新聞』明治二十五年十月七日〜十六日)。
42 本間久雄『明治大正文学資料　真蹟図録』(講談社、昭和五十二年九月)掲載の影印版より翻字(四十五頁)。
43 単行本『草鞋記程』の製作部数については、拙稿「根岸党の旅と文学―『草鞋記程』の成立考証から―」(『論集　笑いと創造』第六集、勉誠出版、平成二十二年十二月、四百三十三頁)を参照されたい。
44 この書翰は高橋太華が保管しており、現在は筆者が架蔵している。宛名書「下根岸四十五番地／森田文蔵先生貴下／弐六日／芝／久保田米僊」、消印「明治二十五年十一月二十七日」。
45 久保田米僊「大野九郎兵衛墓」(『国民新聞』明治二十五年十二月十七日)。
46 饗庭篁村「須藤南翠氏の入社を祝す」(『東京朝日新聞』明治二十五年十二月十五日)。
47 塩谷賛『幸田露伴』上(中央公論社、昭和四十年七月)二百十一頁。
48 岡倉天心「森田思軒宛書翰」明治二十六年一月十六日(前掲『岡倉天心全集』第六巻)六十三頁。
49 幸田露伴「高橋太華宛書翰」明治二十六年二月二十四日(前掲『露伴全集』第三十九巻)四十二頁。

column

──中西梅花──

快活に遊ぶ根岸党の文人たちの背後に、悲劇的な運命をたどった人物がいる。詩人、中西梅花である。勤めていた『読売新聞』でトラブル続きだった彼は、木曾から帰った直後の明治二十三年五月、ついに退社のやむなきにいたる。翌月十八日には『国民新聞』に入社したものの、さしたる作品も発表できず、深く思い悩んでいたらしい。

加えて、彼はこのころ、芝にあった紅葉館《こうようかん》という料亭の女中に恋し、容れられぬ思いの憂悶も抱えていた。三月、内田魯庵と旅した露伴は、浦賀の旅宿の女中について、「梅の仙人が通を失つた芝のXに先刻《さつき》の娘が似て居るぜ」「似て居ると云へば名まで全《おな》じダ」と噂しあっている（魯庵「安房巡礼」、『国民新聞』三月三十日）。こうした心痛のためか、七月、彼は徳富蘇峰に宛てた手紙に「小生、近頃耳鳴を患ひて、脳の様子少しく変に相成り」と記している（『国民新聞』七月二十二日）。九月十九日には美濃に赴き、多治見《たじみ》の虎渓山永保寺《こけいざんえいほうじ》で二ヶ月ほど参禅したこともあった（『国民新聞』九月二十日・『学海日録』十一月二十五日）。

だが、いかにも詩人らしい梅花の激情は、次第に彼を狂気へと導いてゆく。太華や南翠は、彼が父親を斬ると言って騒いだり、ピストルで植木屋を撃ったりしたなどの噂を伝えており（『新古文林』明治三十九年十月）、精神病院への入退院も繰返していたようである。晩年には病院までの車賃もないという苦境に陥り、ついに明治三十一年九月三日に他界した。享年三十三。その死の詳細もわかっていないが、後年に川上眉山が自刎したおりの報道に、「自ら死を早めたる者、中西梅花、北村透谷、近くは琥珀堂の如き」とあることから（『毎日電報』明治四十一年六月十六日）、彼もまた自死であったのかもしれない。近年、大井田義彰『《文学青年》の誕生―評伝・中西梅花―』（七月堂、平成十八年六月）によって、その生涯と文学の詳細がようやく明らかになった。

終章

過ぎ去った季節に

一、月ヶ瀬旅行

米僊の渡米

スペインのパロス港を出航したコロンブスが、大西洋を渡ってカリブの島々に到達したのは、一四九二年から九三年のことだった。それから四百年後の一八九三年、すなわち日本の暦では明治二十六年、シカゴで彼を記念した万国博覧会が開催された。世界初の観覧車で有名な、コロンブス博覧会である。

この博覧会には日本からも多数の展示品が出品され、国内の高い注目を集めていた。各新聞社はこぞって特派員を送り、その景況を報じたが、『国民新聞』から派遣されたのが、スケッチと文章の両方で会場の模様を伝えることを期待された久保田米僊であった。彼が新橋を発つ前々日の三月二十八日、根岸党の友人たちや美術家仲間、また演劇関係の知合いが集まって、渡航を前にした歓送会を催している。

文学家にては幸堂得知、饗庭篁村、幸田露伴、高橋太華、広岡（彩霞園—注）柳香、鶯亭金升、岡野碩。美術家は岡倉覚三（天心—注）、小林清親《きよちか》、右田年英《みぎたとしひで》、武内桂舟《けいしゅう》。書林にては博文館主大橋佐平、大倉保五郎《やすごろう》、学齢館主高橋（省三―注）。（中略）俳優尾上菊五郎、同菊之助、市川米蔵。講談師桃川燕林の諸氏と、数月間別離の抔《ママ》を酌みしは、廿八日夜のことなりき。[1]

米僊による、渡米紀行の冒頭である。個々の人物についての詳述は避けるが、出版社の社主から役者、講談師にいたる幅広い彼の交友関係のなかでも、筆頭に挙げられた根岸党の人々がかなりの重みを占めていたことがわかるだろう。船で太平洋を渡り、さらに米大陸を横断してシカゴの博覧会を見物した米僊が、父親の訃報に接して急ぎ帰朝するのは、この年の十一月二十八日のことであった。[2]

この紀行にはまた、出発に際した感慨が次のように綴られている。

思へば此の年は日本の羅浮《らふ》、大和の月瀬《つきのせ》に一日千樹の梅を賞せんと、饗庭氏、幸堂氏を始め例の諸氏と周遊の約せしことありしが、計《はか》らずも東西海を隔つるの旅行となりぬ。これも定めなき夢の世や。

羅浮とは中国広東省にある山で、古来からの梅の名所である。大和国、すなわち奈良県の月ヶ瀬も梅林が有名で、今年はそこを訪れようと篁村や得知らと約束していたのだが、はからずも渡米することになってしまったというのである。米僊が嘆いているこの計画が実行に移され、根岸党の人々が月ヶ瀬を目指して出発したのは、彼の歓送会から一週間も経たない四月一日のことであった。

月ヶ瀬より浪華津《なにわづ》の梅をも探らんと約したるは、去年《こぞ》の冬籠りせし頃にてありし。今は春べと咲匂ふ吾妻《あづま》の梅にうながされて、人々の心そゞろうきたちて、「サア、月ヶ瀬の梅見に出かけやうではないか」「何日《いつ》」「四月一日と定めやう」と無造作に打合せたるは三月廿八日、久保田米僊氏が洋行送別会の席にてありき。

（得知「春の旅」）

幸堂得知が執筆した紀行の冒頭である。同行したのは得知のほかに永洗、露伴、太華、篁村、思軒、只好、海運という八人で、大阪の南翠が途中から合流し、それに高橋省三もあとから追いかけてきた。参加した計十人のなかでは、この得知の「春の旅」のほかにも篁村が「月ヶ瀬紀行」、思軒が「探花日暦」という紀行を書いており、また幹事だったらしい太華も「伊勢の旅」と題された覚書を残すなど、[3]人数の点でも、また生れた作品の数という点でも、根岸党の全時期を通じて最も規模の大きな催しの一つであった。ところが、この一連の作品を最後に、彼らは自分たちの遊びを文章に描くことを止めてしまう。すなわち、この月ヶ瀬旅行は、根岸党という文学集団の終幕を飾るものでもあったのである。

愚名をつける

四月一日の出発当日、根岸党の八人は学齢館の高橋省三や、米僊の送別会にも来ていた戯作者の彩霞園柳香、鶯亭金升らに見送られ、十一時四十分の三番汽車に乗込んだ。車中でさっそく酒を飲みながら、彼らは退屈しのぎに受け将棋という遊びをはじめる。これは各人が駒をいくつか持ってまず誰かが場に一つ出し、おなじ駒を持つ者はその駒と次の駒を出し、もし誰も持っていなければ最初の者が次の駒を出し、早くなくなれば勝ちという遊びである。

一番上りは湯呑に酒一杯、袋を背負た者は恭々《うやうや》しくこれが酌をするといふ規則を定めしが、思軒氏二番上りのとき、二番上りにも八分目は注ぐといふ追加規則の動議を提出し、露伴子三番目に上りしときに、三番にも半分は許すべしと定め、四番は少々、五番は猪口でと追加に追加して、果は袋も罰杯と理屈て茶碗を持つことにせしは、偖《さて》も御都合次第の御法度や。
（篁村「月ヶ瀬紀行」）

酒を賭けてはみたものの、要するに勝敗に関係なく飲み続けるのであった。

興津《おきつ》に着いたのが五時すぎのことで、今夜はここの海水楼に泊って今後の計画を立てる。出発の後でさえ予定が定らないのもいつものことで、しばらく興津に滞留という案も出たが、ついに夜中三時の汽車で出発と決まった。ところが、あいにくの雨でこの計画も水に流れ、翌日十一時すぎの汽車で興津を発ったのであった。

一行はこの興津の宿で、それぞれに変ったあだ名をつけている。

太郎作、甚六、三太郎、兵六、抜作、猿松、鈍太郎、与太郎と列《なら》べ挙《あげ》ぬ。（中略）与《よ》の字の拙者（篁村の本名は与三郎―注）、涙ながらに与太郎を頂戴し、他も分取《わけとり》に詮議は収まり、盃をあらためて命名式を行ひぬ。

（篁村「月ヶ瀬紀行」）

これらはいずれも愚人を指す名で、お人よしの長男を「総領の甚六」というたぐいである。以後、篁村と得知の紀行はすべてこの愚名で綴られているが、それでは読みにくいので、この本では今までどおりの雅号で記してゆこう。ちなみに太華の覚書によれば、太郎作が得知、甚六が海運、三太郎が露伴、兵六が太華、抜作が思軒、猿松が只好、鈍太郎が永洗のことで、篁村は与三郎あらため与太郎となったのであった。

硬派と軟派

さて、興津の出発が遅くなったから、一行が熱田に着いたのはもう六時に近かった。今なら伊勢方面には名古屋から鉄道か道路でゆくところだが、当時はまだ木曾川や長良川の下流域が湿地帯で、道すらほとんどなかったから、熱田から舟で伊勢湾を渡るしかなかったのである。この日の宿は、渡し場前の大森という家であった。

此夜、露永只海と大酔す。永洗倒る。他の三子と晴海楼に行く。厚遇款待《かんたい》此上なし。十二時帰宿、更に酌みて大に一行をへこます。愉快此上なし。

（太華「伊勢の旅」）

太華の覚書である。大いに飲んだ露伴、永洗、只好、海運、太華のうち、倒れてしまった永洗以外の四人が遊びに出かけたので、篁村と思軒は静かに語り合い、得知は独り紀行を書いていた。そこへ酔っぱらいたちが帰ってきて、寝ている仲間たちを片端から起してまわった。

「ア、面白かつた〳〵。太郎作（得知―注）何をして居るのだ、燻《くすぶ》つて居ずに近辺を廻つて来たまへ。面白いよ。一同《みんな》はどうした。寝たのか。此い、月を見ずに寝るとは野暮な事だ。起さう〳〵」。（中略）（寝ている三人の蒲団を―注）裾の方より未練なく剥取り、「免《ゆる》せ〳〵」と詫《わぶ》るをも聞かず、残らず引起して「サア、今夜は夜と共に咄明《はなし》さう」と叫《わめ》きちらす勢ひ。

（得知「春の旅」）

暴れまわった太華は「大に一行をへこます」といい気なものだが、起されたほうの迷惑が思いやられる。旅の疲れもかまわず出かけた四人が硬派、逆に宿に残った軟弱な四人が軟派となりそうなところ、「深き仔細ありて、強き方が軟派、弱き方が硬派」（得知）と決まったのは、四人の行先が妓楼だったからだろう。以後、一行は旅行中、おりにふれて硬軟二手に分れて行動することになる。

翌日は舟で伊勢の神社《かみやしろ》に渡る。神社は伊勢市を流れる勢田川の河口近くの港で、伊勢神宮への玄関口であった。船嫌いの篁村と得知は、四日市で上陸して陸路をゆこうとするが、この日は波がいたっておだやかで、無事に揃って港へ着いた。人力車で古市の町に入ったのは、六時すぎのことである。

この日は、江戸中期に起した刃傷沙汰が歌舞伎「伊勢音頭恋寝刃《いせおんどこいのねたば》」に仕立てられた、油屋に宿る。大阪からやってきた南翠もちょうどあらわれたので、久々の再会を喜び、さっそく東四郎という愚名を献上した。食後、名物の伊勢音頭を見にゆくがあまり感心せず、退屈した篁村と得知が先に帰ってしまう一方で、残りの七人は遊女を呼んで遊び、戻ったのは翌朝六時ころである。昨夜、宿に残ったのは篁村、得知、思軒、永洗の四人だったが、この日は帰った二人のほか、みな軟派となってしまったのだった。

四月四日。宿の主人の案内で、伊勢神宮の内宮に参詣する。そのあと一行はさらに人力車を走らせ、夫婦岩で名高い二見浦に向った。

二見ヶ浦は恰度《ちょうど》折よく干潟にて、左の男岩、右の女岩とも昇るに安く、皆々岩の辺りへ下り立ぬ。余（得知―注）は貝を拾はんと其所此所《そここ》と尋ぬるうち、不思議やパラリ〳〵と小砂利の降出しぬ。（中略）空うち仰げば、数丈高き男岩の上より、兵六氏（太華―注）が降らする小砂利の雨にてありき。（得知「春の旅」）

なんと夫婦岩に登り、砂利を撒いて遊んでいたのである。よく怒られなかったもので、のんびりした時代であった。続いて、近くにある皇族などもてなしたという「一種のクラブハウス」（思軒「探花日暦」）、賓日館《ひんじつかん》にて昼食をしたためて休み、油屋に帰る。この夜の伊勢音頭は味わい深く、また主人に招かれた店の食事もいたって美味で、一同は大満足であった。

伊勢から上野へ

翌五日の早朝。篁村は南翠、得知、太華とともに、ほかの五人に先駆けて出発しようとする。

五日未明《まだき》に、予は東四郎、太郎作の両氏（南翠、得知―注）と共に、軟派を残して伊賀の地へ入らんと、夜中より其の用意する中へ、軟派の前首領、兵六氏（太華―注）ヒョコリ帰り来て、「我も硬派に伴はん」といふ。（中略）果せるかな、不潔の軟派加はりし為め、出がけに人力車が間にあはず、彼是《かれこれ》するうち午前三時の出立は六時となりぬ。（篁村「月ヶ瀬紀行」）

早朝の出発を企てたものの、人力車の都合が遅れたため、津に着いたのはちょうど十一時半の汽車が出た直後であった。次の汽車は二時すぎとのこと、篁村は「急ぎに急いで十里車を走らせ、そしてアケラカンと二時三十分待つとは随分よい出来なり」と自嘲している。一方、残された軟派五人は馬車を駆けさせ、四人が津の停車場前の店で鶏鍋をつついているところに合流したのであった。柘植《つげ》に着いたのは午後四時七分、ここから伊賀上野までは人力車だが、何しろ九人という大人数である。汽車が停車場に止るやいなや、飛出した露伴が何とか九台の車を調達したものの、しばらくゆくと海運の車の梶棒が折れてしまった。

年長《としかさ》の車夫、一奇策を献じて曰く、「車のある処まで誰君《どなた》かお少《ママ》さい軽い方が合乗をなすッて下さると宜《よ》うござります」（中略）車夫《くるまや》の見立にて、三太郎氏（露伴―注）猿松氏（只好―注）の膝へ重なりて、「コイツは異《おつ》だ」「ア、重い。痛いぞ、切ない〳〵」「ハ、ア、よく似合た格好だ」と、祭礼《まつり》の山車《だし》のやうに興じて引出す。（篁村「月ヶ瀬紀行」）

露伴が只好の膝の上に座り、一台の人力車に二人が乗って出発したのであった。

月ヶ瀬観梅

上野では八百新という宿に泊り、翌日は歩いて月ヶ瀬に向う。荷物を載せるためと万一の用心とで人力車を三輌雇い、得知はそれに便乗して最後に出発したが、すぐに追いついたのは露伴と南翠だけで、あとの六人の姿が見えない。実は、只好のすさまじいおしゃべりに気を取られ、道を間違えて名張のほうへ行ってしまったのである。彼の饒舌はこれまでも何度もからかわれていたが、やはり相当なものだったらしい。

長い山道を越え、先をゆく露伴と太華、それに永洗の「ヤア絶景、真に奇絶だ」という声に力を得て駆けつければ、見渡すかぎり一面の梅である。「両岸の絶壁、山麓、梅ならざる処もなし」という絶景を賞したまではよいが、梅の盛りだけあって宿はどこも満室である。ようやくかじ屋という家に入ったものの、ここには西本願寺の学校生徒、なんと二百人が泊っているという。

ドタバタワヤ〳〵の中にて昼食す。（中略）此《ここ》は茶代（心づけ―注）の光をからんと気前を見

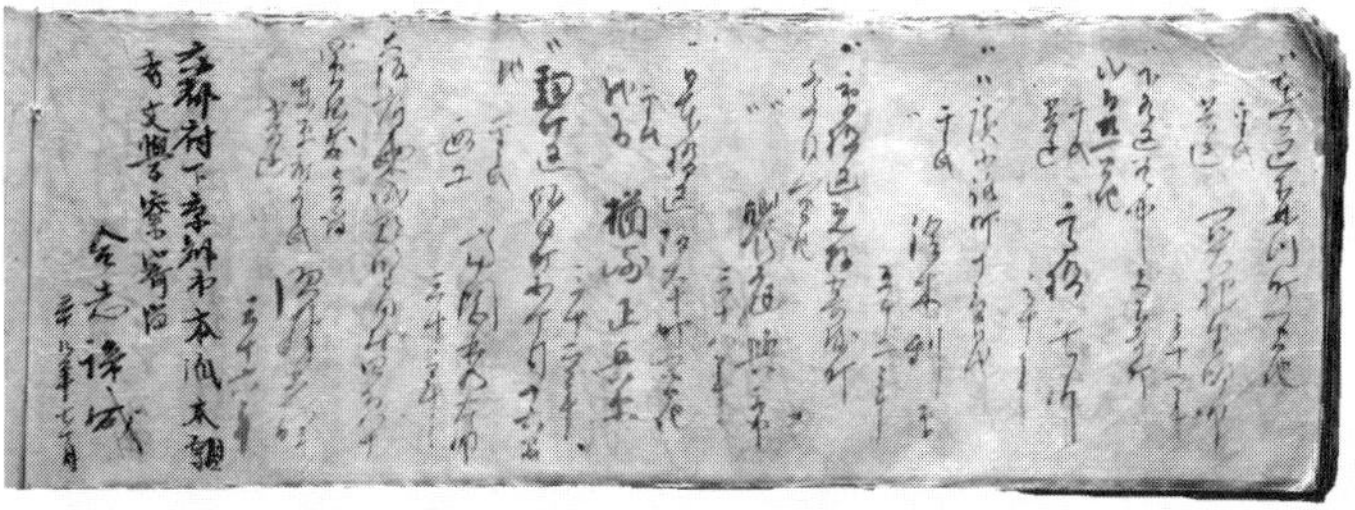

根岸党の一行が記した宿帳（騎鶴楼蔵）。右から只好、太華、得知、篁村、海運、永洗、南翠。思軒と露伴の名は、この丁の表に記されている。

せて、偖《さて》主を説くに、主大《おおい》に解りよく、「六畳二間でよろしくば能《よ》い座敷をお貸し申しませう。折角の御出、お泊《とめ》申さぬも残念でござれば」との立引。
（篁村「月ヶ瀬紀行」）

彼らの泊ったこの宿は、騎鶴楼という名で後年まで営業を続けており、昭和三十七年に随筆家の野田宇太郎が彼らの宿帳の存在を確認した。[4] 交渉のすえ、ようやく部屋は借りられたものの、六畳二間に男が九人、荷物もあって「九人別々に床は敷かれず、一《ひとつ》の夜具に二人三人潜り込み、押し合《あい》へシ合ふ有様は、笊《ざる》の中の泥鰌《どじよう》の如し」。しかも隣室の学校生徒はおそろしい騒がしさで、辟易したところにあらわれたのは学齢館主の高省である。「『イヨ、御苦労様』『待て居ました』などの褒詞《ほめことば》ありて、枕を些《ちと》ばかり高くしたり」とあるのを見ると、追ってきた彼からの差入れでよい部屋に移れたのであろう。

翌日は駕籠を四挺雇って、一挺は思軒の専用とし、あとの三挺にはまず篁村、永洗、南翠の三人が乗り、途中で得知、海運、只好と交替することにした。まず乗りこんだ篁村が揺られてゆくと、切通しの山腹に「与太郎（篁村―注）こゝにて死す」「抜作（思軒―注）こゝにてたふる」などの文字が見え、大きく描いた輪には「これは与太郎の頭なり」とある。じゃんけんに負けて駕籠に乗れなかった連中が、先回りをして落書したのであった。やがて柳生を過ぎ、舟で木津川を下って木津に上陸、この日はさらに人力車で奈良に入った。宿は猿沢池畔の金巴楼だが、篁村と南翠は今夜のうちに大阪までゆくというので、小宴を開いて解散とする。これより一行はめいめいに別れ、時おり会食することもあったが、やがて三々五々帰京していった。病を得た思軒はしばらく南翠の家に寄留し、只好とともに新橋の停車場に帰着したのは、四月十七日薄暮のことであった。

夕凪や無事に引く鶴残る鶴

奈良で一行が別れたおりの、得知の詠である。

二、根岸党以後

党の内紛

私たちが作品で読むことのできる根岸党の遊びは、この月ヶ瀬旅行が最後である。これ以降、本書で紹介してきたような作品は、わずかな例外を除いてまったく発表されなくなったからである。もちろん、文人たちがそれぞれに文筆活動を続けているのは当然だし、篁村や得知、露伴など積極的に紀行を書いた人物も少なくない。しかしながら、そのほとんどは一人旅か、あるいは根岸党以外の友人との道中を描いたもので、党での遊びを扱った作品はほぼ完全に跡を絶つのである。

あまりに唐突にも思えるこの作品の杜絶は、はたして何を意味しているのだろうか。最もわかりやすい解釈は、これまでもしばしば言われてきたように、根岸党の終焉と考えることである。[5] 実際、この月ヶ瀬旅行の前後には、今まであまり見られなかった人間関係上のトラブルをうかがわせる資料があらわれる。たとえば、一行が帰京した翌月の明治二十六年五月、批評家の斎藤緑雨が坪内逍遙に送った手紙の、次のような一節である。

月瀬行の失策、寧《むし》ろ失体咄《ばなし》、山の如し。『狂言綺語』発行前の内輪もめと一緒になつて、彼の党は四分五裂、お互ひに罵詈《ばり》し合へり。[6]

毒舌家で知られる緑雨のことだから、ある程度は割引いて聞かねばならないが、それでも月ヶ瀬旅行の最中、彼らに何らかの内紛があったことはたしからしい。そういう目で作品を読んでみると、一行がいつになく長く硬派と軟派の二手に分れたこの旅行、熱田の宿で寝ているところを起された場面や、軟派の人々を妓楼に残したまま、早朝に伊勢を出立した場面などには、執筆者である篁村や得知のいらだちがほの見えるようである。また、緑雨の言う「『狂言綺語』発行前の内輪もめ」とは、露伴が楽々会に宛てた次のような手紙と関連するものだろう。

拝啓　小生聊《いささ》か思ひ定むるところ有之《これあり》、楽々会を脱し、『狂言綺語』編輯《へんしゅう》を辞し申候。従つて自分執筆いたし候分、一切取消し申候。何と仰せられ候共《そうろうとも》、不及是非《ぜひにおよばざる》義と極め居り候。仔細《しさい》も何も無之《これなく》、滅茶にいやに相成《あいな》り申候に付《つき》、ウソをつかずにいやと申上候なれば、左様《さよう》御承知被下度候《くだされたくそうろう》。草々頓首[7]

思うところがあって会を脱退、雑誌の編集も辞退したく、加えて作品の執筆もすべて断るというのである。

手紙の日づけは不明ながら、『狂言綺語』第一号に掲載された「足ならし」[8]には露伴の文章も含まれていたし、もちろん月ヶ瀬旅行にも「楽々会員」として参加しているから、これは旅行のあと、第二号の準備中に送られたものと考えるのが自然である。ただし、「足ならし」において一行の「トボケたる有様」を茶化した篁村が、「予も此に至つて脱会すべしと思へり」とコメントしているあたり、すでに受取っていたこの手紙を念頭に置いた冗談と読めなくもない。露伴の決意までの経緯や意志の強さも不明で、たとえば塩谷賛は実兄、郡司成忠《ぐんじしげただ》海軍大尉の千島列島開拓を目指した移住が、「露伴の心境に与えた影響の結果」ではないかと見ている。[9] たしかに、少人数と不十分な装備で酷寒の島々に渡るという兄の企てには、露伴も少なからぬ不安と動揺とを覚えたようだが、[10] 何しろ反語を弄することの多い根岸党だから、この手紙も多分に誇張を含む可能性もあって、断定的なことは言いにくい。はっきりしたことがわからずもどかしいが、これらの資料を見るかぎり、少なくとも彼らのなかで、ある程度のいさかいや気持ちのすれ違いが起っていたことは間違いないだろう。

根岸党の同人誌『狂言綺語』（東京大学法学部附属明治新聞雑誌文庫蔵）。

月ヶ瀬旅行以後

しかしながら、そのことを考えに入れても、やはり月ヶ瀬旅行のあとで根岸党が解散したと見ることはできない。というのは、彼らはこのあともおなじような遊びを続けているからで、代表的なものとしては塩谷賛も紹介している、明治二十七年三月十六日の米僊の愚名命名式がある。[11] これは渡米していて月ヶ瀬旅行に参加できず、したがって愚名もなかった米僊に頓八《とんぱち》という名を与えた会で、わずかに残る記録によれば、露伴と太華が発起人に、篁村が名づけ親になり、得知と永洗も参加して柳島の橋本で開かれた。

彼らが愚名を用いた交友を続けていたことは、明治二十六年の六月、箱根に滞在中だった太華へ送った露伴の葉書に、こんな文言があるところからもわかる。


兵六大人《うし》御一人にて候や、また足下の外にも御同行者有之《これあり》候や。（中略）猪尾《ちょび》来らず、もたしけ来らず、竹《たけ》の舎《や》虚。相かはらずつまらぬ〳〵〳〵。[12]

手紙全体の大意は、箱根旅行とはうらやましい、自分は忙しくて大変だという程度だが、太華のことを愚名の「兵六」と呼んでいるのが目を引く。ほかに「猪尾」とは背が低くて猪尾助と呼ばれていた只好、「もたしけ」は前章の第二節に出てきた詰め言葉で森田思軒を縮めた呼びかた、「竹の舎」は篁村の別号である。ここからは、月ヶ瀬旅行やそれにまつわる何らかのトラブルのあとも、愚名を用いた彼らの遊びが続いていたことがわかる。長旅のなかで生活や行動のスタイルがぶつかり合い、軽いいさかいが起きるのはよくあることだし、また本来自由であるはずの遊びとは矛盾する定期的な雑誌の刊行が、党のメンバーの反発を招いたのも理解できるが、それがただちに根岸党の解散へと結びついたわけではないのである。

では、根岸党の遊びを描いた作品は、なぜ書かれなくなったのか。その最大の理由はおそらく、前章の最後に述べた、作品自体の閉鎖性だろう。

根岸党の文学はもともと、報道の革新によって生れた顔の見えない不特定多数の新聞読者に、彼らの遊びを面白おかしく紹介するところから出発した。そこにはいくらかの誇張や、時には虚構すらまじっていたかもしれないが、描かれた失態の滑稽さは誰にもわかりやすいものだった。明治二十三年の西国旅行で、露伴と太華が合作した共同道中記は発表されず、のちに露伴が「まき筆日記」として新しくまとめなおしていたように、仲間うちでの冗談がそのまま公にされることはなかったのである。

ところが、党の活動が盛んになり、参加人数も増えるに従って、一般の読者への配慮を特に行わず、合作をそのまま活字にした「草鞋記程」や「足ならし」のような作品が生れた。だからこそこの両作には、仲間との遊びを楽しむ彼らの気取らない空気が封じ込められているのだが、その一方でより新奇な趣向を求めるあまり、洒落や冗談が複雑になっていった現実の党の変化を反映して、党員同士にすらわからない冗談も出現していた。そして月ヶ瀬旅行においては、ついに紀行を党員にしか通じない愚名で記し、また十分な説明がないまま、硬派と軟派との対立を繰返し記述するまでにいたっている。こうした変化は、一般の読者に向けた作品とは相容れないものであり、彼らが作品を書かなくなった大きな要因になったと考えられる。

もちろん、彼らをあくまでも文学集団として捉えるのであれば、作品が書かれなくなった時点で、その活動は停止したと見るほかない。だが、根岸党とは本来、作品の制作を目的とすることなしに、多種多様な人物がそれぞれの交友関係によって集まった私的な遊びのサークルだったはずである。だとすれば、作品の杜絶がそのまま党の消滅を意味することにはならず、むしろ明治二十一年六月の「塩原入浴の記」で自分たちの遊びを描きはじめる以前に近い姿へ戻ったと考えるべきだろう。すなわち、「草鞋記程」のころに爛熟の頂点を迎えた根岸党は、この月ヶ瀬旅行のあと、サークルの形態をふたたび大きく変動させていったのである。

その後の遊び

作品に描かれることがなくなったその後の彼らの活動を、詳しく知るのは難しい。二日旅行が継続して行われたのかどうかも定かでないが、米僊の「富士見西行」(明治二十七年二月)には得知の「昨日まで富士詣とか、それはよき事なりし。またこの夏には、例の竹の舎(篁村―注)、森田(思軒―注)諸氏の一行と甲府行を思立居ることとなり。勿論、子も同行の頭数のうちに加へあり」という言葉が記されている。[13] また、翌明治二十八年の二月末、篁村が得知、米僊やほかの友人たちと水戸まで観梅に出かけたことを、坪内逍遙に「久しぶりの二日旅行、水戸まで参り候」と報じている。[14] おなじ年の六月には、篁村と得知が二人で伊香保に旅しており、[15] かつての月例のような頻度でこそないものの、ともに旅に出ることもしばしばであったとわかる。

また、旅と並んでもう一つの趣味だった歌舞伎に関する資料も、いくらかは残っている。たとえば、明治二十六年十一月十四日に依田学海が明治座に行ったところ、露伴、篁村、得知の三人が来ているのに出会った。[16] その得知は翌二十七年より、これまでの『国民新聞』から篁村のいる『東京朝日新聞』へと発表の場を移し、二人で合評も試みている。[17] また、明治二十八年の三月から『歌舞伎新報』の編集主任となった只好が、同年八月に同誌の改革を実行し、永洗、天心、米僊、得知、篁村、三昧、思軒、南翠といった面々を特別寄書家に招聘したのも、根岸党のつながりからだろう。思軒は翌二十九年の四月以降、得知、米僊、篁村や鷗外の弟の三木竹二らとともに幾度か合評会を催している[18]。

しかしながら、根岸党中後期のころにくらべると、やはり彼らの往来は少なくなっていったようである。明治二十九年六月、篁村と得知が「月一回、両家のうちで無事な顔を合せ、一杯やらうではないか」と発案した「無事見会」は[19]、両者のゆききが間遠になりつつあったことをうかがわせる。その背景には、彼らがそれぞれ多忙になり、あるいは根岸の地を離れたことが影響していると考えられ、そのサークルはいつしか自然に解消していったのだった。明治二十九年の歳晩、露伴は石川県の金沢に転地していた石橋忍月に送った手紙のなかで、根岸党の人々のことを次のように報じている。

> 高橋太華も老い候。あへば篁村、不相変《あいかわらず》のんきに候が、大分酒のまはり早くなり候。幸堂得知、猶面上に油光り有之《これあり》候は頼もしく候。三昧、貯金三昧との噂、有之候。（中略）思軒（今や亡し）。鷗外無異《かわりなく》（後略）[20]

彼らの近況を淡々と伝えるこの文面には、どことなく遊びの季節を過ぎた穏やかな落着きと寂しさとが感じられるだろう。

根岸党以後

かくして根岸党の歴史は幕を閉じたのであったが、最後に月ヶ瀬旅行以後の彼らの動静を簡単にまとめておこう。

まず、明治二十六年のはじめころ大久保から京橋に引越した饗庭篁村は、おそらくこの年のうちに向島に転居し、以後も紀行や劇評を中心に活躍した。得知や露伴らとの交友も続いてはいたが、徐々に『東京朝日新聞』の記者でのちに劇作家となる、右田寅彦《のぶひこ》とのつきあいを深めてゆく。長らく江戸文学史の執筆を志しながら、はたすことなく大正十一年に他界した。享年六十八。

彼の親友で下谷の六阿彌陀横町に住んでいた幸堂得知は、党の遊びが沈静化したころ、篁村が売らずに残していた根岸の旧宅へと移り住んだ。明治二十七年一月、篁村が「(得知は小説を書くほか―注) 根岸の庵に閉籠りてあられしが」と書いているから、転居はこれ以前のことだろう。[21] 明治三十年代も劇評家として、また俳人として活躍し、大正二年に歿した。享年七十一。

この二人とは年齢の差を超えて親しく、根岸党中期以降の中心人物であった幸田露伴は、明治二十六年の冬、篁村を追うようにして向島に転居し、迎えた篁村は「向島勉強組 (但し組合は露伴子と小生、タツタ二人) 設立」と書いている。[22] 以後もしばらくは転居続きであったが、やがて向島寺島村に居を定め、新人発掘を目的とした雑誌『新小説』の編集や新たな詩形式の試み、随筆、史伝など幅広い文学活動に取組んでゆく。昭和期に入っても筆を持ち続け、そのなかで根岸党についての回想をいくつも発表したことは、本書で紹介してきたとおりである。昭和二十二年歿、享年八十一。

露伴の親友だった高橋太華は、明治二十年代の後半から、おもに『小国民』を舞台に少年文学の作家として活躍するようになった。また、岡倉天心の日本美術院創設にあたっては特別賛助会員に名を連ね、若き美術家たちの育成に尽力する。第二次大戦の戦火のさなかも、露伴から買った谷中の家に住みつづけ、昭和二十二年に歿した。享年八十五。

根岸党の大規模な遊びに参加することは次第に稀になっていた岡倉天心も、明治二十五年に思軒たちが行った歌舞伎の合評に名前を見せたり、「草鞋記程」の旅にも誘われていたりと、最後まで党の一員として迎えられていたようである。明治二十六年三月に露伴の兄、郡司成忠が千島列島開拓に出発したおりには、太華、米僊、篁村とともに壮行会の発起人をつとめている。同年七月から清国出張に赴き、十二月に帰国したおりには、今度は篁村と露伴が発起人となって帰国祝いを催した。[23] 明治三十一年に創設した日本美術院には、根岸党の文人たちが名誉賛助会員や特別賛助会員として顔を揃えている。大正二年歿、享年五十二。

天心と同様、東京美術学校での教職が忙しかったためか、やはり次第に姿を見せなくなっていた川崎千虎は、明治二十八年七月、佐賀県の有田工業学校長として赴任した。その直前の六月二十五日には、天心や三昧、福地復一らが集まって送別会を催している。[24] 明治三十年にはふたたび東京美術学校に迎えられたものの、翌年の美術学校騒動に際して天心とともに辞職、日本美術院で後進の指導にあたり、明治三十五年に没した。享年六十七。

天心と肝胆相照らす仲だった森田思軒は、明治二十四年十一月に『郵便報知新聞』を退社し、翌年一月から露伴の属する『国会』に客員として迎えられていた。同誌の廃刊後は『万朝報《よろずちょうほう》』に入社したものの、明治三十年十一月、重い腸チフスに罹患する。医師ではなく学者を自認し、普段は患者の診察を行わなかった森鷗外も、思軒は親友だからと病床に侍し、また鷗外の弟の三木竹二も診療にあたったと伝わるが、薬石効なく、腹膜炎を併発して急逝した。[25] 享年三十七。葬儀は友人代表として天心や藤田隆三郎らが執り行い、一周忌の三十一年十一月十三日には、鷗外や篁村、露伴、天心らが発起して追弔会が催されている。[26]

その思軒が存命中、あまりの饒舌を封じるため「黙庵」の名を与えたのが、関根只好であった。[27] 明治二十八年に『歌舞伎新報』の編集主任となったことはすでに述べたが、以後も生涯演劇にたずさわり続けた。また、芸能史に関する研究も意欲的に発表したが、父である只誠の「講談落語会話」を増補した『講談落語今昔譚』の刊行目前、関東大震災に罹災する。自宅、出版社ともに焼亡し、野宿を余儀なくされたことから病を得て、[28] 大正十二年に歿した。享年六十一。

月ヶ瀬旅行の直前から十一月末の帰国まで、明治二十六年の多くを海外ですごしていた久保田米僊は、翌二十七年も六月から、日清戦争の従軍記者として大陸に赴いている。帰朝したのは明治二十八年の十月で、三十年には石川県工業学校の絵画教授として赴任した。ところが、不幸にも眼疾を患い、帰京して治療に専念するも効なく、やがて失明してしまう。以後はもっぱら俳人や文筆家として活動し、明治三十九年に他界した。享年五十五。

宮崎三昧もまた、篁村や露伴と同様、明治二十年代の終りに向島に移った一人である。明治三十年代には創作から遠ざかり、江戸文学を中心とした古典の翻刻校訂に力を注いだ。唯一の伝本が関東大震災で失われた井原西鶴「椀久一世の物語」は、三昧の校訂した『賞奇楼叢書』二期第五・六集

（珍書会、大正四年十〜十一月）によってのみ伝わるなど、その功績は小さくない。大正八年歿、享年六十一。

以上が東京在住のおもな顔ぶれだが、続いて大阪に移った人々についても紹介しておこう。

明治二十三年ころには根岸党から遠ざかりつつあった高橋健三は、二十五年十一月に内閣官報局を辞し、『大阪朝日新聞』の論客として活躍していた。明治二十年代の終りから持病の肺患をつのらせ、興津に転地療養していた彼のもとへ、篁村と得知が見舞に赴いたのは、二十九年六月のことである。[29]病勢はその後も一進一退を繰返していたが、まだ結核に有効な治療法がなかった時代で、ついに明治三十一年に歿した。享年四十四。

明治二十五年の末からおなじ『大阪朝日新聞』に入社した須藤南翠であったが、その懐事情は苦しかったらしく、明治二十七年九月には春陽堂の和田鷹城に借金を申込んでいる。[30]その文面には「昨年、能美努計《のみぬけ》会連の大襲以来、折角どうかなりかゝりたる手元がらりと変り」とあるが、「能美努計会」とは根岸党が行っていた殿様遊びの一つだから（序章第二節参照）、「大襲」とは月ヶ瀬旅行を指すと見られる。明治三十五年に脳溢血で倒れてからはほとんど筆を持たず、三十八年に帰京、大正九年に歿した。享年六十四。

三、おわりに

根岸党とは何か

根岸党とは、いったい何だったのだろう。

まだ作品を発表しはじめる以前の明治十年代から、明治二十年代の終りにいたるまで、彼らはきわめて活発な交遊を繰広げた。少なからぬ顔ぶれの変動こそあったものの、そこに集まっていたのはみな当代一流の文化人たちであり、うち幾人かは近代の文化を代表する存在ですらある。そうした彼らが日夜酒を酌みかわし、趣向を凝らした催しを企画し、あるいは連れ立って観劇や旅行に出かけていた。若き青年たちならいざ知らず、すでにそれぞれ一家をなした人々が知り合い、世代もまちまちなままにこのような親密な交わりを結ぶこと自体、かなり珍しいのではないか。

しかもその遊びときたら、与えられた題をもとに洒落を考えて持寄ったり、歌舞伎の登場人物に扮して寸劇を行ったり、見ようによってはくだらないことに打ち興じていたのである。新奇で珍妙な趣向を求めて失敗し、その失敗を笑い合って楽しむくらいならまだしも、わざと馬鹿なことをしよう、失敗しようと競い合うにいたっては、よくよくおかしな集団だと言わざるをえない。現代の新聞の論説委員や、文壇や画壇の重鎮や、上級官僚や裁判官や出版社の経営者たちが知り合って、こんなふうに遊びはじめるところを想像できるだろうか。単なる忙しい日常の合間の息抜きと考えるには、彼らの遊びはあまりにも大がかりで、かつ頻繁にすぎるのである。

「敗残の時代」説

こうした奇妙な集団についての、一見もっともらしい説明は、明治という新時代に対する消極的な反逆、異議申し立ての形だったとするものである。つまり、メンバーの全員が明治以前の生れであることに着目して、押しとどめようのない時代の流れのなかで彼らはかつての江戸を懐かしみ、無益な遊びに興じて懐旧の念をなぐさめていた、と見るのである。たとえば、塩谷賛は次のように言っている。

> 根岸党の人々にとっては明治の時代は敗残の時代であった。古い江戸の詩は散文的な藩閥の侵入によって破壊され、(中略) 彼らは敗残の平和をたのしみ、戯作者という職人的な芸術家であるという低級な誇りを固守していた。それが根岸党のあそびの意味であった。[31]

氏はまた、「みんなの思うところは今よりも江戸の時代のほうがよかったとみるのであった」とも述べて(百五十二頁)、根岸党を懐旧の集団と位置づけている。古き時代に殉じ、隠逸にのがれるのは古今東西に例のあることで、たしかにわかりやすい見かたである。しかも、根岸党の人々の大半が、暗い過去や挫折の経験を持っていたものだから、「敗残の時代」説はますます説得力を帯びてくる。

山口昌男は、太華が戊辰戦争で悲惨な敗北を喫した二本松藩の出身であり、しかも若年時の徴兵忌避のため「隠れた生活」をしていたという逸話を引きあいに出し、根岸党に「薩長閥に対する江戸っ子の反撥感」や「遊戯精神と反権力という、健康的とも病的とも言える脱世間の感覚」を読取っている。[32]おなじような徴兵忌避の経験は南翠にもあって、しかも彼の場合は露顕して投獄までされてしまった。[33]慶應義塾に学んだ思軒は明治十年、原因は不明ながら突如退塾し、二年ほど郷里で失意の生活を送っていたし、[34]露伴もまた現在の青山学院の前身である東京英学校に通いながら、おそらくは家庭の経済事情によって退学、電信修技学校を出て電信技師として北海道余市に赴任していった。そもそも根岸党の遊びが活性化したきっかけ自体、三井銀行の青森支店長だった得知が部下の横領事件の責任を取って辞職し、帰京して下谷に住んだことだったのである。

彼らの生涯をこう振返ってみると、たしかに敗残者として時代をそねみ、あてどない享楽にふける条件は整っているかのように見える。だが、忘れてはならない。暗い過去や挫折の記憶を持つ彼らは、同時に明治という時代のなかで、華々しい活躍をしていた人々でもあったのである。

もちろん、それぞれにはそれぞれの悩みがあり、葛藤があったことは疑いないし、太華のように明治三十年代以降は決して表舞台に立とうとせず、最後まで影の存在でありつづけた者もいる。とはいえ、彼の「雅俗日記」に記録された連日連夜の往来や、あるいは矢継ぎ早に発表された紀行や歌舞伎の合評には、時代に逆らって詩酒に紛れ、あえて無為の生活を送るという隠逸や頽廃の影は薄い。これまで本書で紹介してきたように、彼らの遊びはもっと明るく、積極的で、精力的なのである。だとすれば、一方では時代の中心にあって活躍しながら、一方では馬鹿馬鹿しくも思える遊びに興じる、そうした二重性が彼らのなかには矛盾なく同居していたと考えるほかあるまい。そして、おそらくそれこそは、江戸と近代との境界に位置する明治という時代の姿でもあった。

江戸と明治

幕末から維新の動乱のなかで、開国に伴って西洋の先進的な文化に直面した日本は、西洋列強に伍するべく急激な近代化を進めていった。政治機構はもちろんのこと、暦や身分制度から地方行政、経済構造、産業、言語にいたるまで、社会や生活の万般にわたる未曾有の変革がきわめて短期間に行われたことは、よく知られているとおりである。そうした新しい文物の大量流入を受けて、人々は少なからず戸惑いながら、しかし数々の啓蒙書や急速に発達したメディアなどを通じて、徐々にそれらに順応していった。そして、新しい教育のもとに育った若者たちが世に出はじめる明治十年代後半から二十年代には、憲法も定められ、議会も開かれ、新時代の社会システムがようやく軌道に乗りはじめたのである。

歴史的または社会的に見れば、明治中期とはこのように、激動の変革を経て安定期に入りつつあった時期であり、やがて明治二十七年から二十八年の日清戦争に勝利するにいたって、日本の近代化は一応の達成をみたかに思える。もちろん、その結果として強権を持つ軍部の擡頭や貧富の格差、なお解決されない身分差や性差による差別など、多くの問題が新たに浮上してきたのだが、そういった負の側面まで含めて、江戸に代る近代という新しい時代が到来したように見える。もはや誰も刀を差してはいないし、髷はみな切り落された。だが、維新からまだわずかに二十年あまり、社会全体は大きく変貌しても、人々の身についていた感覚や心性までもが、手のひらを返したようにそう簡単に変るものだろうか。

たとえば、幕末から活躍していた戯作者、仮名垣魯文がはじめた『仮名読新聞《かなよみしんぶん》』や、おなじく戯作者だった梅亭金鵞、鶯亭金升、田島任天《にんてん》らが筆を執った『団団珍聞《まるまるちんぶん》』など。おもに明治十〜二十年代に読まれたこれらの新聞や雑誌では、ひげを生やした官員を鯰に、芸者を猫に、華族などの家の執事である家令《かれい》を鰈にといった見立てや、番付、狂歌、狂句、戯画などの趣向を駆使し、政府や世情を滑稽に諷刺して洒落のめしている。その方法は、何か事件があるたびに出回り、秀逸な見立てで庶民たちの笑いを取った、江戸の瓦版や一枚絵に近い。

あるいは、明治中期に行われた洒落にまつわる遊びとしては、明治二十八年十一月十二日に入谷の鬼子母神（真源寺）で開催された「諸君洒落ル会」が、中込重明の紹介によって著名である。[35]これは、「恐れ入谷の鬼子母神」「どうで有馬の水天宮」「しゃれの内のお祖師様」という題をもとに、みなが洒落を作って持寄るという会で、たとえば参加者の一人であった鶯亭金升が考えたのは「押れ廓の市のばん」「京で秋なら通天橋」「荒れの後のお星様」「酒の後の今年蕎麦」。何のことはない、地口と呼ばれるただの語呂あわせだが、優秀作は額に納めて奉納されたらしい。本書で紹介した明治二十三年二月八日の、洒落を持寄る福引大会とよく似た趣向である。

この「諸君洒落ル会」にも得知、思軒、篁村、只好といった顔ぶれが見え、中込は根岸党が深く関わった遊びの一つだと考えている。しかし、露伴や太華らの名を欠く一方で、戯作者の南新二や條野採菊、野崎左文《さぶん》、彩霞園柳香、伊東橋塘《きょうとう》、浮世絵師の落合芳幾《よしいく》、『改進新聞』社主の寺家村逸雅《じけむらいつが》、翻訳家の黒岩涙香《るいこう》、新聞記者でのちに劇作家となった右田寅彦、劇評家の岡本綺堂《きどう》、落語家の談洲楼燕枝ほか、知名の人物が多数参加しているところを見ると、むしろ同時代にしばしば行われていたおなじような催しの一つと考えたほうがよい。実際、洒落や地口を競う遊びは初午の縁日に奉納する地口行燈《じぐちあんどん》など、江戸時代からごく一般的に行われていたものだった。「諸君洒落ル会」の参加者のなかでも、採菊や芳幾は幕末に仮名垣魯文や三遊亭円朝《さんゆうていえんちょう》らと起した三題噺の会、粋狂連《すいきょうれん》の仲間たちと楽しんでいたようだし、[36] また左文や柳香、橋塘などはその魯文の門人だから、この会もそうした流れのなかでとらえてみれば、さして意外なものではない。

　これらは明治のなかごろの例だが、おなじような雰囲気を持つ文人たちの遊びの会は、かなり後年まで行われていた。たとえば、「諸君洒落ル会」の参加者の一人、右田寅彦を囲んで大正八年に催された「亡霊会」である。[37] これは、彼がまだ存命であるにもかかわらず、誤って新聞に「故人」と書かれたことに同情した友人たちが企画したもので、今の銀座のあたりにあった富貴亭という料理屋で十月十二日に開催された。発起人のなかには、明治三十年代以降、寅彦を旅の相棒にしていた篁村の名前も見えている。

　会の当日は床の間に来迎仏の掛物を掛け、客からは会費ではなく香典を受取り、入口には「忌中」ならぬ「喜中」と書いた紙を貼り、役者を呼んで僧侶の扮装で踊らせた。そして寅彦本人は、頭に白い三角の布を巻き、経帷子を着て、棺桶に見立てた四斗樽のなかから飛出したのである。好酒院日夜惑溺虎士というふざけた戒名まで用意してあったようだから、かなり手が込んでいる。しかも翌月の十五日には、その続きとして誕生会が行われ、今度はちゃんちゃんこを着て附け紐をし、巾着を下げた寅彦が哺乳器で酒を飲んでいたというから、いくら何でも呆れてしまう。

これも似た催しを探せばいくらもあろうが、たとえば、おそらくは幕末から明治のはじめころ、戯作者の梅亭金鵞が友人たちと阿弥陀如来や文殊菩薩などになりきって、酒を般若湯と言い、煙草盆を線香と言ったりする「仏附合ひ」をして遊んでいたことを、弟子の鶯亭金升が回想している。[38]あるいは、根岸党とおなじころの例としては、「飽《あく》まで世人を馬鹿にせんとの意気込」で結成され、向島の名所を歩く間に一人狂歌二十首、狂句十吟を詠んで宗匠に点をつけさせた「呑気会」に対抗して、「某法律学校の教師」であった人々が「寒念仏、百万遍《ひゃくまんべん》及び巫女の口寄せ」などを余興にして遊ぶ「陰気会」なる会を起したことが、新聞紙上で報じられたりしている。[39]このように、時代は下ってもまだかなりの人々が、たわいない遊びに興じ、笑いを楽しむ江戸以来の感性を残していたのであり、むしろ幕府の厳しい取締りがなくなったからこそ、より自由に花開いた面もあったのかもしれない。

根岸党の明治

そして、根岸党もまた、こういった時代の流れのなかで生れてきた存在であった。一例を挙げれば、本書の第一章で紹介した、高橋健三が渡仏する際の歓送会で、「仮名手本忠臣蔵」の大星由良之助に扮して遊んでいたこと。この遊びがたとえば、嘉永四年（一八五一）の十一月十一日、浅草の質屋であった池田屋市兵衛が歌舞伎に脚色された「偐紫田舎源氏《にせむらさきいなかげんじ》」の仮装を企て、友人や芸者たちと武家、御殿女中などの格好で練り歩いて罰せられたような例と、[40]発想をおなじくすることは明らかだろう。当時の空気を実際に肌で触れて覚えているのは、おそらく幸堂得知くらいだろうが、ここに挙げてきた例からもわかるように、そういった人々の心性は一朝一夕に失われるものではない。そして太華や只好、露伴といった若い世代の人々も、年長の友人たちとの遊びを通じて、その空気を体感していたはずなのである。

もちろん、時代はすでに移り変っており、彼らはもはや江戸人ではない。旅に出ては「江戸の鰹が爰《ここ》で最《も》うシブワとなるとは、偖も〳〵」「夕方に江戸に着くは、却《かえっ》て寸法妙なるべし」などというものの、それらはあくまで古めかしさを面白がる冗談でしかない。だが、先ほども述べたように、そうした彼らの姿勢を逆に、失われた時代への絶望的なあこがれとするのもあたらない。根岸党の文人たちはそれぞれのやりかたで新時代を受入れ、様々な分野で活躍しつつもなお、かつての江戸人としての旧き感性を保ち、それを新しい文物や風俗と融和させて楽しんでいたのである。そもそも、聞きかじり程度の知識や経験で知った顔をする半可通や、闇雲に流行に同調する俗人ばかりでなく、やたらと古いものに固執する頑迷さもまた、江戸人たちの蔑んだところではなかったか。

明治という時代の面白さは、何よりもこのような混沌とした豊饒にある。資本主義的、功利主義的な社会変革が進み、政党や財閥、軍部などが伸張すると同時に、露伴の親しい友人で生涯を玩具の蒐集などに遊び暮らした、淡島寒月のような畸人や好事家たちが幾人も生きていた時代。新しい空気のなかで闊達に動きまわり、整備された交通網を利用してどこへでも出かけ、時に新奇な事物に目を輝かせ、時に大衆的な俗っぽさに閉口し、そしてそのすべてを酒と笑いに溶かしこんでゆく明るさと活気とが、時代の先端をゆく知識人や文化人たちのなかにもうねっていた時代。根岸党に集まっていた人々はまさに、江戸と近代との接合点として二つの時代が二重写しになった明治の、その多層的な性格を体現した存在だったのである。

遊びの文学

しかも、彼らはそうした遊びの空気を描き取ることのできた、数少ない存在であった。根岸党の作品はどれも、気のおけない友人たちが集まり、ともに遊び、旅した時の茶目っ気たっぷりに戯れあう姿や、快活な談笑にあふれている。これは、どこにでもあるごく一般的な楽しみのようだが、しかし集団のなかでその時々にしか生れてこないものであるから、作品に描くことは意外に難しい。

もちろん、仲間うちの交遊や失敗続きの旅をモチーフとし、滑稽に描いた作品はかなり以前から存在する。代表的なのは享和から文化年間、すなわち一八〇〇年代初頭に書かれた十返舎一九《じっぺんしゃいっく》の「東海道中膝栗毛」や、その少しあとに書かれた滝亭鯉丈の「花暦八笑人」などである。根岸党から遡ること七十年あまり、滑稽本と称されるこれらの作品は、たしかに仲間たちの馬鹿馬鹿しい遊びや旅先での出来事を扱ってはいるが、しかしあくまでも架空の物語であるだけに、現実には起りえないような失敗が大げさに誇張されている。たとえば「膝栗毛」には、蓋を底に沈めて入る五右衛門風呂を知らず、便所の下駄を履いたまま入って底を踏抜いてしまう有名な話があるが、こうした突拍子もない荒唐無稽さは、やがて時代が移るとともに影をひそめ、基本的に現実の出来事に取材した根岸党の作品に登場することはない。

逆に近代に入ると、作品を個人で書くことが一般的になり、そうでない場合も全体の統一性が重んじられるため、どうしても集団であるがゆえの楽しみ、それぞれが勝手に動きまわるがやがやとした活気をとらえるのは困難になる。たとえば、根岸党が活動したのとおなじころに書かれた、尾崎紅葉の「紅子戯語」[41]。硯友社の友人たちが交す雑談という体裁で、文学を志す明治の青年たちの活気を伝える秀作だが、しかしほぼ全篇が会話文だけで構成されるこの作品には、おたがいの姿や仕草がまったく描かれていない。あるいは、少しあとの明治四十年夏、九州旅行に出かけた北原白秋、木下杢太郎《もくたろう》、平野萬里《ばんり》、与謝野鉄幹《よさのてっかん》、吉井勇《いさむ》の五人が交替で書き継いだ、合作紀行「五足の靴」[42]。その形式は篁村と太華の合作「山めぐり」に通じるが、しかし作品の全体は次のような筆致で統一されている。

> 名も知らぬ石橋を渡らうとした時、M生は突然、『実に長崎に似て居るなあ。』と叫んだ。多くの氷水の露店が並んで居る辺、川の面に夕暮の残光が落ちか丶って居る辺、洋館めいた家が立つて居る辺《あたり》、一寸髣髴として其面影を忍ぶ事が出来る。長崎、長崎、あの慕《なつ》かしい土地を、何故一日で離れたらう。
>
> （十七「熊本」、八月二十六日）

吉井勇か平野萬里のどちらかが描いた、薄暮の熊本である。時代による文体の差はともかくとしても、旅する五人の視線は一体になって旅先の風景へと向けられており、おたがいの失敗を見つけてからかおうと身構えてはいない。文中、M生とは木下杢太郎のことだが、「実に長崎に似て居るなあ」という彼の感慨を聞いた筆者は、それを茶化すどころか、何のためらいもなく共感して自分の感慨にしてしまうのである。

これに対し、根岸党の作品はつねに、おたがいへの意識と対話の構造とを基調にしていた。また人数が少なかった前期のころから、おなじ旅や催しを題材にして、相手の作品に反応した文章を発表することで、新聞紙上で応答を交す場面をしばしば見ることができた。あるいは作中でも、次第にメンバーが増えるにつれて、ほかの人物から見られていることを意識してわざと失敗してみせ、それをからかう彼らの言葉を書きとめたり、逆に誰かの失敗を見つけて揶揄したりする場面が頻繁に出現するようになった。とりわけ「草鞋記程」「足ならし」の両作では、紀行本文を交替で書き継ぐことによっておたがいの姿を描き合うのみならず、執筆者以外が自由にコメントを書入れ、それに応えるコメントがさらに書込まれることで、本文とは別の次元で対話が展開する例も多く見られた。そこに起っているのは、おたがいをまなざし合い、からかいの言葉をかけ合う、視線と対話の交錯にほかならない。かくして彼らは、遊ぶ彼ら自身を題材にしつつ、誰か一人の視点からその光景を描くのではなく、飛びかう言葉の応酬のなかに集団のありかたを浮びあがらせる、〈党の文学〉を実現したのであった。

しかも、根岸党という集団の面白さはそれだけではない。「草鞋記程」のなかで、只好が自分の装いを誇りかに記述した時、画家の永洗が「画面には大島木綿の羽織を着て、樽を下げた姿に書きました」とコメントして口絵を参照させていたように、あるいは思軒が「米僊、永洗二氏は即〈妙義の——注〉景、数枚を写す」と記した箇所には米僊のスケッチが掲げられていたように、その活発な応答は絵画をも巻込んで展開してゆく。そして、彼らの原稿は編集者、太華の手によって整序され、思軒の筆で題簽が揮毫され、出版社主、高橋省三によって単行本へとまとめられたのであり、そうした経緯は雑誌『狂言綺語』もほぼ同様であった。まだ文学や美術、出版といった専門領域が細分化、断片化しておらず、相互の交流が活発だった時代ゆえに可能だったジャンル横断的なこれらの作品には、明治文人たちの遊びの空気が、彼らの愉悦とともに結晶しているのである。

ところが、どの集団にもつきものであるように、次第に閉鎖性を強めた根岸党が作品の発表をやめてしまうと、こうした集団がふたたび出現することはなかった。そして、これより以後、社会の複雑化、多様化とともに封建制度から解放された個人の比重が増すにつれて、集団のなかで〈個〉に由来しない作品を生む発想は失われ、また進歩と発展とを重んじる時代の気風が、無為で享楽的に見える遊びを否定したこともあって、根岸党のような存在は過去の遺物とされることになる。それはいわば、西洋からの強い影響を受けて出発した近代が、自分自身のアイデンティティーを確立しようとする動きだったのかもしれない。しかし、そのあまりに性急で狭隘な近代化が、強い閉塞感と幾多の悲劇とを招いたことは、よく知られているとおりである。いまだその束縛から抜出せないでいる現代、あらためて根岸党の作品を読みなおしてみるならば、私たちは心地よい笑いとともに新鮮な驚きに目を瞠るだろう。そこには、社会全体の急激な変転をゆるやかに受入れ、なおかつ江戸から受継いだ遊びの感性を失わなかった明治人たちの姿が、柔軟で自由闊達な精神の輝きを受けてきらめき、私たちの近代が失ってしまった可能性を豊かに示してくれているのだから。

1 久保田米僊「シカゴ博覧会前記」渡米画報　其一（『国民新聞』明治二十六年四月一日）。

2 久保田米僊「帰朝」（『国民新聞』明治二十六年十二月二日～十四日）。

3 饗庭篁村「月ヶ瀬紀行」（『東京朝日新聞』明治二十六年四月五日～五月十日）、森田思軒「探花日暦」（『国民之友』同年四月二十三日～六月三日）、幸堂得知「春の旅」（『国民新聞』同年五月三日～六月二十四日）、高橋太華「伊勢の旅」（『露伴全集　月報』第十五号、岩波書店、昭和二十六年二月）。

4 野田宇太郎「月ヶ瀬の宿帳」（『文学散歩』昭和三十七年三月）。

5 藤井淑禎は、「根岸党の人々が〈遊び〉から醒める時」の到来と位置づけている（「根岸党における露伴」、『解釈と鑑賞』昭和五十三年五月、四十八頁）。

6 斎藤緑雨「坪内逍遙宛書翰」明治二十六年五月十九日（『坪内逍遙研究資料』第三集、新樹社、昭和四十六年十二月）百十一頁。

7 幸田露伴「楽々会宛書翰」明治二十六年四月ころ（『露伴全集』第三十九巻、岩波書店、昭和三十一年十二月）四十六頁。

8 「楽々会員旅の消息」（『読売新聞』明治二十六年四月十一日）。

9 塩谷賛『露伴と遊び』（創樹社、昭和四十七年七月）百八頁。

10 幸田露伴「跋」（広瀬彦太『郡司大尉』、鱒書房、昭和十四年十月）三百四十九頁。

11 「明治二十七年三月十六日会誌」（『露伴全集月報』第十五号、岩波書店、昭和二十六年二月）五頁。

12 幸田露伴「高橋太華宛書翰」明治二十六年七月二十一日（前掲『露伴全集』第三十九巻）四十六～四十七頁。

13 久保田米僊「富士見西行」六（『国民新聞』明治二十七年三月一日）。

14 饗庭篁村「坪内逍遙宛書翰」明治二十八年三月三日付（『坪内逍遙研究資料』第六集、新樹社、昭和五十年五月）四十六頁。なお、編者はこの書翰の年代を明治二十七年と推定しているが、文中に「博覧会見物に本月末より出掛候つもり」とあるのは、明治二十八年三月から京都で開かれた第四回内国勧業博覧会のことであろう。また、篁村は同年三月三日から十七日にかけて、紀行「水戸の観梅」を『東京朝日新聞』に連載しているから、この時の手紙と見るのが適当である。

15 饗庭篁村「伊香保日記」（『東京朝日新聞』明治二十八年六月二十六日～七月十日）。

16 依田学海『学海日録』第九巻（岩波書店、平成三年三月）二百八～二百九頁。

17 幸堂得知・饗庭篁村「明治座劇評」（『東京朝日新聞』明治二十七年一月十七日〜十九日）。
18 「披露」（『歌舞伎新報』明治二十八年八月十五日）、森田思軒・幸堂得知・久保田米僊・饗庭篁村・三木竹二・岡野紫水「明治座合評」（『歌舞伎新報』明治二十九年四月十日〜五月二十三日）、幸堂得知・饗庭篁村・森田思軒・三木竹二・岡野紫水「歌舞伎座合評」（『歌舞伎新報』同年五月三十日〜六月二十一日）。
19 幸堂得知「海に一日山に一日」（『太陽』明治二十九年八月二十日）二百五十三頁。
20 幸田露伴「石橋忍月宛書翰」明治二十九年十二月二十一日（『噴火山』明治三十四年三月に「文士の書翰」として掲載、十八頁）。
21 山田清作「竹のや主人饗庭篁村」下（『伝記』昭和十二年三月）五十三頁、饗庭篁村「劇評予報」（『東京朝日新聞』明治二十七年一月三日）。
22 饗庭篁村「お詫口上」（『東京朝日新聞』明治二十六年十二月十九日）。
23 「都下の文学者郡司大尉に贐《はなむけ》す」（『読売新聞』明治二十六年三月十三日）、「郡司大尉送別会」（『東京朝日新聞』同年三月十四日）、饗庭篁村・幸田露伴「森田思軒宛書翰」同年十二月八日（『露伴全集』第三十九巻、岩波書店、昭和三十一年十二月）四十八頁。
24 宮崎三昧「川崎千虎君送別の記」（『東京朝日新聞』明治二十八年七月二日）。
25 森田章三郎「思軒森田文蔵小伝」三（『書物展望』昭和十三年二月）六十七頁。
26 岡倉天心ほか「宛先不明書翰」明治三十年十一月十五日（『岡倉天心全集』第六巻、平凡社、昭和五十五年十一月）九十七〜九十八頁、「故思軒居士追福会」（『新小説』明治三十一年十一月五日）四十三頁。
27 白石実三「根岸派の人々」（『日本文学講座』第十一巻、改造社、昭和九年一月）百四十四頁。
28 関根正直「序言」（関根黙庵『講談落語今昔譚』、雄山閣、大正十三年四月）。
29 幸堂得知「海に一日山に一日」（前掲）。
30 宮武外骨「須藤南翠の泣言」（『愛書趣味』昭和三年二月）。
31 塩谷賛『露伴と遊び』（前掲）三十六〜三十七頁。
32 山口昌男『敗者の精神史』（岩波書店、平成七年七月）百七十九〜百八十頁。
33 『近代文学研究叢書』第十九巻（昭和女子大学、昭和三十七年十二月）百五十九頁。
34 谷口靖彦『明治の翻訳王　森田思軒』（山陽新聞社、平成十二年六月）四十二〜四十六頁。

35　中込重明「根岸派と洒落ル会」（『日本文学誌要』平成十三年三月）。以下、「諸君洒落ル会」についての記述は、すべて中込の紹介による。
36　仮名垣魯文『駄洒落早指南』、文久三年刊。
37　伊坂梅雪「右田寅彦の話―主として性格と作品に就いて―」（『藝術殿』昭和七年十月）。
38　鶯亭金升『明治のおもかげ』（山王書房、昭和二十八年十一月）三十七〜三十八頁。
39　「呑気会の観梅」「陰気会起らんとす」（『東京朝日新聞』明治二十六年三月十九日）。
40　『近世庶民生活史料　藤岡屋日記』四（三一書房、昭和六十三年十一月）五百四〜五百六頁。
41　尾崎紅葉「紅子戯語」（活版公売本『我楽多文庫』明治二十一年十月二十五日〜十二月十日）。
42　北原白秋・木下杢太郎・平野萬里・与謝野鉄幹・吉井勇「五足の靴」（『東京二六新聞』明治四十年八月七日〜九月十日）。

あとがき

根岸党に出会ったのは、二十歳の夏のことだった。幸田露伴を卒業論文のテーマに選び、大学三年の夏休みを費やして、まずは全集を完読しようとしていた。その試みは結局、「訳注水滸伝」や「評釈芭蕉七部集」など十冊近くを残して挫折してしまったのだが、その時読んだ第十四巻「紀行」の巻に、「草鞋記程」「足ならし」の二作が入っていたのである。

一読した当初は、実際のところ、よくわからないと思っただけだった。合作に加わっている筆者は一人も知らなかったし、彼らの冗談の内容も半分も理解できなかった。その後、いくつかの研究を読むにいたって、ようやくこの集団のことがおぼろげに見えてきたものの、当時の関心は別のところにあったから、たいした興味も持たずに終った。

あらためて彼らに注目したのは、卒業論文を書終えたころだった。毎週続けていた勉強会での発表にあたり、露伴の文学から一度離れ、それでも何か彼と関わりのある作品を扱おうと思ったのがきっかけだった。取上げたのは「草鞋記程」で、まず理解できないことにははじまらないから、悪戦苦闘して注釈をつけたのを覚えている。その延長で、十分にわかっていなかった根岸党の実態を知ろうと調査をはじめ、それが修士論文のテーマとなった。

そういうわけで、本書は平成十六年度に東京大学大学院人文社会系研究科に提出した修士論文「幸田露伴研究―根岸党を視点として―」をもとに、その後の調査研究の結果を盛込んで、新たに書下ろしたものである。なるべくわかりやすく書いたつもりだけれど、意味の通じにくいところや論理があいまいなところはまだまだあるだろうし、調査がゆきとどかなかったことも少なくない。あるいは事実関係の誤りも残っているやもしれず、それらはひとえにわたくしの力量不足のゆえと、伏してお詫び申上げたい。図版についても、もっと多くを示したほうが楽しくもあり、また読むうえでの助けにもなっただろうが、原資料の状態や紙幅の都合などで断念せざるをえなかった。特に、『夕刊毎日新聞』に掲載された露伴・太華合作「道中記」の写真版を使えなかったのは、痛恨の極みである。

なお、凡例にも書いたが、本書の注には出典や参考文献だけを記した。補説などは一切述べていないので、無視してくださってかまわない。なかには情報の出どころを知りたい人もいるかと思い、うるさくなるのを承知で附しておいたまでである。

根岸党について調べてゆくと、彼らの人脈の広さに驚かされる。いったいどこまでを根岸党と見てよいものか、それすらはっきりしないことは本文に書いたとおりだが、彼らはほかにも本当に多くの人たちとつながっていた。篁村と親友、坪内逍遙との交際。得知と露伴が正岡子規をまじえ、俳諧を戦わせたこと。太華が東海散士と「佳人之奇遇」を書き、高橋健三に鼇頭評を頼んだ話。日士交流の先駆者となった山田寅次郎や、石井研堂などと根岸党との関わり。あるいは只好と川上音二郎との交わりなど、比較的よく知られたことからおそらく未紹介の話まで話柄は尽きないが、彼らの遊びを中心とした本書では、その多くを紹介できなかったことが悔まれる。

では、ここで余聞をひとつ。太華の『雅俗日記』一月二十八日の条に、次のような一節がある。

春山氏来る。（中略）これより奇談を聞く。曰く、其同居の婦人は木戸孝允の妾にして、木戸家を嗣ぎて間もなく没せし娘は、其腹に出来しものなりと。又、其母（今同居する年六十六七の老女）は、昔しあめりかおせいとて世に鳴りし芸妓なり。高杉晋作、周公平（周布公平か――注）等の妾となりて、世に長州芸者の名を揚げたりしが、栄枯盛衰常なく、今は僅に春山の蔭に生活せり云々。

木戸孝允と松子夫人との恋愛は有名だが、二人には子がなく、明治二十年八月二十日に歿した孝允の娘、好子の母は明らかでなかった。それが「あめりかおせい」なる芸者だったという話は、おそらくこれまで未紹介だったもので、その実在や「春山氏」とは誰かなどの裏づけ調査はなおも必要だが、調べてゆけば面白い逸話が発掘されそうである。

もっとも、重要なのはこうした逸話がそれぞれ単独で興味深いだけでなく、そこには根岸党が生れる母胎となった、実に広汎な人間関係が示唆されているということである。ここに浮かびあがっているのは、まだ文学、美術、実業、政治などの専門領域が細分化される以前に存在した、文化のダイナミズムにほかならない。新しい風を受けて急速な近代化が進んだ明治は、同時に新旧の文化の接合点として、その後は失われてゆく様々な特徴と可能性とを有した時代でもあった。サブタイトルにした「もうひとつの明治」とは、現代を基準とした直線的な歴史把握からは取りこぼされがちな、しかし確実に存在した明治という時代のもうひとつの側面のことであり、根岸党の遊びのなかからその一端を感じ取ってもらえれば嬉しい。

本書が成るにあたっては、まことに多くの方々にお世話になった。まず、不勉強もかえりみず勝手なことばかりしているわたくしを、いつも丁寧に教え導いてくださった安藤宏先生。江戸文化の面白さを示してくださった長島弘明先生。言葉を丹念に味わう大切さを教えてくださった渡部泰明先生。博士論文にいたるまでのいくつもの拙い文章を丁寧にお読みいただき、実り多いご教示を賜った小島孝之先生、多田一臣先生、藤原克己先生。またロバート・キャンベル先生には、修士課程のころから、十九世紀の文化を理解する基礎を教えていただいた。これらの先生がたのお教えがなければ、わたくしが今日まで勉強を続けてこられようとは思えず、言尽くせぬ感謝の念を抱いている。

キャンベル先生にはまた、今も隔週で続いている駒場手紙の会の諸氏とともに、直筆資料を読む力を養っていただいた。本書で用いた資料のなかにも、この会で翻字を助けていただいたものが少なくない。くずし字を読むことすらままならないわたくしが、力量を超えてこれらの資料を用いることができたのは、ひとえに会の諸氏のおかげである。また、国立国会図書館、東京大学大学院法学政治学研究科附属近代日本法政史料センター（明治新聞雑誌文庫）、慶應義塾大学三田メディアセンター貴重書室、早稲田大学図書館、長崎大学附属図書館、上会津屋、聴泉閣かめや、騎鶴楼、賓日館、山下温古堂薬局、石井鬘子氏の各位からは、快く貴重な資料を閲覧、調査、利用するお許しをいただいた。別して厚くお礼申し上げたい。

ほかにも、根岸党を論じるきっかけを与えてもらい、いつも厳しく励ましてくださった藤澤るり先生と勉強会のみなさん。みなさんの前での発表はとても怖ろしく、しっかり鍛えていただきました。それから、もう十年以上にもわたり、根岸党ばりの辛い旅に何度もつきあってくれた鈴木基史さん。男鹿半島の何もない道を一日歩かせたり、奥三河の山奥を汗だくでさまよわせたりしてすみません。本書で紹介した資料のいくつかは、基史さんの助けで調査がかなったものである。

まだ浅学きわまりないわたくしに、この一冊をお任せくださった、教育評論社の瀬尾博之さんにもお礼申し上げます。瀬尾さんのお声がけがなければ、根岸党に関するささやかな調査を一冊にまとめるなど、思いもよらないことでした。妙義山の調査では、山道を散々歩かせたうえ、高いところが苦手なのに絶壁や巨岩を何度も登らせてごめんなさい。

最後に、幼いころから旅の楽しさを教えてくれた祖父母をはじめ、いつまでも勉強を続けたいというわたくしのわがままをかなえてくれた家族、そして調査や執筆、日常生活などのあらゆる面で、いつも支え続けてくれた妻に、心よりの感謝を捧げたい。

平成二十三年五月、奈良へ向う鉄道のなかで

出口智之

＊本書の校正中に、中林良雄「根岸党と明治の文化改良―「白石家所蔵資料」を中心として―」(『玉川大学リベラルアーツ学部研究紀要』平成二十年三月)を閲読した。本来であれば第三章第三節執筆時に参照すべき論考であったが、その存在を見落としていたのはわたくしの不明にほかならず、お詫び申しあげたい。根岸党と演劇改良運動との関係が詳細に跡づけられており、参照できなかったことが悔まれる。

＊本書は日本学術振興会科学研究費補助金(研究活動スタート支援)による研究成果の一部である。

主要参考文献

＊一部、本文中の注と重複するものもあるが、全体を通して参考にした主要な文献をあらためて示す。

白石実三「根岸派の人々」（『日本文学講座』第十一巻、改造社、昭和九年一月）
柳田泉『幸田露伴』（中央公論社、昭和十七年二月）
本山荻舟「根岸派の人々とその後」（『日本演劇』昭和十九年十一月）
丹羽愛三「露伴と根岸党」（『露伴全集月報』十五、岩波書店、昭和二十六年二月）
塩谷賛『幸田露伴』上（中央公論社、昭和四十年七月）
藤井淑禎『露伴と遊び』（創樹社、昭和四十七年七月）
岡保生「根岸党における露伴」（『解釈と鑑賞』昭和五十五年五月）
稲垣達郎「根岸派雑感」（『明治文学全集月報』九十八、筑摩書房、昭和五十六年四月）
木下長宏「根岸派文学」（『稲垣達郎学藝文集』二、筑摩書房、昭和五十七年四月）
槌田満文『揺れる言葉―喪われた明治を求めて』（五柳書院、昭和六十二年三月）
岩城紀子「明治の双六コレクター―楢崎海運と「雙六類聚」」（『東京都江戸東京博物館研究報告』平成四年三月）
出口智之「根岸派における幸田露伴」（『武蔵日本文学』平成十年三月）
出口智之「根岸党の文学空間」（『国語国文』平成十八年六月）
出口智之「幸田露伴の遊びと笑い―根岸党を基点として―」（『論集　笑いと創造』第五集、勉誠出版、平成二十年三月）
高橋寿美子「根岸党の性質―「洒落っ気」という哲学」（『日本文学誌要』平成二十一年三月）
出口智之「根岸党の旅と文学―『草鞋記程』の成立考証から―」（『論集　笑いと創造』第六集、勉誠出版、平成二十二年十二月）

根岸党年譜

年号	月日	根岸党の主要な活動
明治七、八年頃		高畠藍泉の紹介で幸堂得知と饗庭篁村が出会う。
明治一七〜一九年頃		篁村・岡倉天心・高橋健三・藤田隆三郎の四人が根岸を中心に交流を深める。
明治二〇年	八月	川崎千虎が下谷車坂町から根岸に転居。
	一一月二〇日	依田学海が宮崎三昧とともに千歳座に観劇にゆき、篁村や須藤南翠に出会う。
明治二一年	（この頃）	天心の上野池ノ端七軒町の家に亡霊が出ると聞き、友人の文士連が泊りにくる。同じ頃、三井銀行青森支店長をしていた得知が、部下の横領の責任を取って辞職し、帰京する。
	六月上旬	篁村・得知が塩原の温泉に出かける。
	七月二九日	霧積温泉の長栄社が新聞記者たちを招待し、篁村が三昧とともに三十日まで参加。
	九月二日	篁村が中井錦城とともに第一回の郊外漫遊に出かける。
	九月二三日	篁村・錦城が第二回の郊外漫遊に出かける。
	一〇月一四日	篁村が兄や旧友とともに、川口の善光寺に出かける。
	一一月二〇日	『大阪毎日新聞』の創刊に伴い、三昧が招聘される。
	一一月下旬	篁村・得知が伊豆に出かける。
	一二月一八日	「露団々」の序文を請うため、幸田露伴が学海を訪問する。

明治二二年	一月	春陽堂から小説雑誌『新小説』が創刊（篁村・南翠・森田思軒らが編集）。
	一月一二日	森鷗外が根岸に転居。
	二月二一日	篁村・高橋太華・得知・桃川燕林・瑞雪湖の五人が三河島に出かける。
	五月末	鷗外が根岸から上野花園町に転居。
	六月二日	露伴が淡島寒月や尾崎紅葉と「如蘭会」という珍書会を開催。篁村・太華や、上京中だった三昧も参加する。
	六月上旬	篁村が「百円札の附録」で硯友社を皮肉ったことから、酒で決闘する話となる（千虎もこれに加わりたいと述べている）。
	六月一〇日	三昧が上京。思軒・南翠・篁村らが懇親会を開催し、三昧を送るために箱根までの同行することとなる（『箱根ぐちの記』創作につながる）。
	六月一二～一六日	三昧が帰阪。見送りのため篁村が同道。南翠・思軒も同行する予定だったが参加しなかった。
	六月一五～一六日	得知が国府津に出かけ、箱根に滞在中の篁村・三昧を呼出すが、葉書が届かなかったので会えなかった。
	六月～七月頃	篁村と太華が山谷の鮒儀に出かけた帰り、甲州旅行に出かけることを決める。
	八月二日	篁村が眼病を悪化させたため甲州旅行は延期となり、代りに太華と二人で上野の鳥又、根津の神仙亭に出かける。
	九月九日	根岸の鶯花園で篁村の誕生祝いの園遊会が催される。高橋健三・藤田隆三郎・天心が主宰となり、千虎や得知も参加する。
	九月中旬	篁村・千虎が「雨見の会」を催す。

	九月二二日	篁村・得知・太華が「七墓めぐり」に出かける。参加予定の南翠・中川霞城は不参加。
	一〇月二七日	篁村・得知が日暮里の養福寺で談林俳諧の句碑を見て、滝野川の紅葉や染井の菊を見にゆく。
	一一月～翌年三月	得知・只好が幹事となり、「緞帳巡り」が四回にわたって行われる。
	一一月六日～	篁村・太華・鶴淵初蔵が甲州旅行に出かけ、得知・只好が上野まで見送りに出る。十四日、得知は彼らの道中を想像した「甲府道中想像記」を『読売新聞』に発表する。
	一二月頃	思軒が根岸の篁村宅の隣に転居する。
	一二月一七日	『読売新聞』を退社した篁村が『東京朝日新聞』に移る。
	年末	関根只好が京都にゆき、久保田米僊と年を越して、九世団十郎の京都公演を観に出かける。
明治二三年	一月一五日	米僊が『国民新聞』の絵画主任に招聘され、上京する。
	二月八日	根岸の「無音社」で福引大会が開催され、篁村・得知・千虎が参加する。
	（この頃）	天心宅で根岸党の面々が集まり、高橋健三の歓送会を開く。
	二月二三日	高橋健三がフランスに向けて出発する（帰国は九月二十日）。
	（この頃）	露伴が座敷に閉じこもって絶食し、鷗外たちに助け出される。
	四月三日	得知が『国民新聞』に劇評の筆を執りはじめる。
	四月二六日～	篁村・露伴・太華・中西梅花が中仙道を旅する。木曾山中で篁村と梅花、太華と露伴の二組に分れ、篁村はおそらく五月三日に、梅花は同十五日に帰京した。太華と露伴はそのまま鹿児島まで旅する。

	五月一五日	宮崎三昧が一時、上京。
	五月二三日	三昧の帰京祝いが根岸の伊香保で開催。篁村・思軒・得知・南翠・学海らが参加。
	五月三〇日～六月一日	篁村・三昧・和田鷹城が箱根に出かけ、まだ旅の途中だった露伴・太華を電報で呼出して合流した。
	八月一三日	両国の生稲楼で「雨見の宴」が開催。斎藤緑雨・露伴・梅花・思軒らが参加。
	八月中旬	三昧が『東京朝日新聞』入社のために帰京する。
	八月二一日	天心の主催で米国人ガワードを歓迎するため、隅田川で盃流しが行われる。篁村・三昧・思軒・藤田隆三郎らが参加。
	九月中旬	井上道泰・鷗外・露伴・三木竹二・賀古鶴所が萩寺ゆきを取りやめ、伊香保で酒宴を開く。
	九月二一日	奈良に転勤となる藤田隆三郎の送別会が鶯花園で催される。篁村・得知・千虎・思軒・天心・陸羯南らが参加。
	一〇月五日	藤田隆三郎が奈良へと出発し、天心一家・篁村・得知らが江の島まで同行する。
	一一月一五日	九月に帰国した高橋健三の歓迎会が、天心宅で開催。篁村・羯南が酒と菊の鉢植えを贈る。
	一一月一八日	中江兆民・森槐南・鷗外・露伴・石橋忍月らが「国粋宴」を開く。
	一二月一四日	天心が千虎・思軒・篁村・三昧らと「具楽部」の設立を企画する。
明治二四年	一月二四日	三昧・露伴・忍月が得知を誘い、向島に散策に出かける。
	二月二四日	露伴が篁村と鶯春亭で飲んだ帰り、三昧宅前に徳利を置きっ放しにして紛失する。

	三月一〜四日	篁村・露伴が横浜・金沢・江の島に出かける。
	六月二三日	三昧の妻の葬儀に天心・思軒・篁村・得知・南翠・露伴・忍月・梅花・太華らが同席。
	八月中旬	天心・露伴・太華・篁村・三昧が熊谷に鮎狩に出かける。
	八月中旬	篁村・太華が梅花を誘って萩寺に出かける。
	一〇月二一日	三昧が再婚。初夜の翌朝、目覚めると根岸党の面々がまわりを取囲んでいた。
	一〇月頃	篁村が根岸を離れ、大久保に転居（根岸の家はそのままで、後に得知が住む）。
	一一月一七日	篁村・太華・露伴が深光寺にある馬琴の墓を参詣する。
	一二月末	一時、本所小泉町に移っていた思軒が、ふたたび根岸に転居してくる。
明治二五年	初頭	根岸党で詰言葉が流行する。
	二月〜三月頃	篁村・天心が無言の応酬を練習しているところに千虎がきて、三人で箱根に行く。千虎が見つけた「カチムチ」の木を買って帰り、ステッキにしようと漆をかけたところ、天心がかぶれて四五日寝込む。
	二月二三日	三昧・南翠・篁村・得知・只好・米僊・思軒が深野座初春狂言の合評会を行う。
	三月二八日	只好・思軒・南翠・太華・米僊・三昧が合評執筆のため、歌舞伎座にて観劇。合評は三〇日、五月に歌舞伎新報社から『評判記』として刊行。合評会は七月にかけて何度か行われる。
	五月七〜八日	篁村・得知・太華・只好・思軒・南翠の六人が真間鴻之台から船橋へ出かける（天心が後から追いつく）。第一回の二日旅行。
	五月二七日	思軒・南翠・只好・得知・談洲楼燕枝が横浜港座で観劇した。第二回の二日旅行。

	七月初旬	得知・露伴・太華・南翠・米僊・只好、それにおそらく楢崎海運が玉川の鮎狩りに出かける。第三回の二日旅行。
	八月一九～二八日	得知が那須塩原に出かけ、家族とともに滞在中だった太華と合流する。
	十月四～五日	篁村・思軒・南翠・得知・只好が二日旅行として佐野の唐沢山に登る。
	一一月二〇～二二日	大阪に移る須藤南翠の送別会として南翠・太華・露伴・思軒・富岡永洗・米僊・只好・得知が妙義山にゆく。海運は、病のため大宮から帰る（後に合作『草鞋記程』として刊行）。
明治二六年	一月頃	露伴が谷中の家を太華に売って、京橋区丸屋町に転居する。同じ頃、篁村が大久保から京橋区元数寄屋町に転居する。
	二月二一～二二日	篁村・得知・露伴・太華・海運・米僊が杉田に梅見に出かける。
	二月二五日	篁村・得知・露伴・只好・太華・米僊・永洗・海運・高橋省三が隅田川両岸を散策する。
	三月二八日	米僊が『国民新聞』の特派員としてシカゴ・コロンブス博覧会へと赴くのに際し、得知・篁村・露伴・太華ほか親しい人々によって歓送会が催される。
	三月三〇日	根岸党の同人誌『狂言綺語』が創刊。ただし、編集にあたった露伴の反対で、一号のみで廃刊。
	四月一日～	篁村・露伴・海運・思軒・只好・得知・永洗・太華が月ヶ瀬観梅に旅立つ。伊勢で南翠が、月ヶ瀬で高橋省三が合流する。
	一一月一二日	下谷の鬼子母神で「洒落ル会」が催される。
	一二月	談洲楼燕枝が三崎座で『化競丑満鐘』を演じたおり、思軒・篁村・露伴・太華・米僊・得知・只好らが共同で引幕を送る。
明治二七年	三月一六日	柳島橋本で米僊の愚名命名式が開催され、露伴・太華・篁村・得知・永洗が参加する。

ヤ行

ラ行

ワ行

＊各節で扱う主要な作品の頁数については太字で示した。

ナ行

ハ行

マ行

タ行

サ行

人名・書名 索引

ア行

カ行

〈著者略歴〉

出口　智之（でぐち・ともゆき）

1981年、愛知県豊明市生れ。東京大学大学院人文社会系研究科博士課程単位取得退学。日本学術振興会特別研究員DC2、同PDを経て、現在、東海大学文学部日本文学科専任講師。

博士（文学）、2008年、東京大学。

専攻は明治時代の日本文学。共著に『Ｊブンガク　英語で出会い、日本語を味わう名作50』（東京大学出版会、2010年）、主要論文に「鷗外文庫蔵武田範之関係資料—鷗外と韓国と川上善兵衛と—」（『文学』2007年3月）、「幸田露伴「頼朝」論—露伴史伝の出発—」（『国語と国文学』2010年4月）など。

幸田露伴と根岸党の文人たち
——もうひとつの明治

二〇一一年七月二〇日　初版第一刷発行

著者　出口智之
発行者　阿部黄瀬
発行所　株式会社　教育評論社
〒一〇三－〇〇〇一
東京都中央区日本橋小伝馬町2－5　F・Kビル
TEL〇三－三六六四－五八五一
FAX〇三－三六六四－五八一六
http://www.kyohyo.co.jp

印刷製本　萩原印刷株式会社

定価はカバーに表示してあります。

落丁本・乱丁本はお取り替え致します。

ISBN 978-4-905706-61-8